JN273470

九番目の雲
山岡ヒロアキ
CLOUD 9
講談社

装画　フジモトヒデト
装幀　門田耕侍

──プロローグ──

注ぎ足される湯の音だけが、ドドドドッ……と浴室に響く。湯船の水面は、ふちに腰掛ける吾郎《ごろう》の股座《またぐら》に迫ろうとしている。息子の和也《かずや》は湯の中に中腰のまま、唇《くちびる》を噛《か》んで笑いをこらえながら水位を見守っていた。

ふっと和也が顔を上げる。

たちのぼる湯気が光をまとい、八歳の息子の顔を撫《な》で上げた。つるんとまん丸な頭。ほんのりと赤く上気したほお。くりっくりな目。厳《いか》つい顔をした俺の子でありながら、なんでこんなにかわいいんだろうと、その繊細な造作に吾郎は見とれた。

二人の目が合う。

和也の輝く目を見て、ふいに吾郎に不安が押し寄せた。

「な、和也。もぉ一回言うけどよ、ママにはぜったい内緒だぞ」

一緒に過ごす時間の多い少ないでいえば、息子がママ贔屓《びいき》に偏《かたよ》るのはしょうがない。だが、その目はあまりにも妻の理恵子《りえこ》にそっくりで、〝男の約束〟など、湯気と一緒に換気扇の向こうに消えてしまったような気にさせたのだ。

「え？　なにをナイショだっけ？」

「おいおい頼むよォ。アレもコレも、だって」

「アハ、わかってるよ！　……グフッ」

——どうも信用ならない。

この頃、どこか沈みがちな和也の笑顔を膨《ふく》らまそうと、一本五千円もするママ専用シャンプーを日々拝借しているなどと、つい余計なことまで喋ってしまった。

今、吾郎は猛烈に後悔している。

——注ぎ足し注ぎ足し五十年、六十年と伝統の味を守る鰻《うなぎ》屋のタレと同じだとばかり、五千円の舶来シャンプーを使うたび二百六十八円の国産シャンプーを注ぎ足して、今日までばれることはなかった。それが、〝男の約束〟をけろっと忘れた息子にチクられ、すっかり我が家の実権を握った理恵子の逆鱗《げきりん》に触れなどしたら……と怯《おび》える自分はあまりに悲しい。喧嘩《けんか》に明け暮れて腕っぷしで相手をねじ伏せてきた俺は、社会常識を継ぎ足し継ぎ足しししているうちに、二百六十八円の男に成り下がったというのか……。

「ね、パパ、もういいんじゃない？」

「ん、ああ」

コックをひねって湯を止める。湯があふれ出んばかりの湯船に吾郎は中腰になり、和也と顔を突きあわせた。

——お湯がもったいない？　冗談じゃねぇ、和也が無邪気に喜ぶ顔に、水道代だなんだってみみっちいこと言ってんじゃねぇよ！

わずか数分前の心意気を、吾郎は呼び覚ます。

「行くぜ」

「うんっ」

「せぇーのぉー」「せぇーのぉー」

親子が同時にザブン！と浸《つ》かったその瞬間、ミントグリーンの湯船のふちが、厚いガラスで覆《おお》われたようにきらめく。ザザーッと一気にあふれた湯に横っ面を張られ、湯おけがすっ飛びバスチェアが躍る。

幼い声が、それを見てキャッキャと弾けた。

素直な声が湯気の中に伸びる。人と係わり、もみくしゃにされる前の無垢《むく》な声。発せられた言葉の意味を汲《く》み取ることをつい忘れ、ただぼおっと心地よい音色として聞き流してしまいがちだ。

そんな中にあって、些細《ささい》でみょうちくりんなやりとりが、どこかカツッと耳の奥に引っかかって抜けないことがある。

「コレはどうして？」

「じゃ、コレはなんのとき？」

小さな指で次々と指される、俺の身体《からだ》に刻まれた傷跡の解説も、おもしろ半分あれこれ言葉を盛ったところで『ワンピース』のルフィと比べられ、「ふうん……」とかつまらなそうに言われちゃあ、立つ瀬がない。妻にまかせっきりの子育てから、「美味《おい》しいとこ取りばっかよね」と批難される父子のスキンシップ・タイムも今が潮どき、「そろそろ上がるか」、と吾郎が言いかけたそのときだ。

ふいに和也が訊《たず》ねた。

「ねぇ、パパはさ、入道雲がぐんぐん迫ってくるのを見たことある？」

「そりゃ、あるさ」

「えっ、ホント？　あのさ、空が暗く——」

「なっ、あとでママにも訊《き》いてみろ。さあ、上がろうや」

「……うん」

ザザッと先に吾郎は立ち上がる。なにやらしょぼんとした和也の肩が、波立つ湯面に見え隠れした。なめらかで華奢《きゃしゃ》な肩口を見て、愛《いと》おしさがまた湧いた。

一

日曜日だというのに『工作機械見本フェア』はけっこうな入場者数だ。それぞれのブースから流れる軽音楽と女性のナレーション、それにざわめきが加わって賑々《にぎにぎ》しい。

吾郎が勤務するカヅミ精機も、会場の一角にブースを構えていた。

超巨大な倉庫を二階の避難通路がぐるっと一周する。吾郎はそこをぶらぶら歩きながら、展示会の様子をつぶさに見下ろし、同期の大江靖彦《おおえやすひこ》を探した。だが、やはりどこにも奴の姿はない。

ほとほと疲れて手すりにもたれ、大きなため息をつく。眼下を、大江を贔屓《ひいき》にしている客がふたり、パンフレットを手にしてきょろきょろと辺りを見回しながら通り過ぎた。

「大江の野郎……」

悪態をつくが、吾郎が抱えた嫌な予感は鎮《しず》まらない。

大江はここ三週間ほど会社を休んでいた。奴に売掛金の未回収があるといった噂を聞いたのは、十日ほど前だ。それはあっという間に部内に広がり、話は回収金の横領、持ち逃げへとエスカレートしていった。

大江にそんな器用なマネができるワケねぇじゃん！

吾郎は口ではそう言うが、大江が以前の大江でないことを、そんな噂が流れ出すよりずいぶん前から感じていた。

大江の携帯になんども電話した。メールもした。だが、いずれも無視された。

じんわり背中を焼かれていることに気づいて振り返る。窓の外は、色とりどりに並ぶ車の海原が、露出をまちがえた写真のように一様に白っぽく太陽を反射していた。

吾郎は、陽のあたらない場所に身体を移した。

カヅミ精機のブースが真下にあった。

同僚の野口がふたりの男を相手になにやら機械の説明をしている。手に持ったパンフレットから顔を上げずに、あれこれパーツを指す。その人差し指はあっちこっち行ったり来たり、落ち着きがないうえに曲がっている。たぶん、あてずっぽうで指しているだけだ。

展示会にはかならずゴルフ接待をぶつける先輩の池田と、納品の立会いで忙しいベテランの宮川も姿を見せていない。

宮川は、前期ひとりで八億円の受注を稼いだ。「娘が来年大学受験でさ」と鼻にしわを寄せ、がむしゃらを恥ずかしそうに語る、生真面目《きまじめ》な男だ。今期はでき上がった機械の納品立会いとクレーム処理で、大わらわらしい。

「あ~あ、パンフ棒読み、モロバレだわ」

ふいに横から声がした。

すっと吾郎に寄り添った中野が、同じように野口を見下ろしていた。中野は昨年入社して今年が二年目になる。こいつも仕事のできる男ではない。

「営業と寄せ集めの女子社員にゃ、そもそもが無理なんですよ。マシンの説明だったら、エンジニアを寄こしゃいいのに」

「やつらエンジニアは、無愛想だし口下手《くちべた》だぞ」

「パンフ読むのに気を取られて、展示品で指切るよりマシでしょ」

「野口が？」

「ボクです」

たしかに中野の右人差し指には、血のにじんだ傷テープが貼られていた。

「バカじゃね」

「はぁー、キモチいい、ハッキリ言ってくれちゃって」

中野は手すりの前にしゃがみこんだ。しゃがんだまま手すりを握り、いまいましげに身体を揺する。

「だけど、ちくしょう、北川のやろう、『スパンと指を切り落とせなかったのは、我が社のマシンの課題だな。クビならいつでも切り落とせるんだが試してみるかね、ナカイくん』とか、人の名前まちがえながらホザきやがった」

「ほお、吊《つ》るし上げずに切り落とすとは——」吾郎は、左下を指して言う。「あそこからコッチ見てる北川のやろうも、やさしくなったもんだな」

中野は「げっ！」と、身体を揺する勢いのまま後ろに倒れて身を隠し、「ブース勝手に離れたのバレたかな」と不安そうな声でささやいた。

「ああ、じいっとコッチ見てるぜ」

吾郎は、こちらを見上げる北川営業本部長に向かい、微笑《ほほえ》んで手を振る。

「ちょ、ちょょいちょぃ、ダメですよ！　高梨さん、シャレになんないって！」

「本部長ぉ、ナカイくんは、ここですよぉ！　ここでサボりながら、ぶうたれてますよぉ！」

北川は表情ひとつ変えない。じっと吾郎を見上げている。白髪交じりの頭髪は、今日も乱れることなくカッチリ整えられている。メタリックフレームの眼鏡とダークグレーにピンストライプのスーツ、ワインレッドのネクタイが良く似合う。派手になるぎりぎりを見極め、五十半ばの歳相応に上手《うま》く着こなしていた。

北川は二年前、営業本部長のイスに座った。着任当初、この男の評判は悪くなかった。女子社員からの注目度はなかなかのものだった。午後になるとふらっと街に出掛けては、『メゾンカイザー』や『ジョエル・ロブション』のバゲットやパリジャンを抱えて戻る。「奥さんがうらやましいわ」と、女子社員たちは妖しい目線を送りながらつぶやいたものだった。

「おとなしく微笑んでりゃあ、モテるだろうに」

「ボクですか？」

「……ああ、そうだ、おまえだ」

「わかってますよ、ボクだって。ただ、おかげさまで口の悪い先輩にめぐまれ過ぎてね。おとなしく微笑んでばっかじゃいられないですから」

「池田さんも野口も、本部長殿からのお達しにチュージツなだけだ」

「もしもし、ひとり主犯が足りないですよ、高梨さん」

「おまえさ、北川が着任してすぐに言ったソレ忘れたんか？　『失敗した同僚を叱咤《しった》するきびしさが、それぞれの生活を守るんだ。わかってるのか？　そこで間抜けヅラ晒《さら》してるナカイくん』って」

「ボク、その頃まだ入社してないし。あ〜あ、吊るし上げの次期筆頭候補になっちゃったかなぁ、ボク」中野はそう言い、憂鬱《ゆううつ》そうに肩を落とした。


――仲間の失敗をなぐさめる友情が大切なら〝放課後〟を利用してほしいね。学校じゃないんだよっ、ここは！　失敗した同僚を叱咤するきびしさがそれぞれの生活を守るんだ、いいねっ！


北川は、着任後ひと月目の朝礼でそう言った。

そして始まったのが〝吊るし上げ〟だった。

失敗の度合いに左右されず、随時〝反応のいい者〟二、三名が選ばれ、吊るし上げられる。彼らに特別何をするわけじゃない。ただ対象者の言葉尻を歪曲《わいきょく》して捉《とら》え、怒鳴《どな》り散らすだけだ。程度の低いパワハラに他ならない。イマドキ裁判所に行けば、うずたかく積まれた案件とおなじ手合いだろう。〝吊るし上げ〟によって心を折られるのは、吊るし上げられた者だけではない。それを遠巻きにする気の弱い者たちも、思いやる心を濁《にご》らされた。

新営業本部長の紳士的な仮面の下にあった冷酷さに、部内は誰もが唖然《あぜん》とした。しかし残念なことに、北川の着任以降、営業部の成績は上がっていった。

北川は何かあるたび両手でバンッ！とデスクを叩く。その不意をつく大きな音に相手がおびえると、実に満足げなのだ。そして今、そんな北川をもっとも満足させられるのが、大江だった。


入社した年、大江は、大手自動車メーカーや医療機器メーカーに勤める同窓を訪ねてこつこつとパイプをつなげ、入社祝いだと言われながらも大口契約を二件とりつけた。吾郎はその間、同窓の警察官や外車ディーラーたちの縁故を頼りに、二世代前の廉価研削盤《れんかけんさくばん》なぞをちまちまと売っては満足していた。大江の仕事振りは大手に劣等感を抱く取締役たちを大いに喜ばせ、吾郎の仕事は〝名前のない数字〟にしかならなかった。

ところがここ数年、両者の間には大きな変化が生まれる。それは長引いた不景気が、世の中の磁石を狂わせたせいかもしれない。

どこもかしこも張り詰めた中で、吾郎のいい加減さは〝ほっとさせてくれる朗《ほが》らかさ〟と汲み取れるようになった。「よくわかんないけど、今のがまだ動くんならそのままでいいんじゃないっすか？」。そんな具合に能天気な吾郎には、そうは行かないんだ、新しい設備に投資しないことには世の中についていけないんだよと、勝手に売上げを伸ばしてくれる固定客がついた。

一方で、高いところからドスンと落とす鉄球のような大江の正論は、傾《かたむ》くビジネスを必死に支えていた経営者にとって、いささか配慮に欠けた余計なアドバイスと受け取られた。「このままでいいとするのなら、それは立て直す気がないのと一緒ですよ」。大江は自分のそうした物言いに、言われた方がどれだけ不快感を抱いたか気づかぬまま、徐々に客を減らしてきたのだった。

くるっと身体の向きを変え、歩き出す吾郎の靴に中野がすがりついた。すがりつきながら「高梨さん、高梨さん、高梨さん……」と沈んだ声でくり返す。

「おい、ちょっと、やめろよ、靴に血が付くって」

「どこ行くんですか」

「煙草《たばこ》吸えるとこ」

「行きますよ、ボクも」

「煙草きらいだろ、おまえ。いつもプシュプシュ嫌みったらしくファブリーズまいてんじゃねぇか」

「クビは困るけど、吊るし上げもイヤです。大江さんの後釜はいやだぁ〜！」

北川の姿はいつの間にか消えていた。ブースに戻れと中野に言うが、奴はイヤイヤをする。それから吾郎を追って立ち上がった。

歩きながら吾郎は、中野に訊ねる。

「おまえ、大学どこだっけ」

「なんどもなんども言ってるじゃないですか、会社にひとりしかいない高梨さんの後輩ですって。まったく憶《おぼ》える気ないでしょ」

「じゃあ、だいじょうぶだ。吊るし上げは喰らわない」

「高梨さんの……後輩だから？」

「吊るもんに重さがなきゃ、きれいに吊り下がんないだろォ」

大江は慶應義塾大学出身だ。一方の吾郎は（そしてどうやら中野も）、入学希望者をこばまない三流以下の大学を出た。しかも吾郎はそのまえに、一年間浪人を経験している。つまり吾郎と大江は同期入社であるが、歳は吾郎がひとつ上なのだ。

大江の何気なエリート意識は、当人が気づかぬうち社内に多数の敵をこしらえた。特に北川のように京都の三流私大卒であることにコンプレックスを持つ上役は、大江のさりげない振る舞いや物言いに鼻持ちならぬものを感じたらしい。

そんな北川は対象者を心理的に揺さぶり、失敗を誘発し、学歴によりかからない自身の知性を誇示してくる。だから、元より下層に生息する偏差値Fランク私大を出た吾郎は（中野も）、吊るし上げの対象にならないのだ。

「だから、おまえはだいじょうぶってことだ。ただよ、あんまオロオロしてっと、面白がられてやられんぞ」

「高梨さん、守って。ボクを守って」

中野は、北川に好かれそうなタイプだ。芯《しん》は真面目で小心者、そして隙《すき》だらけだ。

「な、なーんだよ、気持ちワリィ。うちの嫁さんと同じこと言うんじゃないよ。いいか、中野。俺にできることなんか、ないんだ」

「ありますよ、ありますって！　北川のやろう、高梨さんにはビビってんですから」

たまに職場でチクリと刺すような視線を感じることがあった。北川の取り巻きからさんざ厭味《いやみ》を浴びせられ、震える大江の背中の向こうから、北川が吾郎を見つめるのだ。

（おい、きみは友達のためにひと肌脱がないのか？）

そんな物言わぬ冷ややかな視線に、吾郎は動じず平坦な表情をかざし続けてきた。やがてさもつまらなそうに、北川の視線はよそに向けられる。

そういった〝オレ流儀〟の迫力に対する免疫が、北川には欠けているらしい。

十代の頃に不良仲間と群れ、その仲間のために尽くし、そして裏切られた吾郎はそれ以来、距離を置いた人付き合いしかしていない。気心が知れ合うだとか、情を寄せ合うだとか、そんなべたべたした人間関係はまっぴらだった。

だから吾郎は、今の部内の雰囲気に異論を唱えない。小学生レベルのいじめに耐えられない奴は、当人の資質に問題がある。同情する奴の気も知れない。慰めたり励ましたりと、そういった仲良しごっこには鳥肌が立った。

その点において大江とは気が合わず、情など持ち合わせる必要もなかった。ましてや価値観も歩んできた道もまったく異なり、べたべたした関係に陥る心配もなく、適度に親しくしてきたのだ。それがなぜ今になって、奴のことを心配してるんだろう。吾郎にはそれがわからない。

吾郎は扉を開けて外に出た。風はない。

上からは太陽が照りつけ、下からは焼けたアスファルトの熱がのぼる。三十分もいたら旨そうなミディアム・レアに焼けそうだ。事実、遠目には香ばしそうな煙を上げている連中がいる。その連中のいる場所が喫煙スペースなのだろう。

「ボク、ここで待ってます」

「だったら中に入ってろよ」

「いやです」

「おまえさぁ……」言いかけてやめた。押し問答したところで、余計な汗をかくだけだ。放っておくことにした。

もくもくと煙が上がる一角に近づく。吾郎も自分の煙草に火をつけ、深く吸って高く吐いた。

かすんだ空の遠い彼方に、入道雲が連なる。

吾郎はふと、昨夜の和也からの問いかけを思い出した。

――ねぇ、パパはさ、入道雲がぐんぐん迫ってくるのを見たことある？

入道雲に抱くのは、遠くに高くそびえるイメージだ。

「ほらっ、すぐそこまで入道雲がせまってきたよ！」などと、吾郎は生まれてこのかた三十七年、一度も言ったためしがない。夏の思い出の背景にある入道雲は、銭湯に描かれた富士山のように、いつもはるか彼方《かなた》で動かない。

——迫ってくる入道雲。和也はなにを言いたかったのだろう……。

小学三年生の和也は来週末から夏休みだ。

外で遊べだ、イライラするならゲームなんかやめちゃえだ、勉強は、宿題は……等々、母と子の四十日戦争がはじまる。それを傍《はた》から見ているだけで、毎年気分がげんなりした。

まだまだゴマカシが利くんだからさぁ、子供相手にむきになんなよ——吾郎はそう言って、妻の理恵子をなだめるのだが、彼女は冷ややかな目で睨《にら》み返してくる。それならそれで、母子ふたりで八月いっぱいちゃんちゃんばらばらヨロシクどうぞ、俺は毎日ふたりが寝静まるまで家に帰らないと心の中で毒づく。

「あっちもこっちも……」

気づいたらそうつぶやいていて、となりの男に気味悪がられた。

もしかしたら——と、吾郎はあることに気づいた。

俺は、和也の未来を想像するとき、大江をイメージしてたんじゃないだろうか。ろくでもない人生を歩んできた俺みたいにだらしない男じゃなく、奴のように優しくて繊細で、そして優秀な男になってくれたらなぁ、と。だから、今の大江が気になってしょうがない。奴がへこたれたら和也の未来がへこたれる。ダメなんだ、大江は優しくて繊細で、それでいて芯のある男でないと——。

とんでもなく身勝手な発想だ。大江にしてみたら甚《はなは》だ迷惑な話だろう。そう思い至った吾郎は苦笑いを浮かべた。

——そりゃ、あるさ。

ぽんと自分の口をついて湯気にかすんだ小さな嘘が、吾郎の頭の中をかすめた。その小さな嘘が引っかかり、チクッと心が痛んだそのときだ。

「よお」

野口だ。野口は一年先輩の同い年だ。めくりあげた袖《そで》の下に、ガラの悪そうな筋肉がのぞく。こいつの若かりし日も、きっとろくなもんじゃない。

「さっきから『ゴローくんは今日どうした』って客が、わんさか来てんぞ」

「来ねぇよ」

「なんで?」

「俺の客には誰にも今日の案内送ってねぇし」

野口は、「呆《あき》れたもんだ……」とつぶやいた。

ふぅーっと高く煙草の煙を吐いて空を見あげたとき、吾郎は無性に家に帰りたくなった。

「野口、俺、帰るわ」

「ああ」

「……そうだ」

「ん？」

「客に案内出してねぇのに、なんで俺はここに来たんだろう」

野口は、「ご自宅の居心地が、よろしくないからじゃねぇの？」と、ニンマリと笑った。

じゃあな、と野口に別れを告げ、吾郎は駅に向かって歩く。

遠くに横一列、入道雲が浮かんでいるのが見えた。


――ねぇ、パパはさ、入道雲がぐんぐん迫ってくるのを見たことある？


吾郎は和也からの質問を反芻した。心のもやもやが濃くなる。数歩行くと、入道雲はちっぽけなビルの陰に隠れた。

ＪＲ常磐線に乗り換えたとき、心に引っかかる原因のひとつがわかった。中野を外に放ったままだった。

―二―

ウイークデーの水戸街道は日中常時渋滞している。

吾郎は営業車のハンドルを左に切って、細い路地から江戸川沿いに抜け出た。とたんに梅雨明け間近の太陽が、車内にどっさり飛び込んでくる。フロントガラスに残る雑巾《ぞうきん》の跡と車内に燻《くす》ぶる煙草の煙が、飛び込んだ陽にさらされた。真横の窓をちびっと開ける。上手《うま》いこと冷気だけ逃げて、煙草の煙は車内にしんと染みついただけのような気がした。

ふと大江のことを考えた。奴はまだ姿をくらましたままだ。フィリピンに飛んだとか、守衛が深夜に奴の幽霊を見た……などと、ぶっ飛ばしたくなるような話も飛び交《か》う。あのバカ、なにをやってんだ、と吾郎のイライラは募る。

ピーッ！　ピピピピピ……。

思考を引き裂く笛の音に、暑さにぐったりした神経をひっかかれる。吾郎は、「うっせぇなぁ」と声に出して、ハンドルを叩いた。

交番から飛び出した警察官のさきには、赤信号を無視してふらふらと自転車をこぐステテコ姿の年寄りがいた。笛の音を浴びせられた年寄りが、開き直って一言二言、警察官に返す。カッときたのか警察官は、「アンタ、どおんとぶつかったら――」みたいな手振りで応え、走り去る自転車のうしろで「あの世行っちまうぞ」と空高くを指した。

（ちっ。冷たい麦茶でも呼ばれて、汗で湿った襟《えり》でもゆるめるか）

吾郎が母の家に向けてハンドルを切ったのは、そんな気だるい昼下がりのことだった。


母が、吾郎のマンションからほど近い町で暮らし始めて五年になる。

新興住宅地として区画された郊外のその町は、家族で屋外バーベキューをどうにか楽しめる程度の庭付きの、小ぎれいな二世帯住宅が建ち並ぶ――予定だった。しかし、ささやかな眺望と引き換えに強《し》いられる、特に高齢者にとってはつらい、高台への上り下りが大きなネックとなり、未《いま》だ空き地が多く残って閑散としていた。

つづら折りの坂を上り、石壁とバラが囲むヨーロッパ調の家の角を曲がった先に、母の家は建つ。低木に囲まれた開放的な庭を持つ家が多いなか、母の家は手間のかからぬよう緑が少ない。庭を囲むオイルステン塗装の木製トレリスの間からのぞくのは、敷き詰められた庭砂利と飛び石、端にツツジとシマトネリコが植わるだけだ。

玄関脇にはカー・スペースがある。だがスペースに置く〝カー〟はない。母は運転免許も持ってない。つまりその空きスペースは「いつ車で来てもいいのよ」といった、母からの無言のメッセージなのだ。それが土地の有効活用かどうかは、隣町に暮らす息子の孝行次第、というわけだ。

そういった沈黙の圧力が、どうにも吾郎は好きになれない。

トレリスの黒い影にタイヤを合わせて車を停める。シマトネリコの涼しげな影が、ボンネットに躍った。いつものようにガタのきている車のドアをバンッ！と乱暴に閉めて、孝行息子の来訪を伝える。玄関ドアをノックする代わりだ。

でもこの日、車のドアを閉めた音はすぐに半《なか》ばヤケクソ気味に鳴く蟬《せみ》の声にのまれてしまった。窓には遮像《しやぞう》レースカーテンが引かれ、その奥に人気《ひとけ》があるかわからない。

呼び鈴を押してみたが、応答はなかった。

出かけているのだろうか。

玄関脇の百日紅《さるすべり》の鉢下には、水やりの跡があった。

蟬の声のすき間から、バサバサッ……と不自然に草が揺れる音が聞こえた。身体をずらして音のほう、隣の空き地をのぞき込んだ。

腰の高さほどに生《お》い茂った雑草の中、乱れ咲く白と黄色の雑多な花。傍若無人《ぼうじやくぶじん》に伸びる茎と、ノコギリ型の葉。その真ん中に、小さな背中を曲げてもじもじと動く、しゃがんだ母の姿があった。麦わら帽を飾るピンクのリボンがどこか物悲しい。

よほど頑固《がんこ》な根っこなのか、母が引っこ抜こうとしている雑草はバサバサと揺れるばかり、大地にがっしりとしがみつく。

「なにしてんのさ」

吾郎の声に、母は頭を上げて首を返す。返すけれど老いた身体はぐるりとは回らず、目線は吾郎にまで至らなかった。細い肩越しに、「吾郎？」と訊ねる。

「ああ」

麦わら帽の下で、玉の汗を吹く母の横顔。おっす、と出かかった調子いい挨拶を、思わずのみ込む。母はもうじき六十八になる。

「今日はお休み？」

「いや、休みじゃないけど気分はそれ」と答えた。

こんなクソ蒸し暑い最中、たいして冷房も効いてない工場巡りは、まともな神経と寿命をすり減らすだけだ。吾郎だけじゃない、要領を得た営業マンは誰もがそう思い、どこかしらで涼しい軽音楽にゆられ、コップに残った小さな氷を口に落として嚙《か》んでいるにちがいない。

母は土で汚れた軍手が触れぬよう、手首で額《ひたい》の汗をぬぐいながら「抜いても抜いても、この通りなんだから」と、ぼやく。あたりには抜き取られた雑草が束になっている。草と土、薄ら白い根っこの間から、黄色い花がのぞいた。

「放っときなよ」

「みっともないでしょ」

「母さんちの敷地じゃないでしょに」

「でもねえ……」

「管理してるとこに言えば？」

うーん、と、あきらめ切れぬ声で母はつぶやき、しわを寄せた眉間《みけん》をまた足元に返した。すっくと伸びる雑草をつかむ。バッタか何かが慌てて横に跳ねた。メリッと根っこが音をあげる。ボタボタと土を滴《したた》らせ、引っこ抜かれた雑草が束の上に載せられた。

母は、はぁーと長いため息をつき、そのまた横の雑草を——。

「ねっ、次の土曜日、俺やるよ」

見るに忍びないと吾郎の口をついた言葉に、母は手を止めてさびしそうな笑みを浮かべた。

「玄関、鍵開いてたでしょ。先に入ってなさいよ」

「そりゃダメっしょ」

「麦茶が冷蔵庫にあるわ、コップの場所はわかるでしょ？」

「そうじゃないよ！」

「銀行でね、新しいコップくれたのよ、マークが入ってないの」

「なんの話だよ」

やっとこさ腰を上げてくれた母は、両ひざに手を当てたまま中腰でたたずんだ。風を受けた麦わら帽が、くらっと揺れる。

その瞬間だ。大事なものが落ちてしまいそうな不安が、吾郎の胸の内をよぎった。

本当に、申し訳ありません――。

母は吾郎が事件を起こすたび、警察や学校に呼び出しを受けた。吾郎は悪びれるでもなく、深々と頭を下げる母を横目で見下ろす。怪我の度合いからすれば、あやまらなきゃならない。だけれど非はこっちにないという信念は、絶対に曲げたくなかった。

吾郎はいつも母の背中をぼんやり見つめた。ただ、ぼんやりと……。

十八のとき、敵対する不良グループとの抗争が激化した。

ヒートアップする抗争にピリオドを打とうと、ある夜、都営アパート跡地に両グループ総勢三十名あまりが集結した。だがその乱闘のなかで、吾郎の後輩が、野次馬気分で付いてきただけのひとりに重傷を負わせてしまった。

事件のあくる日、吾郎は警察に迎えに来た父母とその足で、被害者の見舞いに向かった。被害者の少年には後遺症が残る、そう伝え聞いていた。

病室には入れてもらえなかった。病室の前で被害者の母親が、いきなり吾郎の母のほおを張った。おどろいたけれど、すぐにそれはちがうと前に出かかった吾郎。が、父にえり首をつかまれた。父は、ほおを震わせ歯を食いしばり、吾郎を睨《にら》みつけた。

ビチッ！　母が叩かれる。

被害者の母親は、言い表しようのない無念を掌《てのひら》に込め、母のほおを叩いた。口より先に手が動いたその母親の行動に、父も母も、謝罪の言葉を捨てて押し黙った。吾郎は、うなじあたりの気張った力がすとんと抜けて、がっくりとうな垂れた。

ビチッ！

相手側に父親の姿はない。前に出かかる吾郎の首を押さえる父の力など、わけなく解ける程度のものだった。だが、解くことが何を解くことを意味するか、父がどんな気持ちで母が叩かれる音を聞いているか、女手ひとつで育てた息子を傷つけられた母親を前に父が何をできるのかできないのか――考えるうち吾郎の心は萎《な》えていった。

――アンタみたいな子供が、何をどうあやまったところで……。

それが、事を起こした吾郎に対して、被害者の母親が下した裁決だった。こんなバカを育てた母を叩くことで吾郎の心の奥底を袋叩きにする、きびしい罰だった。

ひざが震えはじめた。涙がこぼれ落ち、床に水玉模様を作る。目の前では、母が、そして父も、足を踏ん張って立っている。

ビチッ！

ビチッ！　母の腰が、くらっと揺れた。

吾郎は、がっくり膝をつく。

「申し訳ありませんでした！　申し訳、ありませんでした。もう……、もう、ゆるしてくださ……い」

床についたひたいが涙ですべる。絞り出した声に、洟《はな》と涙がからむ。病室の中で何かがガチャン！

と大きな音を立てて倒れた。音につられたように、わぁーっとその母親が泣き崩れた。泣きわめくその声に、吾郎の心は鷲《わし》づかみされたように痛んだ――。


風がそよぐ。麦わら帽のピンクのリボンが、ひらりと返った。

どっこいしょ。

腰を伸ばした母の頭から、麦わら帽がくるりと転《ころ》げた。すぐさま吾郎は拾い上げる。裏から土を叩き払い、母に手渡して「だいじょうぶ？」と訊ねた。

「なんでもないの。ただ、伸び上がってすぐに動くと良くないって」

「医者が？」

「テレビで」

母に続いて家に上がる。

下駄箱の上、和也が工作で作った得体の知れない紙粘土の塊《かたま》りの横に、新聞代の領収書と万札が五枚ほど、無造作に置かれていた。

「なんでこんな大金が、玄関先にほっぽってあんの？」

「うっかりしてたわ、お釣り、しまい忘れてたのね」

お金を受け取りながら、母は苦笑いを浮かべた。

「お釣りが五万って……。十万円札でも使ったのかよ」

「そんなのあるわけないでしょ、暑さでどうかしちゃったんじゃない？」

――どうかしちゃったって……。そりゃこっちのセリフだぜ。

年寄りがひとりで暮らす家は、目が慣れるまで一層と辛気《しんき》臭く感じる。廊下の奥やふすまの隙間《すきま》から、線香と正露丸っぽい匂いが混ざって漂ってきた。たいして長くない廊下だが、奥にすすむ母の背中がほの暗い中に溶けてゆくように見えて、吾郎はゴシゴシ目をこすった。

質素だが品のいいリビングの壁には、それと不釣合いなろくでもないポスターが貼ってある。英字新聞を裸の身体にまとっただけの女が、ファッションショーのランウエイを歩くポスター――倉庫街の落書きみたいなメイクをした女は、吾郎の妹の奈央子《なおこ》だ。

三歳下の奈央子は、高校生のころからファッション誌とショーを中心にモデルをやっている。

――奴は、たまには母さんに顔を見せてるんだろうか。

「もうちょい気の利いた絵でも額装したらどうよ」と言ったところで、母は奈央子のポスターを剝《は》がさない。酔った吾郎が両目に画鋲《がびょう》を刺してひどく叱《しか》られ、しまいに泣かれてしまったのはいつのことだったか。

吾郎にも、その母の気持ちが何となくわかるようになった。

和也の姿を街中などで遠くから捉えたとき、じんわり熱いものが胸元につっかえることがある。よそからどう見えようが、自分にとってカケガエナイものはいつまでも繊細なままで、つい過剰に守りたくなる。そんな親の気持ちを知ってしまったのだ。

ただ、その和也の笑顔を携帯で一枚一枚見せながら、「こんなカワイイ男の子が欲しいなら、抱いてやることもやぶさかでないぜェ」などと飲み屋の女を口説《くど》く自分自身も、未だ捨て切れないのだが――。

リビングテーブルの真ん中に、母が大きなガラスの灰皿を置いた。いつも流し台にほったらかしの重厚な灰皿は、ひと昔前の二時間サスペンスに出てきた凶器と同じ面構《つらがま》えをしている。眉間にしわを寄せた母の「煙草やめたら?」は、二十歳を過ぎてから聞かなくなった。なにも言わなくなった母だが、灰皿の真ん中にはいつも新品のマッチが座る。

『墓地・墓石　柴田石材』

お父さんから何か言ってやって下さいな――そんな母の声が収まる小箱が、吾郎の目にはうるさかった。大きな声で台所に向かい、「ねえ、無用心だからさァ、玄関にお金置かないほうがいいよ」と言ってみたが、

「理恵子さんに、よろしく伝えてくれるぅ」

母はしれっと忠告を聞き流した。吾郎は親孝行をひとつ損した気分になる。

「おとついね、水ようかん持ってきてくれたのよ」

食べる?と訊かれ、「俺はいいや」と答える。

吾郎の前に麦茶を置くと、母はソファーに掛けずに床に敷いたイグサの座布団に正座した。なるほ

どそこだけソファーとテーブルの間隔が広い。リビングセットもまた、〝まれにしか顔を見せない薄情な客〟用、ということか。

吾郎は母のいる反対側に煙を吐いた。そう、そういえば……。煮出しの麦茶の香ばしさを鼻に回しながら、不思議に思った。理恵子の実家から水ようかんをいただいたのは、先月のことだ。その夜、彼女が、「明日、お義母さんとこにも届けるわ」と、言っていたように記憶している。

「缶のだよね、水ようかん」

「そうよ、クキッて開けるやつ」

――ほほぉ、そのとき、持ってくるのを忘れたってぇのか？　しっかり者気取りの理恵子がねぇ……。

母は、吾郎の薄ら笑いに違うものを感じたらしい。「ねえ、あなた思い出したんでしょ、『チュッと出るようかん』」と、いたずらっ子のように目を輝かす。

出ました。チュッと出る話。吾郎とようかんといえば、待ってましたとばかりにマリモ羊羹《ようかん》の思い出話をしようとする母。母は「クキッと開けるやつ」との自らの発言を糸口に、楊枝《ようじ》で突くとチュッとゴムがむけるマリモ羊羹に思い至ったようだ。

めんどくせえな、どうしたものかと、吾郎は一瞬戸惑《とまど》う。

だが他に聞く者もなし、ささやかな親孝行になるならと、母が好き勝手しゃべるのを黙って聞くことにした。

母は、吾郎が荒れていたころの話は一切しない。嫌な思い出はチュッと丸まるゴムみたいにポイと棄て、つるんとした無垢《むく》なころの思い出だけを仕舞い込んでいるのかもしれない。楊枝で指を刺して泣いたときの話。葡萄《ぶどう》は好きだけどチュッと出ないからとマスカットを嫌っていた話。それから……。

「それは奈央子だろ」

「あなたよ」

よく覚えてるもんだなと、吾郎は感心した。母の声は、話すうち徐々に若返るように感じる。もう少し頻繁《ひんぱん》に顔を見せなきゃ、人としてどうよ――母の声を聞きながら、そんなことを思った。

「和也くん、笑ってたわ。あなたが枝豆のことを『チュッと出るマメ』って呼んでたって教えたら」

なんだよそれ。なんでくだらないことを息子に言うかな。

持ってく?と母が訊く。

「何を?」

「水ようかん。和也くんに」

「おいおい、ウチから母さんにあげたんでしょうに」

あらやだ、と手を叩いてくすくす笑う母。

「おいしいでしょ、その麦茶」

「たしかに」

「高島屋までわざわざ買いに行ったんだから。ひと袋持って帰って」

「ああ」

「淹《い》れ方は？」

「理恵子は知ってんじゃね、たぶん。ってか、また職場に戻んのに麦茶なんか抱えてたら……」

――いいか、別に。

池田は、外回りの合間に平気でプールに行く。髪をぐっしょり濡らして会社に戻り、給湯室で水着とスイミングキャップを乾かす。それでいて、たいへんな汗じゃないか、暑い中ごくろうさん、などと上から労《ねぎら》われ、しれっと「いやあ、不器用なんで足で稼がないと」などと言ってのける。野口は明らかな散髪の跡を掲げて堂々と帰社するし、中野でさえ毎月映画の日には必ず二時間連絡が途絶える。

母は麦茶を取りに腰を上げた。吾郎はコップの中で小さくなった氷を中指と人差し指でかき上げて、口に落とした。歯ごたえのない弛《ゆる》んだ氷は、どこか傷んだ青物臭かった。

「仕事はどうなの？　順調？」

はいこれ、と麦茶の袋を吾郎の前に置く。

「売れまくり」

「まあ、スゴイ」

簡単にものが売れる時代じゃないことを母もわかっている。感情のこもらない、まあスゴイ、だった。

時計を見て、ひとつ深いため息をついたあと、「そろそろ行くわ」と吾郎は告げる。注文した部品が届かないと嘆く、小さな町工場の社長に頭を下げに行く時間だ。ちゃんと納期通りに部品はあがったのだ。ただ、その部品が吾郎の頭越しに、本部長筋が抱えるでかいユーザーに回されてしまったのだった。

玄関で、会社から持ち出したファブリーズを背中側だけ母に吹きかけてもらう。ガテン系はあいかわらず喫煙率が高いが、頭を下げに行くときには少し気を使う。

「ウチのを使いなさいよ」

「みんなのファブだから、気にしないでいいんだよ」

「マジックで『中野』って書いてあるじゃない」

「みんなの中野だから、気にしないでいいんだって」

かがんで靴ヒモを結わえる吾郎は「それよかさ」と、ぺんぺんと自分の首筋を叩きながら言う。

「ちゃんと、ここ、タオルでも巻いてさ、お日様から守んなきゃ」

「そうね、今度からそうするわ」

「日曜日、天気が良かったら除草剤でも撒こうか」

「だめよ、そこの白い車置いてるお宅、たまにその空き地で猫ちゃんのお散歩させてるんですもの」

「へっ、猫に散歩かよ」

——猫にひもをつけて引っぱるって？　見たためしがない。猫に散歩が必要なのか？　まあ、子供のころ、カブトムシをひもでくくって散歩させたことはあるが。

「あなた、夏休みはちゃんと取れるの？」

「ああ。理恵子が和也連れて実家に帰るっていうんで、その間ウチでゆっくり休むさ」

「ね、なんであなたは一緒に行かないの？」

俺も行く？　自分が身体を休めることに頭が一杯で、吾郎にはそんな発想がまったくなかった。

「まぁ、おいおい考えてみるよ」

和也の夏休みの思い出は、向こうのおじいちゃんおばあちゃんに任せた。これもまたアッチの親への孝行でしょ、と、しれっと思う。

吾郎は麦茶の礼を言い、外に出て車に乗り込んだ。

エアコンを回すまえに、指が疲れるまでファブリーズを吹く。母は、玄関のドアの隙間にたたずんでいる。車を動かすと同時にクラクションを鳴らそうとしたが躊躇《ため》らい、窓を開けて、「またね」と声をかけた。母が手を振る。ハンドル操作が忙しい振りをしながらそれに応えず、アクセルを踏んだ。

つづら折りの坂道。肩をいからせてブレーキを握り、坂を下ってゆく自転車。遠く雲が散らかった空。さらさらと揺れる街路樹の緑。助手席に乗せた麦茶が、ちらりと目の端に入った。

エアコンを切って窓を開ける。昼下がりの気だるい風が、車内の熱気と渦を巻いた。

——ちったぁ汗でも絞っときゃあ、社長さんの小言も減るだろう。

吾郎はほくそ笑み、だがすぐに「プールに通う池田さんを見習って、母さんの家で頭から水をかぶっときゃあ良かったたか」と、ちょっぴり後悔した。

―― 三 ――

吾郎が席に鞄を放るやいなや、するすると野口が近づいてきた。耳を貸せ、といったふうに人差し指をクイクイッと曲げる。

「大江がな、マニラで捕まった」

そう吾郎の耳元にささやいた。

「うそだろ！」

「今んとこ、な」

野口は、しゃあしゃあ……と、よじれた性格をさらけ出した笑い声をたてた。

張り倒したくなるようなジョークだが、タイミングは絶妙だった。吾郎のリアクションに十分満足したのか、そのまま鞄を担いで外回りに出かけようとした野口が、ふとホワイトボードの前で立ち止まる。

「どこのどいつだぁ？　これ書いた奴はよぉ！」

ネームプレート『野口』の横、行き先の欄に油性マジックで「パチンコ」と殴り書きされている。

野口は『外出中』のマグネットをその上に乱暴に貼りつけて、オフィスをあとにした。

向かいから、中野が身を乗り出して言う。「高梨さんでしょ、アレ書いたの」

「漫喫のほうが良かったかな」

あのねぇ……と言いかけ、中野はガリガリ頭を掻きむしった。

「余計なことしないでくださいよぉ。今、あっちもこっちも殺気立ってんですから」

「大江の件か」

横領の噂はまことしやかに囁《ささや》かれ続け、ついには類似した案件がないか内部監査が入るらしいという、噂が噂を呼ぶ状態にまでなっていた。

「それだけじゃないですよ」。中野は宮川を指す。「宮川さんの歯ぎしりが呪いのバイオリンみたいに部屋中に響いてんの、聞こえないんですか？」

このところ、宮川の顔色が優れない。デスクに両肘《りようひじ》を突き、口の前で合わせた両手の向こうで、なにやらぶつぶつとつぶやいている。

前期八億円の注文をとりつけた宮川は、納品立会いとクレーム処理に、土日すべてを充《あ》てていた。技術チームとのスケジュール調整、マシン・トラブル対応と消耗部品の確保。彼のデスクの横のファクスは、それらがぎっしりと書かれた紙を昼夜吐き続けている。それはまさに、前期立派な成績を上げた結果である。

中野の話によると、その宮川が、先週末に北川営業本部長からはっぱをかけられたそうだ。今期の受注額が未だにゼロじゃないか、と。宮川が今、受注活動ができる状況にないことなど、部内の誰もが知っている。しかしこの会社は、北川は、それを許さないらしい。

デスクに戻った宮川は、「いつまで天狗《てんぐ》でいるつもりなんだ、バーン!だとさ」と、いまいましげに言い、自分のデスクをガッ!と蹴ったという。

吾郎は、本部長席をながめた。

北川の姿は見当たらない。デスクの上には『けやき坂ベーカリー』の袋がちょこんとある。北川は、都内いたるところのパン屋をはしごしているらしい。大手製粉機メーカーとのプロジェクトでも抱えているのか。あるいは単に、米アレルギーなのか。

吾郎はぼんやり、ホワイトボードに目をやった。『大江』の横には、今日も『直行』『直帰』のマグネットが雑にならんで貼ってある。その横の扉が勢いよく開いた。にこにこ顔の池田が、走り寄ってきた。今日も髪は濡れている。

「ゴローちゃん、聞いて。すっげぇ水着着たイイ女がいてさ、ちんこ勃《た》ってプールから上がれなくて参っちった」

「ちゃんと鎮まりました? 勃ったままだと北川に、『いつまで天狗でいるつもりなんだ、バーン!』って、股間にそびえた天狗鼻をへし折られますよ。だろ? 中野」

中野が、「職場でする話じゃねぇし」と生意気な口を叩いた。その中野に、その女撮った写メ一緒に見たいなら……と池田は、スイミングキャップと水着を洗って乾かしてこいと放り投げる。中野は、「アハッ」と顔を崩してそれを持ち、給湯室にダッシュしていった。

「池田さん、中野帰ってこないうち見せて見せて」

「そんなん撮るわけないじゃん、訴えられるわ。ん？　おい、ケータイ光ってんぞ」

暑さでゆるんだ身体は胸ポケットの振動にも気づかないらしい。「ガラケーかよ」と池田。吾郎はいちどスマートフォンに換えたが親指が攣《つ》り、ガラケーに戻していた。

メールだ。送信者は、大江だ。


《本文》今度の日曜日、一杯やらないか？


「大江からだ」

「あの野郎ォ、なんてホザいてやがる？」

「えっと、『池田さんの家が燃えてる。バケツリレーの休憩時間にまた連絡する』って」

「先に１１９番しろって返信しとけ」


《本文》ざけんな。


吾郎はすぐさま送信した。

大江は、吾郎より先に所帯を構えた。一年遅れで吾郎は理恵子と一緒になった。そして同じ年に、それぞれの家に女の子と男の子が生まれた。つまり大江のところの花梨《かりん》ちゃんも、和也と同じ小学三年生だ。吾郎は、和也の授業参観などに行くと、あどけなさが抜けぬ男の子たちに比べ、女の子たちには少しずつ〝オンナ〟が滲《にじ》み出ているのを見てとった。きっと今だけの愛らしさがあるんだろうな、などと女の子を持つ父親を嫉《ねた》む気持ちが湧いたりする。

——日曜日だぜ！　ましてや子供は夏休みだ。嫁や花梨ちゃんと、いや、嫁はともかく花梨ちゃんと一緒に遊ぶ。ご飯する。きっと女の子がパパと遊んでくれるのは今のうちだけだ。酒なんぞ喰らってないで子供との思い出を増やせ、子供にいっぱい楽しい思い出を作ってやれ！

吾郎は、自分のことは棚に上げて、大江にはきっぱり言ってやりたいことがいくつかあった。理恵子に対して言いたいこと、理恵子が自分に対して言いたそうなことも上乗せしてブチまけたら、気持ちがスカッとしそうだ。

迎えた日曜日——。さまざまな国家で内紛や隣国との争い事が絶えず、それに介入するか否かの大国の出方も気になる国際情勢ではあるが、やはり吾郎にとって一番の気がかりは、開戦から間もない母子の四十日戦争だ。

その日、勃発からわずか二日目の午後、耳をつんざく言い争いの声に耐えられず、吾郎は退避を決め込もうとしていた。

《本文》急に時間ができた。どこに行きゃいいんだ？

午後三時、なんと大江はすでに水道橋の飲み屋にいるという。

水道橋。大江の家は調布だ。妙な場所を指定してきた。吾郎の脳裏に浮かんだかすかな疑問に、奴にまつわる悪い噂が重なる。

「あぁ心配だ。うーん、きわめて心配だ。このままじゃ、花梨ちゃんがかわいそうすぎる」

「大江さん？」

「うん」

「行ってきたら？　どこへでも」

許可が下りた。

心からの「すまないな」を戦場に残し、吾郎はいそいそと出かける。大手町駅で千代田線から都営地下鉄三田線へと軽やかに乗り継いだ。

向かいには七十前後と思われる小柄な男がふたり、並んで座って話し込んでいた。ふたりともあまり大した身なりでない。ひとりは手提げの紙袋、もうひとりはよれよれのスポーツバッグをそれぞれの横に置く。身体を使う仕事の仲間、そう見えた。

ふたりはべらべらとよくしゃべる。地下鉄に負けじと声は大きいが、入れ歯のせいかすきっ歯のせいか、内容はよく聞き取れない。交互に放つ合いの手が、ひどく耳にわずらわしかった。

「……でェ」「ほおぉぉぉ！」「……からよォ」「あ〜、あんあんあん！」「……ちゅうのよ」「おおおお！」

地下鉄の走行音のほうが、数倍やかましいはずだ。だが吾郎には、酒や煙草でしゃがれたっぽい年寄りの声が気になる。

「ほお！」「おお！」「へえ〜！」「で、どーしたよ！」

吾郎のこめかみで、血管がピクピクッと動いた。

と、そのときだ。

「……で、そのまま逃げちまいやんの、アノヤロウ！」

ふいにそれだけ、はっきりと聞こえた。


入社当時、吾郎と大江には会話らしい会話がなかった。

慶應義塾大学卒業の大江と、族上がりで一浪、偏差値Fランク私大を出た吾郎とでは話が嚙みあうはずもなく、同じ職場にいること自体が不思議でならなかった。

そんなふたりだが、たまたま行きつけのバーが同じだったことから言葉を交わすようになった。吾郎の暴走族の先輩ツネオがバイク事故で死んだ兄貴から受け継いだ、芝公園にあるバーだ。大江は三田にある大学からふらふら歩いているときにそこが目に留まり、以来通っていたらしい。

バーの名前は、『アンプラグド』という。ガレージを想わせ、大人の遊び心をくすぐるバーだ。


──三──

十尺三五角の米松を六本ずつ二列並べて均《なら》した広めのカウンターは、無骨でいてやさしい。カウンターは塗装の代わりにところどころがバーナーで焼かれ、黒く焦がされている。鋼材も塗装なしに鈍く光るか、もしくは錆《さび》加工が施されていた。頭上には鹿革を編んだロープで流木が渡されて、そこに螺旋《らせん》コードをぶらさげたクリップライトが並ぶ。直線的な光線が店内を明暗くっきりと隔てていた。

カウンターには座面の赤いダイナースツールが八脚並ぶ。それから、……それだけだ。「八席しかねぇから、立ち飲みで十四、五人が限界だな」とツネオは言う。八席が埋まっているのさえ、見たことがなかった。

ふたりが入社して半年が経ったころだろうか。

吾郎は、たまたま早い時間に『アンプラグド』を訪れた。そこで、コイーバのシガリロを燻《くゆ》らせながら翻訳小説を読む大江に出くわした。

それまでふたりが『アンプラグド』で顔を合わせたことは、一度もなかった。大江はいつも早い時間、ちびちびとダークラムやカルヴァドスを舐《な》めながらシガリロを燻らせ、本を読んで過ごしていたらしい。吾郎は、終電間際にその夜のシメの一杯を、ツネオに作らせるのが常だったからだ。

カウンターの端と端、大江は吾郎を見て「あっ」と驚いた。吾郎も驚いたが言葉をのみ、「よお」というふうに口だけ動かした。そしてふたりはそのまま、一言も交わさなかった。

以来、吾郎と大江は『アンプラグド』で顔を合わせる機会が増えた。互いに、ひとりで過ごす居心地の良い時間を相手に譲ったと思われることが癪《しゃく》で、あえてかち合いそうな時間をそれぞれ選び、足繁《しげ》くそこに通ったのだった。といっても、そこには会釈《えしゃく》以外本から顔を上げない大江がいて、ツネオとバカっ話に花を咲かせるだけの吾郎がいて、ふたりの間に会話などなかったのだが。

しばらく経ったある日のことだ。

吾郎は、大江の生真面目ぶりと細い葉巻を燻らすキザを、泥酔した女性客がしつこくからかっているシーンに遭遇した。

「きみはさァ、おちんちんもシガリロ君なのかい?」下ネタを矢継ぎ早に浴びせかけるバカな客。

「あ、いえ、その――」顔を真っ赤にしどろもどろになる大江。

「へぇ、そっちはスゴイんだぁ! マフィアのボスの葉巻みたいにぶっといのがギューン!って……」「あっ、触んな……いで」「いいじゃん、上から確かめるだけ」「あ、やめてくだ――」

ついにたまらず吾郎は、「いいかげんにしろよ!」と、大江とへべれけの妹・奈央子の間に割って入った。

それからだ、吾郎と大江が『アンプラグド』で隣り合うようになったのは。


――三――


都営三田線水道橋駅から地上に出る。

白山通りから外堀通りを見ると、大した人の流れがそこにあり、警備員まで出ていた。今日はジャイアンツ戦と、競馬の重賞レースが重なったのかも知れない。吾郎は、橙《だいだい》色の鳴り物やハッピ姿に囲まれるように歩道を歩いた。

勝負にときめくジャイアンツ・ファンの反対側からも、人がつらつら流れてくる。疲れきったという面持《おもも》ちで駅に向かうそちら側は、すでにレースの勝敗がついたあとだ。前かがみに足取り重い人の列は、長い一日を終えた古代エジプトの奴隷を想わせた。

そのなかに、なにやら携帯にまくしたてながら歩く、髪を金色に染めた若者がいた。二十代半ばくらいだろうか。紺の作業ズボンに、汗で汚れたTシャツ姿。携帯を耳に当てる反対の手には競馬新聞をにぎっている。すれ違いざま、その金髪が、ひときわ大きな声を発した。

「……で、そのまま逃げちまいやんの！」

思わず吾郎は金髪の背中に向かって振り返った。金髪はかかとのすり減ったサンダルで吾郎の影を踏んだあと、雑踏にまぎれてゆく。

勝負にときめく橙色の群れと、勝敗がついたあとの灰色の群れ。今日はこれくらいで勘弁しといてやろうとばかり、ようやく傾きはじめた太陽に、往来の影が歩道に重なり合う。

吾郎はまた、大江の待つ場所に向かって歩き始める。平坦な道。だけれどそこに、たしかな勾配を感じた。

逃げたのは馬なのか、人なのか——地下鉄の老人と金髪の若者の言葉が頭から離れなかった。

陸橋下をＪＲ水道橋駅のほうへ渡り、ガードをくぐった。

大江が指定した居酒屋の、べたべたした暖簾《のれん》をかきあげる。すぐさま店員の「らっしゃいませいっ！」の声が、あちこちから上がった。店の引き戸は開け放たれたままだ。向かいの中華屋の看板に跳ねた西日がひざ下まで入り込む。足元の光のなかで、暖簾の影がでたらめに躍った。

カウンター一番手前の角から、大江が「やあ」と、明るい声とともに手を上げた。かなり出来上がっている風だ。下はジーンズ、上には白いポロをざっくり着ていた。

煙草の煙と油の燃えた煙が、煤《すす》けた天井でぶつかる。競馬帰りの中でも、まだ声を上げる元気とおそらくだが酒代だけ残した連中が、煙を肴《さかな》に威勢がいい。騎手をののしる奴がいる。あんときだよ、あんときよぉと、左右の手で抜きつ抜かれつを演じる輩《やから》がいる。配当金に文句をたれる奴もいる。どいつもこいつも肩に厄介《やっかい》なものを担いでいるせいか、背骨がグンニャリと曲がっていた。

そのなかで大江は、「場所、すぐにわかったぁ？」とあっけらかんとした口調で訊ねる。

「ああ」

吾郎は答えながら大江の横、座板の上に敷かれた薄汚い座布団に尻を置いた。

おしぼりで顔をぬぐい、奴の前のビールジョッキを指して何杯目か訊ねた。たぶんだけどと、大江は指を二本立てる。それからもう一本伸ばしかけてまた曲げると、首を傾《かし》げてぬらっと笑った。ジョッキの横の灰皿には、ちょっと吸ってはもみ消した吸殻が山となっていた。

――こいつは今、辺りの空気の重さに気づかずに、いや、むしろここに軽やかな居心地よさを感じて、日曜日の午後を過ごしているのだろうか。

「おい、なにがあったんだ？」

「ねえ、まずは乾杯でしょ」

吾郎が不意をついたつもりの本題突入へのキッカケを、大江はヒョイとはぐらかした。「すいませーん」と店員を叫び、指を二本立て、それから頭をふらふら揺らす。油膜が張ったようにテラテラした大江の目のなかに、吾郎をまっすぐ見ようとしない黒眼がにごって沈んでいた。

ジョッキがふたつ運ばれる。ふたりとも無言でそれを掲げ、カチッと合わせてから唇に運んだ。大江は、食いかけの空豆と肉豆腐の皿を吾郎に寄こし、また新しい煙草に火をつける。ライターを持った手で頭上に垂れ下がる品書きを指しながら、「ここ、意外となんでもいけるんだ。なんか頼みなよ」と勧めた。

吾郎は、ジョッキを口に預けたまま短冊を見上げた。

あのさ、と大江。吾郎の気持ちが中途半端に品書きに向いたところで言う。

「田中部長の件、聞いてるかい？」

吾郎の目が大江を向いたときにはもう、すでに大江の目は板場の奥へ行っていた。

もちろん吾郎も、田中部長の一件は知っていた。

中部営業支社の田中部長がまだ東京営業支社で課長職だったころ、吾郎と大江はずいぶんと世話になった。温厚な人柄の親分肌で、頼りない部下の悩み事や失態にはとことん付き合ってくれる人だった。部長は、常務執行役員になることを目指していた。そして着々とそこに近づき、実際ダークホース的に一番近いところにいるとさえ目されていたのだ。

その田中部長が五月の連休明け、大勢の管理職の前で社長からボロクソに罵倒《ばとう》されたという。原因は、中部営業支社にふりかかった三億三千万円におよぶ受注キャンセルだそうだ。

そして三週間ほど前。毎月第一土曜日に行われる合同営業会議において、田中部長は中国の機械工業会社に出向を命ぜられた。

今さら中国でもない、だから今こそ中国なのだ、というのが、引くに引けぬところまで中国需要に頼ってきた会社のタテマエだ。カヅミ精機の中国撤退の口実作りを、田中部長は任されたのだ。現地に赴《おもむ》き、被害を最小限におさえて事業を破綻《はたん》させる、破綻の責任を負うことも含めたそれが任務だ。

「ひどい話だよ」

「あぁ」

大江はハイライトをくわえ、吸った煙を口の中で揉《も》んでは青いままに吐く。体に毒だと肺には入れない。吾郎が以前、食い物屋でシガリロはやめろと言ってから、奴はハイライトも携帯するようになった。

この店はね、と大江が言う。言葉を切ったまま、「ね」で開いた口の前歯のうらを左から右へ舌先でなぞった。目はさらに遠いところを見つめている。

「ずっと前の冬、この先で納品の立会いがあってさ、田中部長と一緒に来たことがあるんだ」

「それが、今日、ここを選んだ理由か？」

「いや……。もう知ってると思うけど、僕は会社の金を使い込んじゃったんだ。その金を取り戻そうとね、有り金叩《はた》いて馬券を……」

「…………」

「嘘だよ」

吾郎の気がそがれた顔を見て、大江はひっくり返るいきおいで笑った。不自然で、不器用な、まるで胸の中のモヤモヤをすべて吐き尽くすような笑い方だった。

心配したことを笑い飛ばされた。気を回したことをからかわれた。あともうひとつ不愉快なことがあったら、奴を絞め殺す。

むすっとした面持ちで、ジョッキを掲げる。と、ぽんと大江のひじがジョッキに当たり、吾郎のシャツにビールがこぼれた。自分のしたことに気づかない大江は、オイオイ大丈夫かいと、煙草をもみ消しながらさらに笑った。

ふざけんな。

「よお、今日のおまえはちょっと――」

「先週、花梨との最後の面会でそこの遊園地に行った帰り道、この前を通りかかったんだ」

大江が、おしぼりを寄こしながら言った。

花梨ちゃんとの……最後の……面会？

「大江、おまえ、なにを言ってるんだ?」

「ここって田中部長と来たとこじゃん!って懐かしくなってさぁ。じゃあ今度ちょっくらゴローちゃんとここで飲むか、なぁんて思っちったワケさ、アハ」

「おい、ちょっと待て、なんなんだよ! 面会とか、最後とかって」

大江が、削り節の踊る厚揚げにしょうゆを回しかけながら、慎重に言葉を選んでいるのが伝わった。努めて明るい口調で、ところどころで厚揚げをはふはふやりながら、奴は語った。

嫁さんとは、去年の春先に離婚していたこと。花梨ちゃんとは、月に一度養育費を支払う際のみ面会が許されていたこと。それから、……その養育費がもう不要だと、言い渡されたこと。

「嫁さん、再婚するのか」

「らしいよ。あ、元嫁ね」

「相手の男には会ったのか?」

「なんで?」

「え、だって……元の嫁さんはともかく、その男に花梨ちゃんを託《たく》すわけだ、ろ?」

「あのね、いいかい、ゴローちゃん」

大江が子供を諭すように言う。

「離れて暮らしたって親子は親子、そりゃ間違いない。だけどね、新しい親子関係が紙の上に成立したら、……血より、朱肉の方が赤いとしなきゃ、法務省なんていらないってことになっちゃう。こっちはさ、一歩下がった立場に身を置かなきゃ。これが奥ゆかしき離婚の作法ってもんさ」

「それで、お前は納得してんのか？」

「納得するもなにも……ハハッ、親権を渡しちゃったらハイおしまい。アンタは娘がいらないと、ホラここに署名して判までついてるじゃないですか、とくるワケさ！　笑えるよ。元娘のすこやかな成長を、元父は遠くとおーくで妄想してなさいな、ってなもんだ。まあ、気楽っちゃあ気楽なんだけどね、アハハハ」

「そおゆう言い方はやめろやっ！」

「…………」

はぁーと、大江が口を開いてため息をつく。思い出したように周りの雑音がのしかかってきた。隣で管巻《くだま》く年寄り同士のたわ言も、うしろのほうでビール瓶を乱暴に置く音も、客の注文を板場に伝える店員の声も、すべて輪郭のないガーという音のかたまりとなって、吾郎と大江をのみ込んだ。

「法律のことはわかんねえけどさ。そんなの絶対おかしいじゃねえか……」

大江に視線を送ることが憚《はばか》られ、ジョッキに描かれた麒麟《きりん》を見ながらつぶやく。麒麟がかいた汗を親指で拭《ぬぐ》う。水滴がジョッキをジグザグに迷走し、加速しながらカウンターに落ちた。

麒麟を見て、昔着ていたスカジャンに背負った龍の刺繍《ししゅう》を思い出した。

敵対する不良グループとの立ち回りのなか、頭に血が上り、野次馬に重傷を負わせた後輩は、お咎《とが》めを喰らわなかった。

「あんなとこでよ、背中向けて突っ立ってた野郎がバカなんだ」

「親父が腕のいい弁護士立てたもんで、喧嘩両成敗で済んじまったよ」

「ヒヤヒヤさせせんじゃねえよ、でもまぁ良かったじゃん」

胸をなでおろした加害者、囃《はや》した連中、吾郎はゲラゲラと笑い合う奴らをまとめてぶっ飛ばした。

——法律のことなんかわかんねえけどよぉ！

地面に転がり苦しそうに呻《うめ》く連中を見下ろしながら、同じセリフをわめいたことを思い出す。奴らとはそれっきりだった。熱が冷めたのか目が覚めたのか知らないけれど、バイクも喧嘩も奴らも、もうたくさんだと、吾郎はそのとき決心したのだった。

吾郎は煙草を深々と吸い、ふぅーと吐いた。となりで大江は黙り込んだまま、身じろぎひとつしなかった。

「いつだかよ、花梨ちゃん自身がさ、おまえはおまえなりの離れた父親であることの意味を、ちゃんと受け入れる日がくるんじゃねぇの」

聞いて大江がふっと笑った。うつむいたまま、何度もこっくりうなずいた。

それから、焼酎をボトルで頼んだ。

くだくだと、それでいてあっという間に空いたボトルを逆さにしながら、もう一軒行こうと誘ったのは吾郎だ。酔ったせいかもしれないが、大江の顔は会ったときより柔和に見えた。

「だめだよ」

「なんで？」

「ゴローちゃんは、ちゃんとウチに帰れ。僕みたくなっちまうぞ」

「じゃ日曜日に飲もうとか、メールすんじゃねえよ」

「なあ、『お前がぁ二十歳《はたち》にぃ、なあったら〜』って歌、曲名なんだっけ？」

「宮川さんの十八番だろ、それ。『お前が二十歳になったら』じゃないのか」

「ちがうんだ。何だっけか。この前からずっと気になってさ」

――息子よ、おまえが二十歳になったら一緒に飲もうや、ってな歌だ。お互いに、そんな歌詞が心に染みる歳になった。でもよ……おまえんとこも宮川さんとこも、女の子だろうが！　んん、待てよ。昨今、親父の酒にとことん付き合うのは、息子じゃなく娘かもしれない。いや、子供が二十歳になって一緒に飲む相手は、母親かも……。だめだだめだ、それはぜったいにだめだ。和也の酒の相手は、俺だ。それは奴が生まれたときから決まってることだ。

吾郎はふと思い立って、ずっと気になっているアレを、大江にぶつけてみた。

「なっ、おまえさ、入道雲がぐんぐん迫ってくるのを見たことある？」

「雷ゴロゴロの積乱雲だろ？　あるよ」

「ちげぇよ、そりゃカミナリ雲だろ」

「入道雲もカミナリ雲も同じ積乱雲だろ」

「白くてもくもくが入道雲で、黒くてゴロゴロがカミナリ雲で、呼び方がちがうだけさ」

「見たことあるか？って質問だよ。それにだぜ、おまえ本当にカミナリ雲だろう。白いもくもくが迫ってくんのを見たことあんの？　ゴロゴロやピカピカのあとで自分の真上を見上げて『あ、カミナリ雲だ』ってな具合じゃないのぉ？　ホントは」

「かもしれない」

——ここで折れてもらっては困る。なんだか、心に引っかかっていたところと離れてゆく気もする。

大江がズズッと、グラスに残った焼酎をすする。吾郎もならってすすった。

「おまえさ、嫁と別れた原因ってなんだったの？」

「うーん、たぶんゴローちゃんとこと一緒だと思う」

「ば、ばーか、ウチはまだ、いや、ずーっと太い絆《きずな》で結ばれてらあな」

「ピンク色が抜けた冷麦みたいな絆だろ」

「十トン車の車軸みたいにぶっとい絆が、夜な夜なグリースでヌラヌラがっつん！　ラブラブよぉ！」

吾郎はそう言ってはみたものの、夫婦の関係からピンク色は薄くなったと感じていた。和也から、

「弟がほしい」と言われたその一瞬、はて、おまえの弟はどうやったらできるものかと、ぽかんとしたのはいつだったろう。

大江が、グラスに残った氷を指ですくいそこねて床に落とした。落ちた氷を吾郎が蹴る。氷はえらい速さでどこかに消えた。

「展示会だぁ立会いだぁって、土日潰《つぶ》してガツガツ働いてさぁ、生きてる中で仕事が占める時間ばっか膨《ふく》らんでくとどうなるか、ゴローちゃんにわかるかい？」

「算数は任せろ。給料に見合う仕事でかまわない、ってことだろ」

「つくづく、ゴローちゃんは駄目な男だな」

「昔ならわかるが、今のおまえに言われたかぁないよ」

「うん……」

——あ。調子に乗りすぎた。

なんだか最後に白けさせてしまい、吾郎は再度、カラオケだったらどーよと誘う。大江はバン！と吾郎の背中を叩いて、「帰ろう」と席を立った。

しっかり2で割って精算を済ます。外は生ぬるい夜風がひっそりと吹いていた。

「実はね、僕は今日……」

唐突に大江が言う。そこで言葉を切ったまま押し黙った。奴は夜空を見上げて目をしばたたき……、いや、濡れた目に風をあてて乾かそうとしていた。

吾郎は、奴の口が再び開くのを待った。

しかし、やがて大江は目を閉じ眉間にしわを寄せて、ゆっくりと左右に首を振る。奴が心を閉ざしたのが、ありありと伝わった。

「大江」

「いや……。そうそう、花梨はさ、花梨はいつか、理恵子さんや奈央子ちゃんを超えるほどの美人になるだろか」

「理恵子を超えるには、俺を超える男と一緒にならなきゃ無理だ」

「なんか簡単そうに聞こえるのはなぜだ？」

「もうひとりのほうだったら、誰でもヒョイと跨《また》いで越えられる」

「超売れっ子モデルだよ。ゴローちゃんは兄貴だからそう見んだろうけど、綺麗だし、なんせカッコいいぞ、奈央子ちゃんは」

「アハハ。大江、ライティングや修正技術に騙《だま》されてんじゃないよ」

大きな歓声が、風に流されたのか、ふたりに届く。

「奈央子ちゃんにからまれた日を思い出すなあ」

「ああ」

また歓声が唸《うな》る。ドーム球場からか、ジェットコースターからか、それともそれは歓声ではなく、ビルに風が巻いた音なのだろうか。

「五回の裏あたりかな」

大江が東京ドームのほうを眺めながらすっと言う。吾郎は腕時計を見て「そうかもな」と答えた。その腕時計を大江がペシッと叩く。

「野球じゃないよ、僕たちだよ」

あ、と口を開く吾郎を見た大江はくっくと笑い、手を上げて背中を向ける。それから駅とは反対のほうへ、ふらふらした足取りで歩いていった。

よお。吾郎は一度だけ声をかけた。追わないほうがいいと思った。

― 四 ―

吾郎の母の住む家は、建って五年が経つ。

父の定年を機に、三十五年暮らした四谷の家（二十六年間をそこで過ごした吾郎の生家でもあった）を処分して、吾郎たちが暮らす隣町に家を建てたのだ。

――孫のそばで老後を過ごしたい。

それがこの地を選んだ理由だと、顔も赤らめずに語る父母の表情から、かつての厳格さは消えていた。

ところが、本当の理由はもっと深いところにあった。

どうも様子がおかしい。かすかな疑問が吾郎の脳裏に浮かんだのは、もともと無口であった父が、こと家を建てる話となると、母より饒舌《じょうぜつ》になったからであった。

その父が、あるとき吾郎に大きな封筒を寄こした。封筒の中身は二階建て家屋の見取り図と、完成予想イラストだった。そこには内階段がなく、外階段を上った先に〝ふたつめの玄関〟が描かれていた。それが父の積極性の背景に、母の更年期鬱《うつ》が絡《から》んでいると知ったキッカケだった。

父は言葉少なに、母が今、鬱々とした心持ちにあることを語った。それは、〝母とのこれから〟をひとりで抱えるのは手に余るという、父の〝ギブアップ宣言〟だった。

降って湧いた同居話に、吾郎の腰は引けた。突きつけられた〝子の義務〟に、戸惑ったのだ。

ところが理恵子は、同居の話にまんざらでない素振りをみせた。吾郎は、長男に嫁いだ義務としての「しょーがなくに決まってるでしょう」という本音を、彼女の素振りに探した。まちがいなくその裏にあると思った。ところが、彼女のどこにも〝いやいやなカンジ〟とか〝背中を向けた舌打ち〟の影はなかった。それがまた、吾郎をひどく苛立《いらだ》たせた。

吾郎の渋面をよそに、二世帯住宅の計画は着々と進む。もはやこれまでと腹をくくりかけた吾郎に肩入れし、同居に頑《かたく》なに反対したのは、母だった。

母と理恵子の折り合いは悪くない。いや、すこぶる良い。傍から見ていても、ふたりのあいだには温かく心地よいものを感じるのだ。理恵子の、年寄りを大切にする心根のやさしさは、吾郎には半ば驚異であった。

しかし母は、とても良くしてくれた父の母、つまり義母と、生活を共にしてからうまくいかなくなった経験を忘れられないのだそうだ。理恵子さんと私にも、程よい距離があってこその仲なのよ、そう父を説得したらしい。

母は、理恵子ひとりに面と向かい、

「まったくの同居には反対なの。でもね、理恵子さん。わたし、あなたや和也くんのそばで暮らしたい。それは本心なの」

そう改めて吐露し、ちょっぴりほおを赤らめて見せたそうだ。

それを聞いて心底ほっとした吾郎をよそに、「ふぅ、一時はどうなることかと思ったよ」と言う父の「ふぅ」は、安堵の吐息に失意のため息が交錯してどこか調子っぱずれに甲高《かんだか》く、さびしい笛の音のように聞こえた。

その父は、老夫婦の新居が完成した二年後の冬に、心筋梗塞《しんきんこうそく》で他界した。以来母は、ひとりでその家に暮らす——。


吾郎の帰宅は連日遅い。ああだこうだと理由をひねり出しては、どこかで一杯二杯と引っかけてから家に帰る。後ろ暗さなどみじんも見せず、「ただいまァ」と元気に明るくドアを開ける。

だがその夜、わざわざ玄関に迎えに出た理恵子の心細げな表情に、吾郎の口をついて出たのは「ただいま」でなく「ごめん」だった。

日曜日に大江が吐いた〝子供との最後の面会〟というひと言――。その言葉の悲しい響きがずっと、吾郎の耳の奥で尾を引いていた。繊細なカケガエナイものを失ってから気づく下り勾配、そこをひとりでとぼとぼと歩む自分を想うと切なくなった。妻と見知らぬ男に手をつながれる和也を想像すると、胃がしくしくと痛んだ。

吾郎は、酒の勢いも借りて、理恵子のルーム・ウエアの腰に手を伸ばした。引き寄せようとした、そのときだ。

「ねえ、お義母《かあ》さんの様子が、ちょっとへんなの」

「……え」

引き寄せようと彼女の腰にかけた吾郎の両手は、はじらいの抵抗も上半身の重みも感じない。ただ、ふわふわとした理恵子の不安を支える形で固まった。

吾郎は、只事《ただごと》でないものを感じる。いつもなら母の様子がへんだと聞いたところで、「年寄りの小さな変化に気を取られてるとコッチが先にへんになるぞ」などと、にべもなく聞き流したろう。しかし、先が思いやられる蒸し暑さが続くここ幾日かの間で、〝様子がへん〟は大江に次いで二例目だ。奴との会話を振り返ってみれば、理恵子が母を慮《おもんぱか》る心を軽々しくやり過ごせるはずなどない。

「ねえ、上がったら？」

吾郎ははっと我に返り、ああ、と答えた。

ぼおっとしたまま靴を脱ぎ、理恵子の横を抜ける。リビングで散らかした漫画に囲まれる和也への
ただいま――酔っ払い親父の鬱陶《うっとう》しいスキンシップを、世界じゅうの子供と同じように我が子も毛嫌
いした――もそこそこに、キッチンへ向かった。換気扇を回し、その下で煙草に火を点《とも》す。

「どお、へんなんだ？」

「……うん」

吾郎が感心するほど足繁く母の家に立ち寄ってくれる理恵子が、母から最初の相談を受けたのは、
三週間ほど前だという。「くれぐれも吾郎には黙ってて」、母はそう念押ししたそうだ。

コンロの上にはガラス蓋《ぶた》をした鍋がひとつあった。蓋の水滴の下にカレーが見える。レードルが、
鍋と蓋のあいだに刺さったままだった。

「お義母さん、イヤガラセを受けてるって」

「相手は？」

吾郎が、このセリフを口にするのは久しぶりだ。

遠い日々の暴力沙汰《ざた》は、大方このひと言ではじまった。

「町じゅう」

「ま、まちじゅう？」

理恵子は「そう、町じゅう」と暗い目でくり返した。

『あっちもこっちもどんな店も、おつり銭をごまかすの。八百屋も薬局も、郵便局までが。ちゃんとおつり銭をくれないし、ひどいと代金が足りないって。きっと私がこの土地の生まれじゃないから。よそ者の年寄りをバカにしたイヤガラセなのよ』

それが母の言い分らしい。

特定の店ならまだしも、町全体というのはありえない。

いやな予感が当たった。母の心に、またなんらかのトラブルが生じているのだ。吾郎は、なにか前ぶれがなかったか振り返る。ここ二ヵ月ばかりの間、吾郎が知るのは草むしりをしていた母の姿だけだ。あのときの母の様子に、変わったところは……。そうだ。つり銭といえばあの日、母の家の玄関には新聞代の領収書と一緒に五万円が置かれていた。

——うっかりしてたわ、お釣り、しまい忘れてたのね。

母の苦笑いが、吾郎の脳裏にまざまざと甦った。

「なあ、おまえが母さんとこに水ようかん持って行ったのは、二、三週間前か？　ほら、おまえんとこの実家からもらった缶に入った水ようかん」

「ううん、届いてすぐだから五月よ」

「五月」

母は、おととい理恵子が……と言っていた。

「なんで?」

「いや」

――なんとなくおかしなところは、あの日にもあったのだ。あれらは、母からのSOSだったのではないか。

深く考え込む入り口で、理恵子の訝《いぶか》しげな眼差《まなざ》しに気づく。母からのサインに気づかなかったと打ち明ける勇気が、吾郎にはなかった。

「更年期障害だろうか、また」

「お義母さんのお歳考えると、そうじゃなくって……」

「よ――」吾郎は言いかけた言葉をすんでのところでのどに留めた。

弱ったな――などという困惑のセリフが、まちがいなく理恵子を傷つけることに思い至ったのだ。

「あなたにすぐ相談しようか迷ったの。でも……」

「わかってる」

デリケートな問題だ。母と理恵子の間にはなめらかな信頼関係がある。母に「黙ってて」と言われた以上、相談ははばかられて当然だ。

理恵子は母から相談を受けてからほぼ毎日、母を買い物に誘ったそうだ。それで母の気も晴れ、気が晴れれば支払いもスムーズにこなし、理恵子もほっと一息ついたところだったと言う。

「でもきのうの夕方、お義母さんから電話がかかって、『もう、ひとりじゃ外に出れないね』って。

いろんな言葉をかけたけど、お義母さん、電話の向こうですすり泣き続けてた。だからね、今日また、お迎えに行ってご一緒したの」

母の気が紛《まぎ》れればと、理恵子は和也も誘った。

母は楽しそうだったらしい。ファミレスではチキンドリアを完食した上に、マンゴー・シャーベットまでぺろりと平らげた。ところが理恵子が会計するさまをじっと見つめると、「どうやら私のおつむのほうがへんなのね」とこめかみあたりを手で押さえ、気分がすぐれないから家に戻ってゆっくりしたいと訴えたそうだ。

「『おばあちゃん家《ち》まで手ぇつないでくれる?』って、和也の手を握って、ふたりで歌なんか口ずさんで……。ゆっくりと坂道をね、坂道を上ってくお義母さんの背中が……」

理恵子は、何度も声を詰まらせた。震えそうになる声を一生懸命に整えながら、なんとか母の様子を詳細に伝えようと気丈に語る。

「お裾《すそ》分《わ》けのお惣菜は今まで通り美味《おい》しいし、字だってきれいだし、世事にも詳しくってお話し上手なのもぜんぶ、今まで通りなのよ」

吾郎は、聞いているだけで口の中が乾いた。なにか言おうと言葉を口のなかで練るうち、つい、舌打ちみたいな音がこぼれてしまった。あわてて水切りにふせてあったコップに水道水を注ぎ、ゴクリと音を立てて喉に流す。胃の中で、アルコールとぶつかった手ごたえがあった。

「麦茶、冷えてるよ」

「いや、ちょっと着替えてくる」

寝室に向かう途中、和也の姿が吾郎の目に入った。和也は、リビングでおとなしく漫画をめくっている。細いうなじに残る産毛がたまらなく可愛い。

――子供は三歳までに一生分の親孝行をし終える
酔いの残る頭で、吾郎はそんな言葉を思い出した。〝三歳までに一生分〟というのは少なからぬ水増しを感じるが、和也が醸《かも》す愛らしさは十分に親孝行のうち、と考えることができそうだ。

――と、すれば……だ。俺は俺なりに、今の和也と同じように幼い日、母の〝無償の愛〟に対して応えた親孝行もあったはずだ。

吾郎は、そう考えることによって、老いた親に対する責任が、ささやかだが軽くなる気がした。


いつもなら「ママ、ジュースちょうだい」だとか、「パパ、これチョー笑えるよ」だとか、ひとりの時間を持て余す心情を不器用に訴えるひとりっ子が、今日はやけに静かだ。大人の不安を彼なりに理解しているのだろうか。いやいや、まだ八歳の子供だ。大人を自分とはちがう生き物のように考えていた遠い日を、吾郎はうっすら思い出して想像を打ち消した。

「同居、か」

着替えながら、そうつぶやいてみた。

吾郎は、Tシャツと短パンに着替えて、再びリビングを横切る。漫画を読みふける和也に「おもしろいか？」と、背後から声をかけた。息子はまるで、しんみりした大人の心情を推し量ったふうに、顔も上げずにただコックリとうなずいた。

「おばあちゃんとさ、買い物行ったんだってなぁ」

「……うん」

「どーせ、なんか買ってもらっちゃったりしたんだろォ？」

和也は手にしていた漫画を憮然《ぶぜん》と掲げた。

「ねえ、パパ」和也が言う。「おばあちゃんは、ひとりぼっちでさびしいの？」

ひ、ひ、ひ、ひとりぼっちという言葉に、吾郎の胸はきゅんと締め付けられた。

大江が今そうであり、いつか自分もそうなる不安がよぎるなか、生真面目一本に生きてきた母は、ひとりぼっちで寂しくなんかあってはならない。

「わかったようなこと言うんじゃないぞ。おばあちゃんはな、全然ひとりぼっちなんかじゃないさ。だってさ、和也や、ママやパパがこんな近くにいるじゃないか、ちがうか？」

「…………」

和也は無言のまま長いまつげを落とすと、また漫画に向き合う。

キッチンに戻った吾郎はそこに理恵子がいないことに、あれ？と思い、さらに二歩進んで、食器棚の陰にへたり込んで膝を抱える彼女の姿と遭遇して、ぎょっとした。

「そーゆうの、ちがうよ」

理恵子は床をおぼろげに見ながらつぶやいた。「和也はわかってるんだよ。私やあなたが説明しないでも、ちゃんと自分の目で大人の世界を見て、自分なりに感じるものがあるんだよ」

「………」

「あの子はさ、周りから受ける愛情に気づいたところから一歩成長して、周りを思いやれるようになってきてるんだよ。そんなあの子のだよ、心の成長とか自尊心を小バカにするような言いくるめ方は――」

「小バカになんかしてねえさっ！」

吾郎の荒らげた声から理恵子は顔を逸《そ》らした。

和也が、大人同士のほどよい距離感を理解するはずがない。暮らしぶりじゃなく、心が近くにあるからひとりぼっちなんかじゃない――大人の答えとしたら、上出来じゃないか！

父の他界の際に、吾郎も今後の事を考えなくはなかった。だが、父を失ったところで、母と理恵子の関係が変わったわけではない。大人同士が量った〝ほどよい距離〟の継続に、誰も異論はなかったはずだ。それを和也の心の成長と秤《はかり》にかけたうえで、「そーゆうの、ちがうよ」という一言を発した理恵子に、吾郎はつい熱くなった。

――おもしろくない。

気づけば三者三様、目も口も交わさない白けきった夜。和也からは声も姿も届かない。理恵子は、吾郎の足元にへたり込んで動かない。そして吾郎は、煙草を吸っては「ふうっ」と、油臭い換気扇に煙を吹きかけるくり返しだった。

すぐそこと、ここ。だけれど心が離れた〝ひとりぼっち〟×3。

吾郎は、なんだかひどく切なくなった。

「母さん、まだ起きてるよな」

吾郎の問いかけに理恵子はようやく顔を上げて、吾郎が手にした携帯を見た。暗い目をして、わからないというふうに、首をそっと左右に振る。あと少しで十時になる。だが躊躇《ためら》わず、吾郎は短縮ダイヤルを押した。幾度もコールしないうち、母は電話に出た。

「起こしちゃった?」

「ううん、なんとなく色んなこと考えてたら、目が冴《さ》えて。どうしたの? こんな時間に。なにかあったの?」

母の声はいくぶん力がない。

吾郎は、先入観があるからそう感じるだけだと思いたかった。

「いや……。そう、母さんの誕生日なんだけどさ。久しぶりに麻布十番まで足延ばして、『更科《さらしな》堀井』の蕎麦《そば》なんてどうだろう、なんて思って。堀井のサックサクのかき揚げを、一度和也に喰わせてびっくりさせたいなあ、ってのもあるし」

「ちょっとォ、私の誕生日なんてまだ……そう、三月《みつき》も先じゃない」

あなたまたお酒飲んでるんでしょ、と、母は苦笑いを含ませて言った。

吾郎の心はすっと安堵に傾いた。もたれかかった冷蔵庫がグラッと揺らぐ。扉につるつると尻をこすりながら、床に腰を落として理恵子に並んだ。

「そっか。だよねー。アハッ。んじゃあ、今度の土曜日は？」

「あなた仕事は？」

「どうにかするさ」

「どうにか、……ねえ。それより吾郎、あなた、ちゃんと和也くんと遊んであげなさいよ」

雲行きが怪しくなってきたところで、吾郎は、「ちょっと待って」と携帯を理恵子に預けた。

瞬時、困惑を見せたものの、理恵子は携帯の向こうに「いえいえ」と「ううん」をくり返してはにかむ。義母から日頃を労《ねぎら》われているのだろうか。重くて気まずい空気が、徐々にうすらいでゆくように吾郎は感じた。

と、理恵子はほくそ笑むように、「うん」を二度繰り返す。ろくでもない陰口であろうと、今宵《こよい》はありがたくてすがすがしい。彼女は携帯を耳にあてたままよいしょと立ち上がり、いそいそとリビングに向かった。

「ほら、和也。おばあちゃんに教えてあげて」和也に携帯を渡す。「漫画のこと、ママが訊かれたってわかんないから」

「もっしもーし。うんっおもしろい。ありがと。そーそーそー。いいよっ」和也の口調も、こころなしかテンションが高い。「ほんとっ？　うんっわかった。じゃーねー」ピッ。

エヘヘといやらしい笑みをむき出した和也が、吾郎の手に携帯を返した。

「おばあちゃんがね、新しいのが出たらまた買ってくれるって」

吾郎は余計なことは言わず、「よかったな」と、小さな頭をこねようとしたがかわされた。

理恵子はいつの間にか流しに向かっていて、洗い物にとりかかっていた。吾郎は彼女に並び、何か言おうと明るい色合いのジョークを思い浮かべた。そうだ、と口元をゆるめて彼女の顔を覗《のぞ》き込む。

そして、その横顔に貼りついた暗い不安と再会した。

「お風呂入ったら？」

吾郎に一瞥《いちべつ》もくれず、理恵子はそう言った。

ふたたび空気が固く張った。カチャッと、水切りに濡れたレードルが置かれる。カレーの鍋は、いつのまにか片づけられていた。


吾郎が独身の頃、浴室は殺風景だった。結婚して、浴室ミラーの前にはずらっと横文字のボトルが並んだ。和也が生まれて、ボトルの横にはおもちゃが並んだ。あらためて見れば、浴室の中はずいぶんと賑やかになったものだ。一人暮らしはわずか数年だったけれど、そのころを振り返ると湯船にためたお湯にはもっと角があり、五分と浸っていられず逃げ出すようにシャワーを浴びた記憶がある。

湯はいつの間にか丸みを帯びて、やさしくなった気がする。

吾郎が風呂からあがると、リビングもキッチンも、すでにしんと静まり返っていた。このままでは夢見が悪いに決まっている。あらためてビールをあおるかと思案しながら、しばし冷蔵庫のコンプレッサーの音をにらんで佇《たたず》んだ。

――理恵子はたいした女だ。感嘆と感謝がふくらむにつれ、自分が彼女の大きな子供になった気がしてしまう。そしてそのぶん、理恵子を〝女〟として見る目がかすんでしまう。彼女を核として、家族という絆が太くなってゆく道の途中、俺は〝男〟としていったいどこに存在しているのか。

ひとりぼっち。その言葉が吾郎の頭の中を彷徨《さまよ》う。

――たいせつな人を守るとき、頭の中で解決を図る男の人を、私は好きになれないわ。ぶん殴るでも、ぶん殴られるでもいい、身体を張れる男が私は好き。私はあなたに、ずっと守ってもらいたい。

二人の関係が始まったとき、理恵子はそう言った。彼女は今、その言葉を後悔しているのではないだろうか。

社会人となり、身体を張るだけでは解決できない問題にあふれた世の中をそれなりに渡ってきた吾郎はもう、理恵子を守るところにいない。和也が生まれ、彼女には守るものが生まれた。身を挺《てい》しても守るとは、守られる立場を棄てたからこそ言えることだ。

ビールの気分はふっ飛んでいた。

薄暗いリビングをすごすごと抜け、吾郎は寝室に向かう。ほの暗い寝室に豆電球ひとつ。布団《ふとん》が二組。いつも通り、握りこぶしふたつ分離れて敷かれた敷布団に夏掛け布団。

でもそこに、理恵子の姿はなかった。

吾郎は和也の部屋をのぞいた。和也の顔はふくらんだ布団の向こうに見えなかったけれど、その横で、体を〝ら〟の形に寝そべる理恵子の姿が見えた。彼女の寝顔に、頑《かたく》なさを取り払ったあとの安らぎはない。寝ながらにして寄せる眉間のしわに、「こんなはずじゃなかった」が口癖だった昔の母の面影が重なる。母と理恵子に血のつながりはないのに……。吾郎は不思議に思った。

早朝、吾郎はリビングのソファーで目覚めた。

身体がきしんだ。時計を見ると、あと一時間ほど横になれる。いつの間にか掛けられた夏掛けを手に、もうひと眠りするかと寝室へ向かった。寝室には未だ理恵子の姿はなく、彼女の夏掛けも消えていた。

ねえママー！

和也の声が、朝の空気を揺らす。

「母さんが望む望まないじゃなく、一緒に暮らそうと思うんだ」

出掛けに吾郎はそう言った。どうしてもこれだけは言わねばならない、そう思ったからだ。

何も言わずこくんとうなずく理恵子が、ねえママー！と奥から声高にくり返した和也に、「なぁに？　今行くから」と、さらに声高に応える。

「まかせっきりで悪いな」

「ううん」

閉まりかけたドアの向こうに、理恵子の朗《ほが》らかな微笑が見えた。

―― 五 ――

木曜日、ようやく梅雨が明けた。

夕暮れ時、吾郎はしばらくご無沙汰していた『アンプラグド』に顔を出した。ここにも大江の姿はなかった。

ツネオの話では、ここひと月ほど来てないとのことだ。そして、ついでといったカンジで、最近、奈央子が来て無銭飲食して帰ったと、吾郎に聞こえるか聞こえないかの声でつぶやいた。

いろんなことがはっきりする前に、奈央子には相談しておかないと拗《こじ》れるかもな。モヒートをのどに流しながら、吾郎はそう思った。

本場キューバのモヒートは、ソーダの気泡が飛んでピリッとせずに甘ったるいらしい。でもツネオの作るモヒートは、ソーダが生きていて清涼感にあふれている。ミントの香りもすがすがしい。自家栽培のスペアミントがなんたらどうたらと、ツネオは吾郎の嫌いな薀蓄《うんちく》を垂れた。

『アンプラグド』にはいつも通り、プラグレスな曲が流れている。今かかっているのは、ザ・ローリング・ストーンズのアコースティック・ライブを収めたアルバムだ。死んだツネオの兄貴が、このアルバムを愛していた。

電子楽器を使わないアコースティック・ミュージックを概してアンプラグド、もしくはプラグレスという。ツネオの兄貴は「プラグを抜いた」という和訳に、仕事抜きとか息抜きの意を込めて、このバーを『アンプラグド』と名付けた。ツネオは兄貴を知らない客に対して、「昔、相当ヤバかったオレが、もう二度とキレて爆発しねぇって誓って、『スパークプラグを抜いた』って名前に決めたんだ」と、店名の由来《ゆらい》をうそぶく。

曲が『ANGIE《アンジー》』に変わった。これが沁《し》みる夜もある。だが今日はちがった。

《TO》 大江
《本文》 すぐ来い！ 白人巨乳娘が三人も来店だ！ 俺とツネオじゃ手に余る（パイオツが、な）。飛んで来い！ ひとり溢《あふ》れたアンジーって娘が、おまえを待ってる！

吾郎は書いたメールを消去した。追及するのかそれとも励ますのか。大江を呼び出してどうするつもりか、自分の気持ちが定まってない。母や理恵子のことも気がかりだ。とにかく今日は、深酒する気分ではなかった。

――そろそろ帰るか。

腰を浮かせかかったところに、ひょいとツネオが顔を突き出し、遠慮がちにつぶやく。

「あの、ヨシアキのことなんだけどさ――」

――終わったことを蒸し返されるのは好きじゃない。

吾郎が眉間に不愉快をきざむと、ツネオは口を閉ざした。

ヨシアキは日本名で、本名は知らない。在日韓国人三世だそうだ。吾郎が引き起こした不良グループ同士の抗争にまきこまれて怪我を負い、それが原因で左脚の自由が利かなくなり、プロの総合格闘家になる夢を打ち砕かれた。さらに心の支えになっていたジムからも、町なかでの暴力行為に加わったとして、破門を言い渡されてしまった。

見舞いに行っても追い返されるだけの吾郎は、せめてヨシアキへの誤解を晴らして破門を解いてもらうべく、ジムを訪れた。しかしここでも、「理由はともかく」の一点張りの館長から追い返される。あきらめずに、連日通い詰めた。館長からは無視され続け、館長が留守のときには血気盛んな連中に、リングの外でボコボコにされた。

やがて情をかけてくれた練習生のひとりが、ヨシアキが毎日ジムの周りを掃除していたことを教えてくれた。コンビニの角から外車ショールームの角まで、吾郎はヨシアキのかわりに毎日掃除した。掃除が終わるとボコボコにされた。よくぞ続けられるよと、感心する者もいた。

ヨシアキの破門を解くという目的以外に、吾郎がジム通いを続けられた理由は三つあった。ひとつは、徐々に総合格闘技がおもしろくなってきたからだ。はじめはリングの外でボコられた。やがてリングに上げられてボコられ、それからさらに三ヵ月ほどすると、中堅とは互角に戦えるようになった。こっそり観戦した館長は、このままプロを目指したらどうだい、と勧める。「いや、弁護士になりたい」と吾郎が言うと、今年聞いた中で一番のジョークだと褒《ほ》めてくれた。

ふたつめは、「後輩の不祥事に対し、ケジメをつけに参りました」と吾郎にくっついてきたツネオが、飾ってあったトロフィーを落として壊し、そのままトンズラしたことへのオトシマエもつけなければならなくなったからだ。

そしてもうひとつの理由。それは、近所掃除に汗を流す吾郎の姿を、外車ショールームのガラス越しに見て微笑《ほほえ》む理恵子に会いたいからだった。

吾郎とヨシアキはそれ以来の付き合いだ。

ヨシアキと会うぶんにはなんら問題ない。だが、その都度ヨシアキは、吾郎と後輩連中との手打ちを打診してくる。

「連中もようやく目が覚めたって」「吾郎さんに会って謝りたいそうだよ」

吾郎がヨシアキからそんな話を聞かされ続けて、もう十年を超える。

――ジム復帰を果たせた恩返しだかなんだか知らないが、お門違いもはなはだしい。奴らが俺に謝罪したい、許してもらいたいなら、償《つぐな》え。一生俺の前に現れないという約束を以って償え。以上だ。

吾郎は不愉快になり、ツネオに一杯おごらせた。

「ゴローくん、奈央子ちゃんの分も、オレがおごったことになるのかなあ。いやさ、あの細い体で飲むわ、喰うわ、もおタイヘンな――」

「なあ、ツネオよぉ」と顔を寄せる。「惚れた女の前ではいい顔しといて、だ。女のお兄様がいらしたら妹のぶんも払ってくんないかなぁってグジグジぼやくのが、おまえのやり方なんだな？」

「ま、まさかぁ、あはは……」

ツネオは観念したように、笑いの尻尾を乾かした。

ツネオはずっと奈央子に想いを寄せている。吾郎はそこに付け込み、奈央子のプライバシーを漏らしてはタダ酒をいただいたこともあった。だが、ツネオの健気《けなげ》さが痛々しくて、心苦しくなってやめた。

あまりにＢＧＭが物悲しい。帰り際、吾郎は一万円ほど余計にカウンターに置いた。

外に出た。西の空にはまだほんのりと水色が残る。

吾郎は夜毎《よごと》、母の様子を理恵子に訊いて確かめていた。買い物は一緒に出るが、「近頃また目が悪くなって」と、財布は理恵子に任せるらしい。

「一緒に暮らす話はあなたからして」

「土曜日は納品の立会いが午前中に終わるから、昼過ぎに、いや陽が傾いてから、母さんと一緒に更科堀井に行こう。そこで話すよ」

朝がた家を出るときに、そんな会話を交わした。

日比谷通りをはさんだビルに、東京タワーが小さく映る。吾郎はなんだか急に、どんと目に飛び込む東京タワーを見たくなり、芝公園を目指して道路を渡った。首都高速をくぐる。パコッ！とバットで軟球を打つ音とまばらな歓声。その向こう、芝公園の緑の上で、東京タワーが夜空のはじまりを突き刺していた。緑をすり抜けた風が、心地よい。

と、そのときだ。東京プリンスホテルの方から歩いてくるふたりの男が、吾郎の目に入った。

「た、田中部長ぉ！」

吾郎が叫ぶ。

おおおっ！と感嘆の声を上げ、吾郎を指差し驚く田中部長の横で、大江は呆然《ぼうぜん》と立ち尽くしていた。

田中部長に誘われるまま、吾郎はツネオのバーに戻った。

ツネオはしれっとストーンズのアルバムを一曲目からかけ直していたが、舞い戻った吾郎を見るや、慌ててニルヴァーナのＭＴＶアンプラグド・ライブに変えた。

田中部長は明朝単身で中国に発つという。今夜は浜松町のホテルに泊まるらしい。今日は重役への報告に本社に寄ったところ、北川に声をかけられた。その北川が、大江を電話で呼び寄せたという。

「面目ないったらありゃしないよ。まさかのまさか、大江が俺の尻拭いをしてくれていようとはな、アッハッハ」

酒も揃わぬうちから、田中部長はよくしゃべった。「北川さんがね、懇々《こんこん》と大江の男気について語るんだ。あの大江がねえ、って思ったらうれしいような恥ずかしいような……」

軽い乾杯のあと、田中部長はジン・トニックをグビグビと一気に半分ほどのどに流し込んだ。大江は、褒め上げられるほどに、複雑極まりない表情を落ち着きなく蠢《うごめ》かせている。

吾郎はいやな予感がした。北川が大江を褒めちぎるなどありえない。ましてや大江を呼び出し、それに大江が応えたことも不自然だ。

「部長の尻拭いって、おまえ、何をしたの？」

煙草に火をつけながら、大江に訊ねた。

大江は無言でリカールの水割りをなめる。代わりに田中部長が、「名古屋でキャンセル出した受注の一部をね、こいつがさばいてくれたんだとさぁ」と答えた。

「……本当なのか？」

大江はだんまりを決め込んだ。

いつもよりジャック・ダニエルのオン・ザ・ロックスが辛い。吾郎が小さな氷を足すよう頼むと、ツネオが怪訝《けげん》な顔をした。

中国に飛ばされる田中部長は、終始憑《つ》き物が落ちたように明るくて、元気だった。管理職たちが揃う中で、大口キャンセルを罵倒された部長だ。その悔しさを、吾郎は我が身のように想った。だから、今夜の田中部長の振る舞いを、カラ元気と心配してみるべきか迷った。だが、その様子には空々しさは見て取れなかった。

横で大江はベイリーズにウオッカを注《さ》してグラスを重ね、あっという間に酔いつぶれた。目をつぶり、種子を飛ばし終えたタンポポのように、カウンターに揺れていた。

その背中を、田中部長はドンッと叩き、おい！と言う。

「大江、俺はそろそろ行くぞ」

「……あ……はい」

「高梨、そんな目でコッチを見るな。目標を失ったのに晴れ晴れとした俺が、そんなに不思議か？」

「え、ええ」

「アッハッハ。よし、素直なおまえにいい話を聞かせてやろう。俺がな、ちっとばかり大きな失敗ですべてを失ったと思ってさ、ぽかんと口開けてたときよ……。女房が、こう言ったんだよ」

――高い山を征服することは、男にとっての誇りかもしれないわ。そこから見下ろす雲の海は、そこでしか見られないものだもの。でもね、もっとなだらかな頂から見上げる雲だって、そこでしか出会えない空にあるんじゃないかしら。そこにしか咲かない花があって、そこだけに吹く風がある。あなたの誇りは、あなたが一歩踏み出したそこでしか出会えないものの中にもあるんじゃないの？


「それ聞いたらよ……」。田中部長の饒舌《じようぜつ》は続く。

「知らない土地と新しい人生に一歩踏み出すことに、えらくワクワクしてきてな。『もちろん一緒に行くわ』って女房をなんとか説き伏せてさ、しばらくひとりでぐるっと自分の周りを見渡してやることにしたんだ」

「それにしても急すぎますよ。まだ決定から一ヵ月しか――」

「俺よ、俺」田中部長はニンマリと笑う。「会社は十月からって言うんだけど、俺、せっかちだろ？」

苦笑いを浮かべる吾郎の背中を、田中部長は豪快にバン！と叩く。それから、「さて、行くとするか」とスツールから立ち、ツネオにありがとうと会釈した。

田中部長は見送ろうとする吾郎の肩を、「いいから」と押さえる。親指を返して寝てしまった大江を指し、頼んだぞと声に出さずに言った。

「田中部長、お元気で」

「おまえたちもな」

店の扉が開くと、みょうにすがすがしい風が吹き込んできた。その風の中に、田中部長は踏み出してゆく。アスファルトを駆る車の音がふくらんで、そして扉が閉まると同時に静まった。

「納品したのは、こないだの日曜日なんだぜ」

突然の声にギョッとして、大江の顔をのぞきこんだ吾郎は、目が合ってもう一度ギョッとした。寝起きの目ではなかった。大江が心許《こころもと》ない手つきで、コイーバ・クラブに火をつける。スパイシーな香りが一気に広がった。

「こないだの日曜?」

「ゴローちゃんと一緒に飲んだ日だよ。あの日の昼間に納品したんだ」

大江は、ふたりのグラスを交互に指して、ツネオにお代わりを伝える。吾郎は同じグラスのまま、ウイスキーと氷を足してもらった。とんだ深酒になりそうな予感がした。


大江が、泉谷製作所からNC旋盤についての相談を受けたのは、去年の春のことだそうだ。去年の春といえば、大江もまだ家族との別離から日が浅かったころだ。

泉谷製作所は、航空機の部品加工を手がける会社だ。大手の一次請けメーカーからの下請けに位置する。その小規模な鉄工所が、自社の技術を生かした新規事業参入を検討するに際し、カヅミ精機のNC旋盤に興味を示したのだという。

「社長の泉谷さんは、過去に事業展開を失敗したことがあるんだ。そのために、妻子とも別れた。だから、新しい取り組みには慎重でさ」

酒の味が変わった。吾郎は指で氷を回したが、薄まるだけでトゲが抜けない。手を伸ばして、大江のシガリロを一本もらい、口の中と胸の内を慣れない煙でゆすぐ。

「十月にね、ようやくおおよその道筋が整った。半年かかったんだ。泉谷さんとガッチリ握手してさ、とことん酒を酌《く》み交わしたっけ」

そこで大江は、大きなため息をついた。

納品は、なかなか実行されなかった。年をまたぎ、いつの間にか春も終わり、といった具合に延びに延びた。理由は大江が言わずとも想像がつく。小規模な鉄工所の案件など、本部長筋が抱えるでかいユーザーからの受注に応えたあとのあとに回されてしまうのが、今の部内のやり方だからだ。

そこへ舞い込んだのが、中部営業支社での大口キャンセルの話だ。

よそへ回すはずだったNC旋盤に手を加えれば、すぐに泉谷製作所に納められる。大江は勇んで泉谷氏の元を訪ねた。しかし、喜ぶと思った泉谷氏は、渋顔をこしらえた。納期が延びたぶん価格を下げてくれてもいいんじゃないかと、申し出たそうだ。大江はその旨会社に持ち帰り、部長の北川と談判をくり返したという。

「今度こそ他に回されないように、あらかじめ名古屋から戸田の倉庫に旋盤を移送したんだ。それだけなのにだよ、PC上だと移送したその日、泉谷製作所に納品したことになってる。びっくりだよ！

それで売掛金の未回収、いんや横領じゃないかって噂になってんだろ？　ただの入力ミスなんだ。倉庫の誰かが入力をミスったんだ。えらい迷惑な話だよ」

大江が、北川と直談判？

田中部長は、北川が大江の男気を語ったと言った。吾郎には、にわかに信じられない話ばかりだ。

「だから入金なんか、まだぜんぜん、これから先の話さ」

「泉谷さんの納得いく金額で納められたのか？」

「ん、ああ、そうだね。僕もね、腹をくくったんだ」

大江はハハハと笑って見せる。吾郎は〝腹をくくる〟にどこか引っかかった。

「なあ、大江、腹をくくったって――」

「もういいだろ！　ほっといてくれないかっ！」急に声を荒らげた。「ちゃんとやるさ。誰にも迷惑かけないよ！　どいつもこいつも見くびりやがって。いつかな、……いつか……」

「大江……」

曲がライ・クーダーの「VIGILANTE MAN《自警団員》」に変わった。吾郎には、スライドギターの音色に、大江の心の震えが重なったように聞こえた。

カウンターにだらしなく伸びた大江は、ツネオが肩を貸そうとするとひとりで立った。拾ったタクシーに同乗しようとする吾郎を、ひとりで大丈夫だと言って拒む。

まっすぐ帰れよ、と、吾郎。

「なあ、田中部長、行っちゃったな」

大江は閉まりかけたドアを押さえ、そうつぶやいた。

吾郎は、「田中部長だけじゃない、みんないつかきっと帰ってくるさ」と、精一杯笑って見送った。

―― 六 ――

土曜日は雨だった。

機械を下ろしたトラックは、現場にエンジニアをひとり残して早々に引き上げた。

雨の涼をたくわえた風は、工場の奥まで届かない。蒸し暑さが襟元とベルト周りを、不快な汗で濡らした。午前中でこれだ。昼をまたいだなら、もっとひどいことになるだろう、そう吾郎は覚悟していた。

だが、納品立会いは予定通り、午前中で終わりそうな気配だった。

初めて組む若いエンジニアは、まだ十代といってもおかしくない幼さの残る顔立ちだ。青年はそっぽを向いて「居村《いむら》です」と名乗ると、あとは吾郎の存在を忘れたかのようにいちども目を寄こさず、作業に当たった。

こういったエンジニアも少なくない。

営業職を目の仇《かたき》にし、専門知識も技術もないくせに自分らより高い給料をもらっていやがる、と、敵意をむき出しにしてくる奴だ。またそういう奴に限って、〝この道ウン十年〟を誇る町の職人に対し、理屈と数値とカタカナを並べて嫌がらせを打つ。吾郎はこういった輩《やから》と組まされて、仲裁に入ったり双方の愚痴《ぐち》を聞いたりと、だらだら夜半過ぎまで立会うこともままあった。

ところが、この居村という若いエンジニアは、そういう連中と様子がちがった。

六十を越えた職人を前にして、つねに礼儀正しく且《か》つ要領よく、また職人の顔を立てながら、難解な新機種の説明を実になめらかにこなしてゆく。その姿は、傍《かたわ》らから見聞きしているだけで気持ちが和《なご》む。吾郎はただ、風に叩かれて左右に振られる雨脚を、ぼんやり見て過ごしていればよかった。

工場の外へ出て、トタンの軒下で煙草に火を点《とも》す。出るたびに携帯を見るが、理恵子や母、それに大江からのメールも着信もいっこうになかった。

ぽつんと冷たい雨の雫《しずく》が、吾郎のほおに当たった。風に運ばれたのだろうか。辺りをくるっと見回したそのときだ。背後で人の気配がした。火のない煙草をくわえた居村が顔を出す。が、吾郎を一瞥《いちべつ》すると、そのまま工場の中に引っ込もうとした。

「俺もまた、ずいぶんと煙たがられたもんだなぁ」

「…………」

「喫煙者は嫌いか？」

ジョークがお気に召さなかったのか、居村はくわえた煙草のフィルターをぎゅっと嚙んだ。吾郎がからかい半分に、ライターの火を出すと、彼は自分のオイルライターで火をつけた。彼の吐いた煙草の煙は雨に射抜かれながらゆるやかに、鉛《なまり》色の空に向かって消えてゆく。

吾郎は、あごで工場の中を指して言う。

「大した客さばきだな。どうだ、営業に移る気はないか？」

悪ノリついでといった誘い文句は、まるっきり嘘というわけでもない。客前にはこういった男が必要だと、展示会のたびに思うのだから。

「客をさばく？　〝モノを作る側同士〟だから話がはずむだけです」

「そうゆう話をな、客は泣いて喜ぶんだぞ」

「モノじゃなく伝票を見て、右から左へササッとさばくのが、営業さんのお仕事でしょ？　それじゃあ僕は、世界に誇る町工場を支えてきた先輩たちから、何も得られないんですよ」

「得られるさ、たくさん」

「たとえば？」

思ったよりたくましい反応に、吾郎はあらためて感心した。

「優秀な機械の秀でた一面をことさらに強調して、いい条件の嫁ぎ先を探すのが営業の仕事だ。嫁ぎ先の生々しいニーズの中に、また新しい機械が生まれるキッカケがあるんじゃないかい？」

「スゲエ！　嫁ぎ先とはまたずいぶんと、心に染みる言い方だなァ。汗と油しか染み付いてないアタマじゃあ、そういった表現はとても考えつきませんよォ」

「我々の仕事に、きみのように口の立つ技術者はもってこいだぜ。縁結びの神様ごっこは、病み付き間違いなしだ」

「縁結びの神様ごっこ、かァ。そうだよなぁ、タイの浸水だって神様の仕業だし、嫁いだ古女房が水没してくれたおかげで、新しい嫁選びってニーズが生まれたんですもんね」

「………」

「あ、待てよ。それじゃあ、縁結びの神様ごっこじゃなくて、災害特需を神頼み、か。でもそれが被災者を足台にして生き延びてこれたウチの本音でしょ？　こりゃいつかバチが当たるな」

風に吹かれた雨粒が、吾郎のほおに当たって伝い落ちる。ぽつんと冷たい雨粒の軌跡が、熱のこもったほおに心地良かった。

「きみは少し口が過ぎるようだ。残念だが、営業は無理だな」

「よかった。そう言われて、やっと少し気が晴れました」

何故《なにゆえ》にそこまで敵意をさらすのか。居村という青年がむき出しにする敵意に対し、逆に好意といってもよい関心を抱いた自分を、吾郎は不思議に思った。

新しい煙草に火を点す。それを見て、居村はまだ長い自分の煙草を灰皿に押し当てて、無言で工場の中へと消えていった。

また機械音が響きだす。職人の若々しい声と青年の晴れやかな声のやりとりが、ところどころ聞こえる。

「微調整はおいおいってカンジで」「まあ、使いながら、だな」「そうですね、なんかわかんないことあったらすぐ、あ、携帯番号、ここに書いときますね」「おお、すまねぇなー……」

こうして納品は、きわめてスムーズに終了した。


「で、なにしてるんですか?」

黒いセダンのドアを開けて助手席に飛び込んだ吾郎を、そう言って居村は迎えてくれた。

「いやいや、ひどい降りだなぁと思って」

納品も無事終わり、工場を出て傘を開くには開いたのだが、スバル・インプレッサに乗り込む居村が見えた。雨に濡れるウンヌンもあるが、もう少しこの青年と話がしたかった。

「運転手さん、一番最寄りのJR日暮里駅まで」

居村はくすりともせず、だが後部座席にあったバッグに腕を伸ばしてタオルを抜き、答えの代わりにひょいと吾郎に寄こした。

朝からの雨で、都内の道は空いていた。

インプレッサは快調に走り続ける。居村は、ラジオもつけなければ音楽も流さない。残念なことに会話もなく、吾郎の当初の目的は果たせない。

居村はかなり運転に慣れていた。しかし、なだらかに転がそうとしない。発進、コーナリング、ブレーキング。すべてその都度、ひと味加えた。急発進したかと思えば、次はなめらかな加速。その次は、わざとマンホールの上から発進してタイヤを滑らせ、次は後輪がすべり出すぎりぎりのところまで速度を保ったまま、コーナーを曲がりきる。そのたびに、後部座席に置かれたダンボール箱が揺れた。居村は会話の相手に吾郎でなく、素直で従順な愛車と、カタカタうなずくだけの段ボール箱を選んだらしい。

「なあ、〝土砂降りの中の乱闘事件〟と〝絶対スベらない仕事の失敗談〟、どっち聞きたい？」

「どっちも、結構です」

「じゃまずきみから、〝なんでオレがひねくれちゃったか話〟」

「…………」

日比谷公園の前で、信号が赤に変わった。後続車がいないことを確認すると、居村はわざとライン塗装に車の右側タイヤを乗せて、乱暴にブレーキを踏んだ。右側のタイヤだけスリップする。彼はブレーキをゆるめながらわずかにハンドルを右に切って、車体を立て直した。

段ボール箱がついに崩れた。手が届くものなら積みなおそうと、吾郎は後部座席に振り返る。

「放っといて構いませんから」

「こう見えてね、箱と失敗は、積み重ねるのが得意なんだ」

居村からほんのかすかに、クッという笑い声が漏れた。

箱の上にあったクリアファイルから紙切れの束がはみ出して、一部は床にぶちまけられている。おいおいと、吾郎はそれらを拾い集める。そこには、円柱形の筒の中に、S字型の板が立っている絵が描かれていた。

「これは?」絵を、シフトノブのあたりで広げて訊く。

またたんまりかと思った。だが居村は「何だと思いますか?」と訊ね返してきた。会話を膨らませるチャンスだ。しばらく真剣に考えたあと、吾郎は閃《ひらめ》いた。

「ビール缶だ! 缶を傾けるとさ、S字のアルミ板をビールがすべって美味《うま》い泡が立つ——そんな仕掛けだろう!」

「そうです」

「『すごい! よくわかりましたねぇ!』とかさ、美味《おい》しい会話が盛り上がる仕掛けは考えないの?」

答えの代わりに急発進が待っていて、吾郎は右耳をヘッドレストにつぶされた。

きっとどこかのプレス工場から新たな旋盤を受注しているのだろう。吾郎は紙を束ねてクリアファイルに戻し、段ボール箱の上に置いた。

「ん?」

吾郎はもういちどクリアファイルをつまみあげ、その下に書かれた名前を読む。……泉谷製作所。段ボール箱には、『泉谷製作所』と書かれてあった。

「きみ! 先週、大江と一緒に、泉谷製作所へ納品に行ったのか?」

居村は、また元に戻って押し黙った。みるみる顔が赤らむ。車内の空気がぴんと張り詰めた。

「納品？　冗談じゃない。あんなの納品でもなんでもない」

「注文された機械を納めといて、納品じゃないとは？」

「あのままじゃね、あの旋盤は使えやしないんですよ。これまでも同じようなことはありましたが、あれほどひどい配送は初めてだ」

熱くなって声が膨らんだ自身をコントロールするためか、居村の運転は、工夫のない落ち着いた走りに変わった。

「なにがあったか説明してくれないか」

初めて、居村が吾郎の言葉に従った。


日曜日、居村が泉谷製作所に着くと、すでに到着していた大江は工員らしき外国人と揉《も》めていた。話の内容は聞こえなかったが、その外国人のゼスチャーは「帰れ！」と言っているようで、大江の苦笑いとなだめすかすような態度からは、「なにバカなこと言ってるんだ」という様子がうかがえた。

炎天下、おおぜいのカヅミ精機スタッフに囲まれたたったひとりの外国人は、やがて折れた。工場出入口の扉を解錠して、お手上げといったふうにバンザイしながら後ずさり、それでもまだ何やらぶつぶつとつぶやいていた。

工場に入った居村は、唖然《あぜん》とする。設置場所など、どこにもなかったのだ。

大江はひとり忙しく工場内を動き回り、やがて資材が梱包《こんぽう》された段ボールの山を指し、「こいつをどかせば、旋盤を置くスペースくらいとれるだろう」と言う。居村をはじめ、一同あっけにとられた。次の瞬間、大江は「早くしろっ！」とどやしつける。異常な昂《たかぶ》り方にみな驚き、渋々ながら作業に取りかかった。

旋盤の運び込みが終わると梱包すら解かず、「ご苦労さん」と大江に見送られ、それで納品は終了してしまった。機械の調整や取り扱いの説明などもない納品など、居村は初めてのことだった。

話を聞き終えた吾郎は、んんん、と唸る。のどに貼り付いた苦々しさが剥《は》がれるかもしれないと、咳払《せきばら》いもしてみた。

「そんなの納品って言えないでしょう！」

「納期は遅れに遅れ、泉谷さんには大変なご迷惑をかけてたんだ。大江は少しでも早く、現物をそこに運びたかった。そりゃあどんな腹づもりで、工員の反対を押し切ってまで強行したかは知らないよ。でも、あとであらためて、旋盤の調整にうかがうスケジュールを立てるつもりなんだろう」

「……ありえませんね」

吾郎のいい加減な説明に、当然、居村は納得しない。

「きみたちのプライドを蔑《ないがし》ろにしたことを、きっと大江は気づいてない。それは俺から奴に言って聞かせる。奴からきみたちに、ちゃんと経緯を説明させるよ。それまで少し待ってもらえないか」

居村は黙ったまま、車を転がした。吾郎も彼にならい、口をつぐんだ。

やがて車はＪＲ日暮里駅前で、ハザードランプを点滅して停車した。

どうもありがとう、と吾郎は礼を言い、車から降りた。降りて再び居村の車が走り出すのを見送ろうと、待った。すると、助手席側のウインドーが静かに下りる。

「高梨さん」

「ん？」

「僕は、行くべきじゃなかった」

「…………」

「断ればよかったんだ」

居村のまっすぐな目が、若干揺れて見えた。吾郎は、大江の真意を確かめることと、泉谷製作所に置かれた旋盤にその後どんなケアをする計画があるか調べることを約束し、携帯番号を交換した。

こくっとうなずくように会釈して、居村は車を出した。

こういった若者の涼やかな自尊心を、たやすく汚しちゃならない。吾郎は、ひとまわりほど年下の居村に対し、素直にそう思えた。

車が走り去ったあと、濡れた路面にタイヤの跡が二本、平行して伸びてゆく。降りしきる雨がそれを叩く。二本の線は、たちどころにぼかされていった。

理恵子が和也の着替えを並べながら、「雨上がったし、少し早いけどお義母さんのとこ行かない？」と言う。

七

吾郎は立会いから戻り、シャワーを浴びてさっぱりして、ひと息つこうかというところだった。


「電車で行くよね」

「なんで？　また雨降るかもよ」

「あなた、お酒飲むでしょ」

お義母さんも、ちょっぴり飲んでくださるかしら、と理恵子。

――そうか、更科堀井で鴨《かも》焼きに冷酒、冷房が効いていれば焼酎の蕎麦湯割りもいいな。

そのとき吾郎は、はたと気づいた。

昼間、納品立会いの現場で垣間《かいま》見た、世代を超えた職人同士のなめらかな接触に、自分は、母と理恵子のすがすがしい関係をかぶせて見ていたのだ。だから、居村という青年にこてんぱんに言われながら、好意といってもよい関心を抱いたのだ、と。

居村の凜《りん》とした目が思い浮かぶ。ぎゅっと目をつむり、二、三度しばたたいてみた。それだけで見える世界がリセットされて、青年と同じ不器用で真っ直ぐな心構えになった気がする。

そうして、吾郎は自らを省みた。

世代を超えた職人同士と、母と理恵子に共通するのは、互いが互いをリスペクトしあうフェアな関係にあるということだ。母から自分に注がれた愛情は、〝子の責任〟で返済する借財ではない。和也に注ぐ愛情は、後々返してもらう〝子の責任〟の積み立てじゃない。親子の愛は、双方向性の無償の愛だ。そのときどきの一方通行ではなく、たえず相互にリスペクトする関係の中にあるのだ。

和也に注ぐ愛情で、俺は彼から、何を学ばせてもらっているのだろう。この先の母に注ぐ愛情から、何を学ぶのだろう。そうやって心の耳を澄まし、人生を豊かにする想像が膨らんでゆく音を、大らかに楽しめばよいのだ。

――母との同居から、人生の奥深さを見出すか見出さないかは、俺次第だ。


雨上がりの舗道を、母の家へと歩く。

和也は、ブロック歩道にちりばめられた赤い煉瓦《れんが》ブロックだけを踏んで進もうとする。不規則に埋められた赤いブロックの間を、右に左に、大きく跳べば次は小刻みに踏む。よっ！　ほっ！　とぉー！だのと、ヒーロー物を真似た掛け声が、男の子らしくて微笑《ほほえ》ましい。

彼の背中のデイパックが、その度《たび》に大きく揺れた。デイパックの中身は、ニンテンドー3DSだそうだ。おばあちゃんに見せて驚かすんだと、和也は言った。

ふと理恵子と目が合う。ふたりの前をジグザグに跳ねる我が子を見やり、「あの子がはしゃいでるの、わかる?」と訊いてきた。

(はしゃぐ? どうして?)

吾郎は不思議を顔に描く。

理恵子が口をとがらせてため息を吐《つ》いた。「こんなことだって、あの子はうれしいのよ」そう言って、苦笑いを浮かべた。

――歩みを並べて、互いの顔を見合う。その喜びに気づけない俺はこの家族から何を学んできたのだろう……。遠い昔、身体を張って男気で仲間を束ねた。奴らとのつながりは、青臭いながらその生き様をぶつけあった中にあった。その俺が今、家族を束ねられない理由は明白すぎる。

吾郎の傘の突端が、ブロックのすき間にカツッ!と引っかかった。

「来週、俺も一緒に、福井のお義父さんお義母さんとこ行くわ」

「急にそんな……」

吾郎はゆっくりと息を吸い、ゆっくりと吐いた。坂だと気づかぬうちに、ゆるやかな坂は上りきる。並んで歩むとはこうゆうもんだったよなと、遠い昔に思いを馳《は》せた。

途中で車が一台追い抜いていったきり、町は人気《ひとけ》なく静まり返っていた。母の家の隣の空き地では、生い茂った雑草が天からの恵みを受けて、雨粒を輝かせている。

「も～しも～し」和也がおどけてインターホンに話しかける。応答も待たず、ガチャッと玄関扉を開けた。

「おばあちゃーんっ、あのね、すっごいもん見せてあげるっ！」

奥のほうから母の声が返ってくる。

「あ――、早……かったのね」

母のためらうような物言いに、吾郎はかすかに不安になった。

靴を脱ぎ散らかして、母の寝室の方へダッシュする和也。廊下をすべり、そして母の気配がする寝室の前で止まってデイパックを肩から下ろす。

「おばあちゃん、これね……」

デイパックから顔を上げたまま和也が固まった。見開いた目も開いたままの口も、ゲーム機をつかんだ手も、すべてそのまま時間が凍りついたように固まった。

「和也くん……ちょっと待ってね」

明るいけれど、ちょっぴり困惑した様子の母の声が聞こえた。

ったくもお、と理恵子は和也の靴を揃える。それから動かぬ吾郎を不審に思ったらしく、「どうしたの？」と言いながらひざを伸ばした。廊下の奥を見て、理恵子もようやく異変に気づいた。「和也？」とつぶやく。和也は微動だにしない。寝室からの母の声も、もう聞こえなかった。

吾郎と理恵子はほの暗い廊下をおそるおそる進み、固まった和也の背後に立った。寝室を見る。そしてふたりとも、和也と同じように息をのんだまま固まった。

部屋じゅうに衣類が散乱していた。山となっている。部屋にある洋服ダンスの扉はすべて開かれ、かき回された跡があった。引き出しは乱暴に引かれたらしく、そのまま畳に落下しているものも少なくなかった。

その真ん中に、母がいた。

全裸のまま、ぺたんとへたり込んだ母がいた。

母は右手に大きな裁ちばさみを握っている。周りには、ブラウスやスカート、訪問着、下着類、あらゆる衣類が散乱しているが、そのどれもこれもが切り刻まれ、あるいは引き千切られていた。

（か・あ・さ・ん）

吾郎の声は、実際声にならなかった。しかし母は、まるでそれが聞こえたかのように吾郎を見、口をちょこんと尖《とが》らせて困り果てたという口調で言う。

「なんだか急に、どれもこれも着られなくなったの。袖が通らなくなったり、えりが苦しかったり。そう、ファスナーも見当たらないのよ。……どうしちゃったのかしら」

それから、フッ……とため息の混ざった笑みをこぼした。

吾郎の全身ががくがく震えだした。膝がわななないた。母は、困惑した照れ笑いを浮かべたまま、すぐそこにいる。前に和也がいて、横に理恵子もいる。でも、吾郎はただ震えた。

そのときだ。

「おかあーさんっ」

ふいに理恵子が、まるで童謡の歌い出しのように呼びかけた。ちょんちょんっと、森の小動物が跳ねるみたいに母に近寄る。腰をかがめて膝をつき、近くにあったコートをつかんで母に羽織らせ、「お着替え手伝いますね」と母の顔をのぞき込んだ。

母はようやく助かったというふうに、ほっと微笑み大きくうなずいた。それから「はいっ」と出された理恵子の掌に、大きな裁ちばさみを置いた。

ようやくにして吾郎は震えが収まるとその両手で、和也の肩を握った。細くて、弾力のない手ごたえだった。

「和也、向こうでおばあちゃんが着替え終わるの、待とっか」

やっとのどを通った声は、乾ききってくぐもった。

押すでもないし、支えるでもない。和也はふわふわと、吾郎に肩を握られたままリビングに向かう。そういう吾郎の足も身体も、宙に浮いた心地だった。

ソファーに並んで腰を下ろす。吾郎は、和也の頭を抱き寄せた。寝室から母と理恵子の世間話が、何事もなかったかのように届く。お義母さんからいただいた麦茶好評よ、という理恵子の声。雑誌で見た奈央子のおへそに金具が刺さってて驚いたわ、という母の声。

やがてふたりがリビングに現れた。

「お義母さん、お茶は熱いのと冷たいの、どっちにします？」

「じゃあ、冷たいのお願い」

なにひとつ曇りない笑顔の、母と理恵子。母は理恵子に肩を抱かれて、そっと和也の前のソファーに座らされた。まざまざと心配を浮かべる吾郎の目を、母は、思考を放棄した平坦な微笑でまっすぐに見た。

同時に和也はふわっと立ちあがり、寝室のほうへ向かった。吾郎も何気ないふりをして立つ。母はリビングの真ん中で急にひとりになる状況を、訝《いぶか》る様子もなかった。

「ここいらで一番大きい病院は、市立総合だよな」

コップに氷を用意している理恵子に小声で訊いた。

「ええ」

「救急車よりタクシーのほうがいいよな」

「お義母さん、驚かせないほうがいいわね」

今すぐ命がどうこうでないはずだ。救急車に乗せたら、母はショックを受けるかもしれない。

麦茶を運び、理恵子は母の前に座る。ふたりの談笑が自然にはじまった。普段と何も変わらない。母の言葉におかしなところはまったくなかった。

タクシーが玄関先に着いた。

「和也、行くよ」と声をかける。寝室から力なくうつむいて、和也が出てきた。顔色が良くない。

「なあに、大丈夫だ」

吾郎は半分、自分自身に言い聞かせた。

助手席に乗った吾郎は、運転手に市立総合病院を告げる。母は、理恵子と和也にはさまれるように乗り込み、だけれど行き先を気にかける様子はなかった。

「すぐ着きますけど、ちょっぴり休まれます？」

理恵子の口ぶりからして、車が出るとすぐに、母はあくびをしたか目ぶたを重たそうに動かしたらしい。母の返事は聞こえなかった。

ものの五分としないうち、タクシーは市立総合病院の急患受付前に停まる。「お義母さん、ごめんね、もう着いちゃった」と、理恵子がそっと母の肩を叩く。「おばあちゃん」と和也が腕をつついた。母は目を閉じたまま微笑み、吾郎たちの手を借りながらも自分の足で歩いた。

急患の待合室には六名ほどがいた。熱さまシートをおでこに貼った幼児とその両親、土木作業服を来た茶髪の男がふたり、それから母より十は上かと思われる老婆がぽつんとひとり。

「あの、実はですね――」

受付係にしゃべりかけながら、ふと吾郎は、そもそも母の症状は急患だったのか疑問を抱いた。全裸でへたる母を見てこの上なく動揺してしまったが、家でひと晩ゆっくり過ごして落ち着いた後、明日の朝一番に吾郎の車に乗せて来ても良かったのではないか。

母は、待合室のソファーで目を閉じたまま、うっすら微笑んでいる。

だが、看護師ふたりと医師がストレッチャーを用意して現れると、急に空気があわただしく動いた。「高梨さーん、声聞こえてるかなあ」と、しきりに呼びかける看護師。ストレッチャーに寝かされた母の目ぶたをめくりあげて、ペンライトで照らす医師。つい先ほどまで理恵子と世間話を交わし、冷たい麦茶を飲んでいた母は、反応しなかったように見えた。

あぜんとする吾郎の肘《ひじ》を、理恵子がぎゅっと摑《つか》む。その理恵子に首を抱かれた和也が、ようやく思い出したようにこぼれた涙で目を濡らして吾郎を見上げた。

母をどこかに運ぶよう指示した医師が、吾郎たちを小部屋に案内する。椅子を勧めたあとで、医師は吾郎に訊ねた。

「着替えがおぼつかないで困ってらしたっていうのは、今日のことですよね？」

「え、ええ」

「その前になにか、普段とちがうな、ってところはありましたか？」

医師は決してせっついているわけではないのに、吾郎の思考はどこかにすっ飛んだままで、何を訊かれているかが理解できない。それよりも母の日常を、あまりに遠いところに置いていたことを非難されているような気がして、医師の顔をまともに見ることができなかった。

と、はい、と理恵子が答える。

「三週間ほど前から、行きつけのお店屋さんにお釣り銭をごまかされているのを我慢してる、と言ってました。それからはひとりでお買い物が怖い、と。それから……感じで言えば……でも義母はいつも……」

横から毅然と医師に説明する理恵子に、また驚かされる。せめて、世界中の男すべてが、こんなときに自分同様役立たずであってくれたら、と吾郎は願った。

母は今、頭部のMRI・MRA検査を受けていること、その目的が脳萎縮《いしゅく》や脳内血管障害の発見と、血流の状態を調べることだと、医師が淡々と説明する。吾郎はふと、父を送る際の、葬儀屋の薄情とも取れる流れ作業に、どこか逆に救われた気がしたことを思い出した。

医師は、ちらりと時計に目をやってからこう続ける。

「検査結果はすぐ出ますが、まず間違いなく、なんらかのトラブルがお母様の脳内に発生していると考えられます。ちゃんとご自身で生活されている中で何かしら一部分だけ、お母様でいえば、数字の捉《とら》え方や計算力が衰えたり、お召し物の着替えに関して判断が散らかってしまうというのは、脳血管障害による症状と思ってよいかと……」

コンコンッと、ドアがノックされた。看護師が医師に検査終了を告げる。椅子を回した医師がパソコンと向き合い、パチパチと威勢よくキーボードを叩いた。画面に母の名前と、頭部の3Dレントゲン写真のようなものが映る。医師はマウスで上下左右にグリグリと、その母の頭をこねくり回す。

「こういったところ、点々と黒く映るところが、梗塞巣《こうそくそう》です」

医師が説明をはじめた。

でも、何も頭に残らない。医師が目の前でぱくぱくと口を動かす動作を、疲れて眠りかけたソファーで見る報道番組のように、吾郎はただぼおっと眺めていた。

医師の説明は延々と続く。それが、母の病名を聞いただけでびびった吾郎の腰の引けた思考にとどまるわけがない。とにかく、母は脳梗塞なのだということだけが、ぽつんとひとつだけ頭に入った。

「先生、母の……命は」

「今は落ち着いていてらっしゃいます。じっくり経過観察しながら、今後のことを考えていきましょう」

「容態が急変する可能性は……」

「ないとは断言できません。しかし梗塞の大きさを見た限りで言えば、今日明日に切迫した状態を迎えるとは思えません」

吾郎は、理恵子に携帯の着信を咎《とが》められる。ポケットの中でジー、ジーと震える携帯に、大江の名前が浮かび上がっていた。躊躇《ためら》うことなく電源を切る。

こんなときに……と、吾郎は無性に腹が立った。

看護師の案内で、検査を終えた母が休む部屋に向かう。

理恵子は「先に行ってて」とふたりに告げながら、自分のスマートフォンを掲げる。奈央子ちゃんに連絡しとくね、そう言った。

母は、ベッドの上で眠っていた。

その顔の安らかさたるや、看護師が一緒でなかったら揺り動かして生きていることを確かめたかもしれない、それほどに、天国へ旅立ったような安らかさを醸《かも》していた。

和也は、心配と安堵が市松模様になった表情で、母を見つめていた。掛け布団の脇からちょこんと半分だけ出た母の掌に、小さな人差し指をそっと当てる。吾郎はその姿を見下ろしながら、まるで映画に出てくるワン・シーンを観ているような温かみを感じた。

看護師が、「お母さんは、朝まで起きないかもしれませんよ」と言う。時計を見ると九時に近い。和也も疲れたろう、少し目がとろんとしていた。吾郎は、「妻が戻ったら相談します」と言い、看護師が用意してくれたパイプ椅子に腰を落とした。

その矢先、理恵子が病室に入ってきて首を横に振る。

「留守電になっちゃう。一応メッセージとメール入れといた」

「ありがとう」

「あと、ツネオさんとこにも」

(な・ん・で?)

理恵子は、ツネオが奈央子のいい人だと本気で信じていた。驚くべきことに、理恵子は母の家で年に何度かツネオと顔を合わすというのだ。あのリビングのポスターはツネオが持ち込んだものだと、吾郎は初めて知った。

「ツネオさん、悪いひとじゃないよ」

「たったそれだけなんだ、取り柄らしきものは」

理恵子のしたことなら奈央子も許すだろう。もし吾郎が、母の病をツネオに告げて、妹からの連絡を委ねようものなら……。いや、考えたくもない。

理恵子と話し合った結果、今夜は家に帰ることにした。

看護師に容態急変の際の連絡を頼み、眠っている母の耳元にそれぞれが挨拶する。和也がちょこんと中腰になり「おばあちゃん、またね」と、愛くるしすぎる声で言った。

病院の前で、客待ちしていたタクシーに乗った。

駅前のファミレスに行き、そこで気持ちの沈んだ夕食をとった。食後に理恵子と和也はそれぞれ、目ににぎやかなフルーツパフェと、甘いものに甘いものをかけた甘い名前のなんだかを頼んだ。だったらと吾郎は、生ビールをジョッキで注文した。

見た目ばかりがにぎやかなテーブルでは、まばらな会話でさえ束の間だった。


明かりの消えた家に戻る。

吾郎は、理恵子が和也を寝かしつけている間に風呂から上がり、長すぎた一日を振り返る。居村と納品に向かったことなど、一昨年《おととし》のような気さえした。

ほんとうに長い一日だった。

理恵子の終始毅然とした態度と行動は、どこか想像がついた。しかし和也が、母の異変を目の当たりにしたときの動揺を、自らの器量で立て直したことには驚きを隠せない。

――おばあちゃんは、ひとりぼっちでさびしいの？

いつかそう言った和也は、母の掌に指を一本そっと当てた。「ずっとそばにいるからね」という真心を、かすかな温もりに託して伝えたのだ。

和也の心の成長は、いつの間にか吾郎の想像をはるかに越えていた。

――気がつかなかった。……で、いいのかよ、俺。

吾郎は自分の心の芯が、いかに脆《もろ》いかを知った。

大江に対する友としての位置も、母を想う気持ちも、息子をカケガエナイと愛する心も、妻に対する感謝も、でたらめな偽物であった気がする。

――俺は今、目に見えない何かに試されている。

鼻から深く吸い込んだ空気を、口から「ハァー……」と声にして、長く細く吹いた。自分の息吹に震えがあるか、耳で確かめたかった。

―― 八 ――

翌朝、三人で母を訪ねた。

「おはようございますぅっ！」

おそろしくよく通る声で迎えられた。百均で売っているカラーボールみたいに、丸くてつやつやした看護師だ。

「おはようご——」

挨拶を返そうとして、吾郎は言葉を失った。身体じゅうの穴という穴が広がり、そこから空気がシュウゥ……と漏れて、今にも膝から崩れ落ちそうな気がした。

昨夜、母は一時的とはいえ意識を失った。おだやかに眠ったようでも母の身体は、一晩中かけて死と闘ったに違いない。憔悴しきった母の顔と向かい合うことを、吾郎は覚悟していた。

ところが、ベッドの上には、若返った母の姿があったのだ。

深く刻まれたしわが消えた肌。すがすがしい表情。母は、吾郎たちに朗らかな笑みを差し、しかし通りすがりの赤の他人を見る目で見た。

ベッドの奥には大きな窓があった。窓からは、朝の光がレースのカーテンをくぐりぬけて差し込む。その紗《しゃ》のかかったやわらかい光を浴びて、ストン！と古い写真からすべり落ちた思い出のように、若返った母がいた。

「たかなしさん、よかったねえ。みんな来てくれましたよお！」

丸い看護師は母の顔をのぞき込みながら、一音一音くっきりと、よく通る声で言った。

何も語ろうとしない母は、あんぐりと口を開いたままの吾郎に対し、「何か心配事を抱えてらっしゃるご様子ね」とでも言いたげな、労《いた》わる目を向けた。かと思えばその目を、胸に抱いた猫のぬいぐるみに落とす。うっすらと口元を引いてぬいぐるみの頭をなでたあと、今度は理恵子を見上げる。公園でたまたま居合わせた大人に、「どお、かわいい猫ちゃんでしょ」とでも自慢する少女のように。

そう、そのとき母は、白くてふわふわした猫のぬいぐるみを抱いていたのだ。

看護師が、夜中に目を覚まして寝付けなかった母に渡したのだろうか。それともこの病院のしきたりか何かで、脳障害を患った高齢者には、猫だの犬だのクマだのと、ふわふわしたぬいぐるみを抱かせるプログラムでもあるのだろうか。

とにかく猫のぬいぐるみを抱きしめる母の一連の所作は、まったくの少女の仕草だった。

「母さん？」

吾郎は、大掛かりな悪戯《いたずら》にしてやられたかのように、腑抜《ふぬ》けた顔で呼びかける。返事はない。その無垢《むく》でつぶらな瞳には、心細げな愛想笑いを浮かべる、塩気の抜けた吾郎ひとりが映っていた。

和也はレースのカーテンをめくり上げて、ガラス窓におでこを押し付けていた。まるで外の景色に、心も押し付けているかのように。

吾郎は、ぬいぐるみにほおずりする母の中に、昨日までの母を探してみた。だがそこには、古いアルバムに封じられたはずの若かりし頃の面影しか見当たらなかった。

なぜか、吾郎は、今の母の姿を素直に受け止めようとしていた。

病に落ちたはずの母の表情に、幸せのかがやきが見て取れたからだ。厳格な母こそが本来の母というのは、自分の思い込みだったのだろうか。今の母に、〝変わり果てた〟という表現は、ふさわしくない、そう思い始めていたのだ。

看護師ははちきれそうな身体をきびきび動かしながら、掛け布団や毛布をちょいと引いたり折り込んだり。暑くない？　きつくない？　と、ただ素朴な笑みを浮かべるだけの母に、しきりに声をかける。それから、母の胸にある猫のぬいぐるみの頭をていねいに撫《な》でて、「かわいいわね」と、母の目をのぞき込んだ。

母は、それに応えるように目尻を下げた。

——そうだ。

「そのぬいぐるみは？」

吾郎が訊ねると、看護師は「ご自宅からご一緒でしょ？」と、当たり前のように言う。どうやらぬいぐるみ抱っこは、病院が用意した癒《いや》しのプログラムではないらしい。

母の家には和也の玩具があるにはあるが、吾郎はぬいぐるみなど見たことがない。理恵子の顔をうかがうが、彼女も小首を傾げる。はて、では誰が抱かせたのだろう。そう思いながら目を母に戻す。

母は、ぬいぐるみを深く抱え直してひじを絞り、身をよじりながら吾郎を見上げる。悪戯心を、その目の膜にシャボン玉のように光らせて。

「あらぁ、高梨さん。『猫ちゃん、あーげない』かしら？」

その様子を見た看護師が言った。

母がもう一度、身をよじる。

「猫ちゃん、あーげない」

看護師が母の仕草《しぐさ》にセリフをかぶせると、母は満足そうに口をもぐもぐさせて、何か言いたげに表情をゆるませた。

母が身をよじる。看護師が「あーげない」。母が身をよじる。看護師が「あーげない」。今度は看護師の「猫ちゃん、あーげない」に合わせて母は身をよじり、それからにっこりと大きく微笑《ほほえ》んだ。

赤子をあやすかのようなその光景に、吾郎の鼻の奥で、何かがツンと突き上げた。

理恵子が広げた両掌を母に差し出す。「お義母さん、猫ちゃん、貸ーして」。いやよと、声には出さずに微笑みながら、猫を隠そうとする母。「キャハッ」と笑う和也が、同じ事をくり返した。

ふざけんなっ！　そう声を荒《あら》らげるすんでのところで、理恵子が部屋の入り口を振り返った。

「あ、奈央子ちゃん」と、和也と声をあげる。

目深にかぶったキャップで蒼い顔を半分隠した奈央子が、ドアのところに立ちすくんでいた。

「おかあさん……」奈央子が、今にも泣き出しそうな声を絞る。

すると母は、この日初めて口を開いた。

「吾郎、また学校さぼっちゃったのね？」

い、い、い、い、い、い、まっすぐに奈央子を見て、そう言った。奈央子は、ピチッとした小さなTシャツのすそを、両手の指先でぎゅっと摑んだ。

母の目には、奈央子のダメージ加工を施したぼろぼろのジーンズが、喧嘩帰りの不良息子と映ったのかもしれない。いや、キャップのＰＵＭＡのマークを猫と見間違えて、宅配会社でアルバイトをしていた大学生の頃の吾郎と勘違いした可能性もある。

それぞれが、それぞれの想いに胸が詰まった。意識を回復した母が、初めて言葉を口にしたという安堵に勝るものはない。と言いたいが、複雑な想いが絡《から》まりすぎて、皆それをどう咀嚼《そしゃく》していいやらわからずに途方にくれた。

「おかあさん――」

奈央子は母の手を握り、その手を愛おしそうに自分のほおにあてた。


午後に入り、交代で昼食をとった。奈央子を母の元に残して、吾郎たち三人は、病院近くのうどん屋で冷やしたぬきをすすった。

「おばあちゃん、元気そうだった、な」

迷い迷い吾郎が言う。

「あ、うん」理恵子が、どこか困ったように返した。

「あの……」何か言いかける和也。

和也の思いつめた声に、ふたりが目を向ける。ぎこちない沈黙のあと、和也は「やっぱなんでもない」と、止めた箸《はし》をそのまま置いた。

病院の向かいのコンビニに寄って、これからひとりで留守番する和也のために、チョコレートやスナック菓子を買い込んだ。大人ふたりはこのあと母の入院生活の準備にあたる。

外で煙草をふかす吾郎に、理恵子はレジ袋の中からひょいと冷たい缶コーヒーを出して渡す。

「ゆっくりしてからでいいよ」

「ん、ああ、ありがとう」

理恵子は和也とふたりで、先に病院に戻っていった。

吾郎は、空にぽっかり浮いた雲を眺めながら、ついさっき見た母の姿に想いを馳せる。

人の顔が、たった一晩であれほど変わるものなのか。あの歳になるまで長年連れ合ったしわやたるみが、いったいどこへ消えようものなのか。脳梗塞、聞いただけで身震いした恐ろしい病が母にもたらしたものは、心の健康、浄化、リセットといった……幸福の極み、ではないのだろうか。

今、少女のように愛くるしく微笑む母は、やさしい時間の中にいる。それは今まで実直に生きてきた母に与えられた、余生という名の褒美《ほうび》ではないだろうか。

ふぅーっと吐いた煙が、跡形もなく流される。母に今ある幸せが――冷たっ！

「オッサン、いいかげんやめな、煙ぷかぁ～って」

奈央子だった。奈央子が後ろから忍び寄り、吾郎の首すじにお茶のペットボトルをあてたのだ。おまえはやめられたのかと訊ねる。奈央子は黙ってショルダーバッグに手を突っ込み、かき回したあとでラッキー・ストライクの箱を取り出した。

「今は、吸いたいときしか吸わないわ」

煙草の先に火をつけて、空に向けて煙を吹きながら言う。

「母さんの様子は?」

「今のアンタと一緒。お気楽な顔してる」

「おまえはどう思う?」

「なにを? ……アンタひょっとして、ずっと今のままがお母さんも幸せだろーなぁ、なんて考えてんの?」

「ちょっとは世間で揉まれたな」

「アンタね、和也ばかりかお母さんも、義姉《ねえ》さんに任せっぱなしにする気なの?」

「おいおい、そいつぁ聞き捨てならないね。だいたいおまえは――」

「ねえ、パパぁ」

「ちょっと待ってろ。奈央子、おまえは――え?」

和也が、どこか含み笑いを感じさせる顔で、吾郎の後ろに立っていた。

奈央子は、「じゃ和也、行こっか」と言うと煙草を灰皿に落とし、バッグから出したサングラスをかける。和也は、「うんっ」と歯切れよく答えると吾郎を見やり、グヘヘと嫌な笑い方をして耳を赤らめた。

「ひとりで留守番することないじゃん」と、奈央子が映画に誘ったのだそうだ。おねえちゃんとデートしよっか――棒のように痩《や》せた女のひと言に、和也は即決、甘えることにしたらしい。

奈央子と手をつなぎ、「じゃあねー！」などと歩き去る和也は、一歩毎に両のかかとを跳ね上げて弾む心を子供らしくさらけ出していた。

和也と奈央子が吾郎の視界から消えた。

また、ひとりになる。

ゆるやかな風が灼熱《しゃくねつ》を連れて肌をさする。姿の見えない蟬の声が包む。吾郎は吸殻を灰皿に落とすと、日曜日でしんと静まり返った町を、病院に向かってとぼとぼと歩きだした。

理恵子は、吾郎と入れ替わりに母の家へと向かった。入院生活に必要な荷物を揃え、ついでに家の中を片付けてくると言い残した。

病室に母とふたりきりになる。吾郎は母に向かい、今日も外は暑いよとか、理恵子はよくやってくれてるとか、奈央子はまた男らしくなったとか、思いついたことを勝手気ままに話しかけた。母は終始きょとんとした顔で、黙ってそれを聞いた。

かすかな物音に目を覚ます。

母が目を閉じたあと、吾郎も椅子に腰掛けたまま寝てしまったらしい。いつの間に戻ったのか、理恵子が隣で荷物整理をしていた。吾郎があくびをすると、「ふたりともよく寝てたわ」と笑みをこぼす。時刻は四時になっていた。

ほどなく扉がノックされ、看護師から応接室に来るよう伝えられた。古閑《こが》という医師の「どーも」

という軽い挨拶に、吾郎と理恵子はすがりつくようなバカッ丁寧《ていねい》な挨拶で応えた。

古閑先生は、もしゃもしゃの白髪《しらが》頭を8：2に分けたモップみたいな髪形に、がっしりした黒ぶち眼鏡《めがね》をかけていた。六十前後に見えるが、歳の割に大柄でがっしりしている。母の様子を看護師に訊きながら「頭が重かったり、胸が苦しかったりって、ご様子じゃないよねえ」と、これまたよく通る声。耳の遠いこともある年寄り相手の医師や看護師は、みな声がデカいらしい。

今後の治療、特に手術の可否を、吾郎は訊ねた。

わかりやすく言うとね……と古閑先生。

母の頭にメスを入れる難易度は、さほど高くない。だが、手術が身体全体にかける負担は大きい。また脳梗塞は再発しやすく、そのたび切開をくり返すことは得策と言えない。

「それよりも今は、投薬によって血流を改善して、脳血管性認知症からの回復を目指すべきというのが、私の見解なんだが」

「認知症……」

母の様子を見て、世間で言われる認知症の症状に似ているな、くらいには思っていた。しかしそういったものは非常にゆるやかに、何年もかけて心の準備を経たのちに関わる問題だと信じていた吾郎は、医師から突きつけられた母の病名に少なからぬショックを受けた。

「いかがだろうか、高梨さん」

「……でもね、先生」吾郎はごくりと唾《つば》を飲む。「今、母は、今まで見たことないくらい幸せそうなんですよ」

「うむ」

「もし手術による完治が望めないんでしたら、たとえば、たとえばですよ、……回復を目指さない、心身のバランスがいい状態にある今の継続に先生のお力添えをいただく、なんて方法もあるんでしょうか」

理恵子は、あっけに取られていた。彼女の怪訝そうな眼差しが痛い。

「寝たきりのままで？」古閑先生はそう言った。

寝たきり？　母は今、寝たくて寝ているのではなく、足腰の自由が利かない状態だっていうのか？　聞いてたか、と吾郎は理恵子に振ろうとしたが、驚いた吾郎に驚く彼女は知っていたのだろう。

――和也ばかりかお母さんも、義姉さんに任せっぱなしにする気なの？

奈央子の、軽蔑しきった顔を思い出した。

「いいかな、高梨さん」

吾郎は呼ばれてはっと我に返った。

古閑先生は、人差し指で小鼻を撫でながら言う。

「お母さんの、心と身体のバランスが良好な状態でないことは、ご理解いただけるだろうか。お母さんはそのチャンスがあるのなら、やはり多少苦しくても病と闘い、またもう一度ご自身の足で歩き、ご家族への負担を少しでも軽くしたい、そう願うと思うが、ちがうかな」

吾郎のぼぉーっとした脳味噌には、印象的な単語だけがいくつか残るけれど、単語と単語がつながらない。母がこのままでは寝たきりになる、その衝撃が大きすぎたのだ。

「お母さんは今、崩れかけた自我の瓦礫《がれき》に一生懸命しがみついて、今より下に落ちないよう、静かに闘っているところなんだ。残念ながら我々は、上からロープを下ろして救助に向かうことはできない。今の医学が担《にな》えるのはね、少しでも瓦礫が崩れるタイミングを遅らせることと、それにしがみついているお母さんの手足が、より優位な場所に届くよう、リハビリに力を注ぐことなんだ」

古閑先生は、母がどこまで自由に手足が動かせるまで回復するか明確なことは言えない、また、さらに重篤な梗塞、合併症等がいつ発症するかもまったくわからない、と付け足した。

「高梨さん」

「…………」

「た・か・な・し・さ・ん・っ！」

「あ、あ……い」

「どうだろうか、お母さんと、それから我々と、一緒に頑張りませんか？」

「よ、よろしゅくおねあいします」

世界じゅうの心優しい男すべてが、こんなときは口の中が乾き切ってしまい、まともにしゃべれなくなるのだ。せめて、せめて理恵子にだけは、それをわかってほしい。吾郎はそう切に願った。

和也が寝付いたのは、日付が変わったあとだった。

心の落ち着かない三人の大人を尻目に、和也はずっと奈央子にまとわりついて興奮していた。それから奈央子の膝の上で、三万円もしたというジーンズの穴に指をかけて、笑ったまま白目をむいて突っ伏したのだった。

壁掛け時計が、等間隔の舌打ちをくり返す。

和也を子供部屋に運んだ理恵子がそっと戻った。吾郎の隣に腰掛けようとしたが、奈央子が傾けた缶ビールに目が留まり、冷蔵庫まで引き返して三つ取り出した。

「あ、義姉さん、あたしはもういいわ」

しきりにスマートフォンをいじる手を休め、奈央子が言った。

「ワインにする?」

「じゃ、ビールいただく」

「コーヒー?　それとも紅茶淹れよっか」

「ううん、ビールがいい」

理恵子はビールをひと口飲むと、すぐまたキッチンに引き返し、砕いたパルミジャーノやビーフパストラミ、グリッシーニを盛った皿を手に、テーブルに戻った。

戻って三者向き合った途端、みな口をつぐんだ。

吾郎は、話をどう切り出していいやらわからず、目を泳がせて押し黙る。理恵子は缶ビールを両手で握ったまま置こうとせず、飲むというより、しきりに唇を濡らした。奈央子は飲む気にならない缶ビールの向きを変えては、缶に浮いた水滴を親指の腹でこすっていた。

もっと早く、気づいてあげてればよかった——。

ふいに沈黙の底から、ぷくっと泡のようにつぶやきが浮いた。幻聴かとも思った。

「義姉さん、それは言いっこナシよ」

奈央子の言葉に、理恵子は持ったままの缶を口に運び、幾度か続けざまに喉《のど》を上下に動かした。

沈黙が長いほど、空気は重くなってゆく。母の病と、これから何年向き合うか見当もつかない。それぞれの胸の内に、先々の不安ばかりが積み重なる。

——それじゃいけないことくらいわかってる。「もっと早く……」という一言と、やるせないため息。これが、長い〝これから〟のはじまりの合図、だって？　じょ、冗談じゃねぇぞ！

吾郎は、かさついた唇を舐《な》めてから口を開く。

「なあ、遠い先のことを考えると、不安に押しつぶされちゃうだろ？　まずはそれぞれが、今の自分を立て直すことを考えないか」

「お母さんのことは、二の次ってこと？」

間髪入れず、奈央子が喰ってかかってきた。テーブルにぽいっとカードを投げ捨てるような調子で、そう言い放った。まるっきり今まで通りじゃない——カードの裏には、そう書かれている気がした。

「オマエもだろうがっ！」

「なに急に息巻いてんのよっ！」

ふたりともやめようよ、とかいうセリフを理恵子が吐く予感に寒気がして、吾郎は口をつぐんだ。奈央子もだ。

不快な沈黙の中、壁掛け時計が時を刻む。それは先程のような舌打ちでなく、母の握った大きな裁ちばさみが、チョキッ、チョキッと、薄手のブラウスを切り刻む音に聞こえた。

吾郎はその音に耐え切れなくなり、腹の底から言葉を絞る。

「母さんは母さんのままじゃないか。別人になったわけでも、何かが憑依《ひょうい》したわけでもない。ただの、ただの病なんだ。これから先、俺たちにはその母さんを見守る長い……看病が待ってるんだぜ。その俺たちが日常を見失って何ができるんだよ。今まで通りの生活を続けて、その中で母さんを支えてゆくことを、まず考えないか？」

吾郎は、看病でなく介護と言いかけた。言いかけた途端、上半身にまだらに鳥肌が立った。

理恵子はテーブルに目を落とし、奈央子はぷいと遠くを見たまま、ふたりとも押し黙って聞いた。

「俺は明日休みをもらうつもりだったけど、会社に行くことにした。明日休んじまったら、あさって出社する意味を失うんだ。明日もあさっても十日後も、どれも特別な日じゃない。きっと、……母さんも変わらない」

沈黙を乗り越えて、理恵子が続いた。

「私は、もう一度お義母さんの家に行く。お義母さんが一日も早くいろんなこと思い出すとっかかりみたいなもの探して、病院に持って行くことにするわ」

「あ、そうだ。俺は無理だけどさ、おまえは予定通り和也を連れて、実家に帰れよ」

「それは無理よ」

「無理じゃないさ。和也のせっかくの夏休みでもあるし」

「和也だってわかってるわよ、ちゃんと」

「さっきも言った通り、特別な——」

奈央子が急に「あたし」と割り込む。きりりと構えて細めた目で、三人の真ん中あたりを射抜きながら。

「もう今から打ち合わせなの。ってゆうか、みんなを待たせてる」

テーブルに置かれた奈央子の手を、理恵子は腕を伸ばしてきゅっと握った。

「そうだ、無理すんのはやめよう。これからの母さんをできるだけすんなり、見守る俺たちが自分の人生からはみ出さないように労わろうよ。労わり続けようよ」

奈央子がすっと椅子から腰を浮かせた。

「あ」と理恵子が、何かを思い出したように訊ねる。「そういえば奈央子ちゃん、あの白い猫のぬいぐるみに何か心当たりない?」

「さあ」

さほど考える様子もなく、奈央子はさらっと言った。

奈央子が帰ったあとで時計を見上げる。午前一時半を回っていた。

「ねえ」理恵子が言う。

「ん？」

「今日のお義母さん――」そこで止めた。

吾郎は、穏やかな目の彼女が何を言おうとしたか、おおよその見当はついた。でも、彼女はそれを口にすることなく、大きなまばたきを二度したあとでこう言った。

「さっきあなたが言った『見守る俺たち』の中に、私も入ってるわよね？」

入れてない。母から生まれた自分と奈央子が背負う問題だ。もちろん何かと、いや、おそらく最も、理恵子の世話にはなるのだろう。これを吾郎は、今後の重大な負い目と感じる。

「ああ、すまないが頼む」

「どうして、申し訳なさそうに言うの？」

「あ、……うん」

「和也は？」

「あいつはまだ……」

まだ子供じゃないか。吾郎はその言葉をのんだ。

理恵子は冬の白い吐息のように立ち上がった。無言で缶と皿を片付け始める。

―― 九 ――

吾郎が大江とバッタリ出くわしたのは、盆休み前日の朝、会社の駐車場でのことだった。

「大江っ！」

営業車に乗り込もうとするのを、大きな声で呼び止めた。

だが、大江は聞こえぬフリをして無視した。吾郎は走り出した車を追いかけて、運転席のドアを叩く。並走しながら何度も叩く。ようやく止まり、窓が開けられた。

「大江……」

「なに？」大江は前を見据えたまま言った。

「すまなかったな、この前の電話。実はあの日、ウチの母――」

言い終わらぬうち、大江は車を出す。

「ふざけんな！」ダンッ！

吾郎は思い切り蹴り上げた。運転席の真横のドアがぼっこり凹んだ。大江はしれっとそのまま、走り去った。

表に回ると、宮川とすれちがった。携帯に向かい、なにやら甲高い声でまくし立てている。吾郎は軽く会釈したが、こちらにも無視された。すれちがいざま、宮川の蒼白な顔に目をやる。眼鏡のレンズが手の脂《あぶら》で白く汚れていて、なにやら不気味な感じがした。


吾郎は、午前中に一社、午後に二社回ったが気が乗らなかった。車の運転もやけに思い切り悪く、クラクションを浴びることも幾度かあった。

降り出した夕立にワイパーを動かす。磨り減ったゴムは起きぬけ目ヤニ越しに見る景色のように視界を曇らせ、油膜はネオンが灯《とも》りだした街をサイケに彩った。

「ちっ、やめだ、やめ。や〜めた、っと！」

吾郎は車内で叫び、助手席のヘッドレストを叩いた。

車を停めたのは、浜松町と竹芝客船ターミナルの間あたりだった。帰社しようとしたが小腹が空いて、昼食を抜いたことを思い出したのだ。道路を渡った先にあるコンビニで、冷やし中華とお茶のペットボトルを買う。車に戻って冷たいお茶でのどを潤した。吾郎は助手席に放った携帯電話を握り、何度も読んだメールをまたもういちど読む。


《本文》　部屋の空気入れ替えた。お父さんにお線香あげたよ。

《本文》　お父さんの写真、グラシェラ・スサーナのＣＤ、ヨシアキさんのお母様と箱根湯本行ったときに買った肩たたき、あと冷蔵庫にあった梅肉エキスと目薬を持って、午後に和也と病院へ行きます。


吾郎は、煙草に火をつけて深く吸い込んだ。気分がすっと軽くなる。

入院してからの母は、子供に返ったようにあどけなく過ごしていた。テレビドラマなどに出てくる、元気に駆け回る子供たちを大きな屋敷の二階窓から見下ろす身体の弱い少女のように、母の顔には繊細な清らかさがあった。

この母の状態をどう受け止めるべきなのか。

ふいに突きつけられた質問に、大人たちは戸惑う。和也だけが、おばあちゃんの愛らしさを素直に喜んでいる。やはりそれが正しいのかもしれないと、吾郎の考えは固まりつつあった。

理恵子と和也は、福井の実家に帰ることを取りやめた。理恵子はともかく和也は、複雑な思いでそれを受け入れたろう。なにか穴埋めを考えてやらなきゃかわいそうだな、と思った。

吾郎はさんざ躊躇《ためら》った揚げ句、大江に電話した。あっさり圏外だし留守電にもならない。今度は居村にかけた。こちらはすぐに出る。

「はい」

「やあ、そっち天気どお？　こっち雨。でも夕立だからすぐ――」

「用件はなんでしょう」

「早速《さつそく》つれないな。『なんか、わかったんですか？』とかさ、ドキドキした気分を伝えてもらわないと、こっちも教えづらいぜ」

「何かわかったんですか？」

「何も」

「…………」

「だ〜か〜らぁ〜、これから泉谷さんを訪ねてくる」

ついポロッと、泉谷製作所に行くと言ってしまった。泉谷氏に会うことも、考えていなかったわけではない。だが実際に行動に移そうとすると、なんとも気分が重かった。

「あ、でもこんな時間もう誰もいないかな？　夏休みかな？　やめよかな？」

「お好きなように」

「来い」

「やです」

「間はいいけど、あとはなってない。いいか、正直言う。ひとりじゃ怖いんだ」

「お断りします」

「……なんかさぁ、きみと電話でしゃべってると、日曜日にキャッシュカード失くしたとき思い出すよ。『1のあとに#《シャープ》を』とか言ってみ――」

通話は唐突に切れた。それでも吾郎は不快感を抱かなかった。言葉少なだが白黒はっきり言うぶん、意外と扱いやすい男なのかもしれない。

がさがさと冷やし中華のプラスチック蓋を剥がしたそのとき、携帯が着信を告げた。すわ理恵子かと慌てて、つゆも麺の入ったプラスチック容器も股《また》に挟んだ。

しかしそれは、珍しくも池田からの着信だった。

「今、どこだ？」

竹芝客船ターミナル『行こうよ、伊豆七島』の看板が目に入る。

「神津島の少し手前です。周りはサーファー・ギャルとスキューバＯＬでごった返してますよ」

「そりゃ好都合だ、都内で。すぐ社に戻れ」

「何かあったんですか？」

「あのバカが、痴漢で捕まって大変なことになってる」

「ちかんっ？」

吾郎が大声を出したとたん、具材と麺のかたまりが、プラスチック容器から飛び出て足元に落ちた。池田の「奴も娘がいるってぇのに、何でそんなことするかねぇ……」というしみじみとした物言いは、呆《あき》れたをはるかに通り越した澄んだ歌声のように聞こえた。花梨ちゃんの、女の子らしいキャッキャいう笑い声が、頭の芯にかすかに響いた。

「電車ん中でよ、娘と同い年くらいの娘の尻を触った、いや鷲づかみしたんだとよ」

「しょ、小学生の……」

「あほ、宮川んとこの娘は高校生じゃねぇか」

――宮川……さん？　大江の話じゃないのか。

「とにかく早く……夕方のニュースじゃあ……噂は早えよ、もうウチの営業車が一台蹴られてベッコリ、サイアクだよ……明日から夏休みだってのに……じゃん。聞いてるか？　高梨？」

吾郎は電話を切り、窓を細く開けて、煙草に火をつけた。

――母さんは、自我崩壊寸前の瓦礫に一生懸命しがみついている。宮川さんがしがみついていたものは、何なんだ。営業成績か？　上司が下す評価か？　だから言いたいことも言えないままにストレスを膨らませ、ぼぉーっとしてだかなんだか、女子供相手に犯罪行為をやらかしたって？　ふざけるな、だ。俺たちが身を粉にして働くのは、その先にある家族の幸せのためだったはずだ。なのに大江はその家族を失い、宮川さんは自尊心を見失い、会社からも家族からも突き放されようとしている。

なぜだ？

ふと、水道橋の居酒屋での大江との会話が、吾郎の頭を過《よぎ》った。

――展示会だぁ立会いだぁって、土日潰してガツガツ働いてさぁ、生きてる中で仕事が占める時間ばっか膨らんでくとどうなるか、ゴローちゃんにわかるかい？

——算数は任せろ。給料に見合う仕事でかまわない、ってことだろ。
——つくづく、ゴローちゃんは駄目な男だな。

吾郎は今気づいた。大江が言いたかったのは、時間給の話なんかじゃない。〝家族の幸せ〟のために働く時間と、〝家族の幸せ〟の中にいる時間とのバランスを見失うな、ということだったのだ。〝家族の幸せ〟を失ってしまうまで気づかなかった、今の自分のようになるな……そう言いたかったのだ。
——もっと早く、気づいてあげてればよかった。そう理恵子は言った。あれだけ立派に義母を労わる彼女が、だ。俺には、大切に守るべきものを見つめる時間が少なかった。並んで歩むひとときが足りなかった。幸せが、いつの間にか薄まっていた。宮川さんも大江も俺も、池田さんや他の連中も、大切な人と過ごす幸せな時間が薄まったことに気づかずに、低いところめがけて躊躇《ちゅうちょ》なく流されている。そのことに小ざかしい言い訳をつくろう間に俺たちの、そして巻き込まれちまった家族の人生は、ますます幸の薄いものになってゆく——。

パーッ、パパパパパパパ……!

吾郎が会社に戻ろうと、車を出した瞬間だった。
ゆるいカーブの先、真正面から現れた車が鋭いクラクションを鳴らしながら、吾郎の車をすれすれに避けて走り去った。一方通行を逆走している……と気づくと同時に、また一台。今度は大型トラックが目の前に迫る。はっ！とブレーキを踏み切った。甲高いタイヤ音とともに車体が流れ、慌ててハンドルを切る。車体が滑る。路肩に乗り上げて停車した吾郎の車を、ヒステリックなクラクションが舐めて走り去った。

ブレーキを踏み切った右足と、なぜかつま先立ちして震えている左足のあいだ、くっついて固まった冷やし中華の麵が、クルクル揺れていた。

吾郎は、朝、すれ違った宮川の表情を思い浮かべて胸が痛かった。

——不気味だなぁで、通り過ぎてオシマイ？　なぜあのとき、ちょっと声をかけて話を聞いてやらなかったのか……。振り返って後悔、振り返って後悔で大忙しだ、クソッタレな野郎はよォ！　やはり行くべきだ、泉谷さんの元へ。もっと早くに……は、もううんざりだ——。

吾郎は、路肩に乗り上げたままの車から、雨上がりの空を眺める。

夜が、もうすぐそこで出番を待っていた。つつじ色に照らされたスジ雲が、たそがれどきの群青《ぐんじょう》を背景に美しい。まるで空一面が浴衣《ゆかた》におおわれたようだ。

吾郎はゆっくり時間をかけて息を整え、慎重にハンドルを切り返し、泉谷製作所に向けて車を走らせた。

十一

「こんばんはぁ」

吾郎は虫が飛び交う蛍光灯の下、アルミ扉を開いた。機械音のシャワーに鼓膜を叩かれる。もう一度大声を張る。人影は見えない。古びた工場ではあるが、工具はきっちり整理されて棚に並び、もしくは螺旋コードで梁《はり》から下がり、床にはネジひとつウエス一枚落ちていない。

そのまま奥に向かって進んだ。工場の奥に、幾重ものビニールで覆われたままの機械がある。見慣れた会社のロゴを、そこに見てとることができた。

「ダレ？　アナタ、ナニガシノ者？」

突然、作業服を着た大男が立ちはだかる。ええっと、と吾郎が言うより早く、その男は襟章を見て「カヅミ精機カ！　社長、カヅミ精機ガ来ヨッタゾッ！」と割れるような大声で叫び、手袋を外しはじめた。

機械音がピタッと止まる。

「大江くんかい？」と顔を出したのは、五十代後半と思えるがっちりした男だった。髪は全体的に薄く、頭皮の肌がやけに濃く日焼けしている。

「こらぁ、アレックス、ノオよ、ノー！」

アレックスと呼ばれた大男は、吾郎の胸倉を摑んだ手を悔しそうに引っ込めた。

「突然に申し訳ありません」

二階の事務所の応接セットの前、まず吾郎が深々と頭を下げて、突然の訪問を詫《わ》びた。

「いやあ、こちらこそ」と、泉谷は頭を掻《か》いた。アレックスと同じくたびれた作業着姿で、職人の風格が漂う。事務所の隅にあるスチールラックに手袋を置き、その横のバッグの中からタオルを引っ張り出して、汗で濡れた頭をごしごし擦《こす》った。

それから「お若く見えるけど、あんたは大江くんの上司かい？」と訊ねる。

「いえ違います」

吾郎は名刺を出した。

「おおっ、あんたが吾郎さんかぁ。大江くんから話はちょこちょこ」

「え？」

「まあいい。で、何しに来た？」

何から話すべきか。喉が干《ひ》からびたように痛い。一度ソファーに腰掛けた泉谷は、ふたたび立ち上がる。これしかないけど、と冷蔵庫からミネラルウオーターのペットボトルを二本出してきて、あらためて腰掛けた。

「コップないからそのままね」

「ありがとうございます」

凍りかけたミネラルウオーターが、喉をすり抜ける。吾郎は、生き返る心地のなかで腹を括った。大江から聞いたこれまでの経緯、エンジニアから聞いた呆れた納品について、それから大江の様子が心配なことを順を追って話した。

泉谷は腕組みをして、途中から背もたれに身体を預けながら吾郎の話を聞いていた。聞き終わると低くうなり、「何てこったぁ」とつぶやいた。

「俺が、大江くんに値引きを迫ったって？　それを言ったのは、ホントに大江くんなのかい？」

「え、ええ」

「どうにも信じられない。彼にそう言わせた、追い込んだ原因が、おたくの会社にあるんじゃないか？　なぁんて、ハハ、どうしても大江くん贔屓《びいき》に見ちまうんだけどね」

それから、「参っちったなぁ」とひとりごちた。

「ウチもこんなちっちゃな町工場でしょ。新しい事業に参入するって結構な勇気いったんだ。でも、これでもか！ってくらいがんばる大江くんの後押しに懸けてみたくなってね。……ところがさ、注文した旋盤はぜんぜん来ない。下請け仕事はよそに引き継いだあと、機械ナシ仕事ナシ――で、心がくじけちまったんだ」

五月、機械納品の段取りが整うより前、泉谷は値引きなどでなく、発注のキャンセルを申し出たそうだ。それに対し、大江は、申し訳ありませんと、あらためて深々頭を下げたという。

「俺さ、頭下げた大江くんの足元に、涙がぼろぼろ落ちんの見ちまってね。でも俺もギリギリだったし、ついぼやいちまったんだ。『我々、町工場の扱われ方は、いつでもこんなもんよ』って」

そんな折、是非《ぜひ》にとの下請け仕事が舞い込み、泉谷はスクラップにする予定だった他社の旧型旋盤のメンテナンスに踏み切った。

そんなことがあった後も、泉谷は、ちょこちょこ大江を飲みに誘ったそうだ。アレックスの案内で、なまず釣りにも行った。バーベキューに花梨ちゃんを招いたこともあった。それが……キャンセルから二ヵ月も経って、ゲリラ作戦のように強引な納品を決行されるとは。

「そりゃあ、ひっくり返って驚いたよ。大江くんとは、それ以来連絡が途絶えちまったし」

泉谷はカヅミ精機に抗議した。

ところが大江の上司を名乗るナントカいう奴は、正規な契約・納品と大江からは聞いている、一度納めた旋盤を引き上げるとなると違約金が発生する、大江個人とのトラブルに会社は介入しない、とほざいたそうだ。

吾郎は、とんでもねぇ会社だ、とつぶやこうとした。だが、あまりの怒りに胸が収縮を忘れてしまい、それは声にならなかった。

「心配だね、大江くん」

そんな目に遭い、それでもまだ大江に優しい気遣いを寄せる泉谷に対し、吾郎の中にちがった熱いものが込み上げた。

「これからどうなるのかね。どうしていいやら、さっぱりわからん」

「下の機械は僕が責任持って、ひと月以内にピックアップします」

「あんたは大丈夫なのかい?」

「バカなぶん、心は丈夫です」

泉谷がニカッと笑って歯を見せたとき、電話が鳴った。やりとりからして、階下の工場からの内線らしい。泉谷はちょっと失礼、と席を外し、下の工場へ降りて行った。

ひとりになった吾郎は、ぐるりと事務所の中を見回した。

数々の専門書がずらりと書棚に並ぶ。その間に、奥さんと息子さんだろうか、T高等学校入学式と立て看のある校門前で、母子が並んで撮った写真が飾られていた。賞状や楯《たて》、トロフィーといった類《たぐい》も山とある。フランス語やドイツ語が刻まれたものも混ざる。失礼だが、泉谷の第一印象とはどう努力しても結びつかない。日本の町工場のソコヂカラみたいなものを感じた。

部屋のあちこちには、いくつもの航空機の模型が飾られ、天井からも旅客機が一機吊るされていた。ふと目の前のキャビネットに目が留まる。プロペラはついているが、他の模型とは明らかに異なるものがあった。

「それが俺の夢、だったんだ」

いつの間にか戻った泉谷が言った。

「風力発電機、ですね」

「そう。できることなら実現したかったし、そのためにはおたくの旋盤も必要だった」

「むずかしいですか」

「ああ。設置場所、送電方法、蓄電池開発、大きなものになると低周波音対策、もう嫌になるくらい問題だらけだ。それでも航空機に携わってきたウチならではの、技術とアイデアがあった。ところがだ、最後の最後、大切なふたつが欠けちまった」

「それは？」

「一歩踏み出す勇気、それから縁だ。大江くんは本当に頑張ってくれた。縁を感じたんだ。ところが残念なことに、大江くんの会社とは、縁がなかった」

「どうでしょう、仕切り直して今からもう一度――」

「いやいや。俺もバカだが、あんたほどタフじゃない」

大袈裟《おおげさ》に両手を振りながら言う。笑ってはいるが、それが大そう寂しげに見えた。

帰り際、泉谷からこう言われた。

「なるほどあんたは、噂とたがわないな」

迷わず吾郎は、ありがとうございます、と答えた。泉谷は、普段はきっとこういう人なんだなと想わせる、豪快な笑いをかましてくれた。

帰り道、吾郎は大江の話を思い出した。その昔、泉谷は事業の新規展開を試みたが思うように行かず、家族との別離という憂《う》き目にあった、という話を。書棚にあった写真は、離婚した奥さんと息子さんだったのだ。

――そういえば……。

吾郎は、写真の少年をどこかで見たことがあると感じた。それは、歳の割には冷めた目をしたその少年が、どこか大江に通ずるものを持ち合わせていたからかもしれない。泉谷の、大江にやさしい気遣いを寄せる理由が、少しわかった気がした。

―十一―

吾郎の盆休みとタイミングを合わせるかのように、母に、回復の兆候があらわれた。

表情が、曇りはじめたのだ。顔のしわはみるみる戻り、目色は沈んでゆく。

吾郎の顔を見るや、「まさか自分がこんなことになるとは」とため息をつき、「仕事忙しいのにゴメンね」と渋い顔を伏せる。理恵子を見れば見たで、「家のことと両方で大変でしょ」とすまなそうに顔を歪《ゆが》め、「迷惑かけてゴメンね」としょんぼりした目を潤ませた。

母宛にヨシアキの母親から電話があったこと、見舞いに来たがっていることを伝える。

「こんなじゃ会えないわ」

母は悲しい笑みをたたえた顔を、小さく左右に振った——。

二十年前、抗争に巻き込まれて重傷を負ったヨシアキは、吾郎の見舞いをはね退《の》け続けた。しかし、やはり連日のように訪れる吾郎の母を、冷たくあしらうことはできなかった。奴自身も、母親にひどく迷惑をかけてきたからだ。

退院の直前、ヨシアキは、病院のロビーで屈託《くったく》なく笑う自分の母親を見る。談笑相手は吾郎の母だった。日本社会に積極的に馴染《なじ》もうとしなかったヨシアキの母親に、はじめてできた友達が吾郎の母だった。

その母が、二十年来の親友に会えないとこぼした。

そういったちょっぴり強がりなところや、気を遣いすぎるところはまさに、母の脳内に生じたトラブルが解消されつつあることを示している。老いたことを嘆く——それが当たり前の健《すこ》やかな高齢者並みにまで回復した、ということだ。

少女に返ったように愛らしく微笑む母は、もういない。吾郎は、そのことを突き詰めて考え出すと心が痛んだ。運命が母に課したリスタートは、あまりに酷すぎやしないか、と。

ベッドサイドに置かれた白い猫のぬいぐるみが、徐々に抱かれることもなくなって、きょとんとしたその小さな目で、せまい世界を眺めていた。

回復の兆《きざ》しを見せる母は、大部屋に移されることになった。個室使用の制限は、この病院の決まりらしい。六人部屋は、三階の南西に向いたところにあった。銀杏《いちょう》の緑がレースのカーテンに影をゆらし、三台ずつ並んだベッドの間を日差しがやさしく伸びる。明るい部屋だった。

部屋には、母のほかに四人の老婆がいた。いずれも母より、歳は十は上かと思われた。

母は、生まれてこのかた重い病にかかったことも、入院生活を経ることもなく、今日に至っている。若いころならともかく年老いて初めて、このカーテン一枚で隔てられた環境で寝起きすることがいかに気重か、慮《おもんぱか》っても周りにはどうすることもできない。

少しでも母の気が紛れるよう、毎日誰かが病院に寄って、母の話し相手になった。

具合は？と訊くと、母は「ごめんね」と顔を曇らせる。じゃあまた、と帰ろうとすると、小声で「あんまり（来ないで）いいから」としわを深めた。それでも行けば行ったで、うれしそうに話に花を咲かせた。

和也の夏休み最後の日曜日のことだ。

その日は親子三人で、母のところへ寄った。市民プールに出かけた帰りだ。同室の老婆たちに挨拶すると、みな朗らかな顔で会釈を返す。ただひとり、一番窓よりの老婆だけ、いつものように窓の外に投げた目を返さなかった。

理恵子が、「昨日から起き上がり訓練が始まったのよね」と、母に話しかける。「どお？」と吾郎が訊く。母は、酸《す》っぱいものを口に含んだような顔をしておどけた。

母の頭の向こうには、老眼鏡と一冊の本が置いてあった。母の回復に、少なからず驚かされる。と、アレがないことに気づいた。

「母さん、白い猫のぬいぐるみ、あれはどうしたの？」

吾郎が訊くと、母は小さな声で「知らない」と言い、かすかに首を振った。

「……おばあちゃん」

母の足の方で、和也が暗い声で言う。

母は無言で、なあに？といった目を和也に向けた。何か言いたげな和也に、「そうか、飽《あ》きちゃったよね」と二、三度うなずき、「おばあちゃんも疲れちゃった。ちょっと横になりたいわ」と背中を伸ばした。

理恵子は、すまなそうな顔をする和也の頭を撫でて、それから母が横になるのに手を貸した。

「じゃあ、またね」と吾郎はいつものように声をかける。母はうっすら微笑み、ゆっくりとまぶたを閉じた。

病院を出る直前、三人は看護師から呼び止められた。あの、丸くてつやつやした看護師だ。

「どうも大変お世話になってます」

「あのね、高梨さん、チョット言い難《にく》いんだけどォ……」

看護師は、お見舞いを少し控えてくれないか、と言った。あまりにも意外な申し出に唖然とする。

さらにその看護師は、ぼてっとした口でこう言う。

「いえね、ご家族がぜんぜんお見舞いに来ないおばあちゃんもいるのよ。そうするとね、中にはみなさんが帰られたあとで、お母様に聞こえるようチクチク嫌みを言ったり――」

「窓際のババアだろぉっ！」

吾郎は思わず声を荒らげた。「あなたっ」と咎《とが》める理恵子に目をやる。もっと言いたいこともあったが、彼女のとなりから自分を見上げる和也の怯《おび》えた目に気づき、それ以上はひかえた。

使い慣れぬ脳味噌に、負荷をかけ過ぎているせいだろうか。吾郎は、このところ感情の起伏が激しくなっていると自覚していた。

「どうしたら、……よろしいでしょう」

まるで凪《な》いだ海のような口調だと、吾郎は心の中で自賛した。


三人はほとんど会話もないまま家に戻った。

看護師は、母のリハビリの際に病室の外で面会しろだの、ババアの目に付かぬようコソコソ振る舞えだの、面会の人数を絞れだのといったことを遠まわしに言った。

「お義母さんが嫌な思いをされるんだったら、お見舞いの意味ないじゃない」理恵子は、さらに言う。「看護師さんの言うとおり、ひとりずつ少し間を空けてそぉっと行き――」

「腐りかけた吊り橋を渡った向こう岸にでも、母さんのベッドは移されたってぇのか？」

吾郎の気持ちはまだ治まらない。

今日は遅いし、疲れたからピザでも取るね、と理恵子。「やったぁ！」と喜ぶ和也に、「パパどれにする？」と渡されたメニューに目を落とす。吾郎には、どのピザも脂肪でテカった先の看護師の顔に見えた。「俺はパスタでいいや」などと言ったものだから、じゃあパスタならウチで作るわということになった。

吾郎は、和也を風呂に誘った。だが、「ひとりで入るからいいっ！」と、ばっさり断られてしまった。風呂から上がり、吾郎が脱衣所で身体を拭《ふ》いていると、和也がそこに飛び込んできた。ぱっぱと裸になって、入れ違いに浴室へ消える。無言。あっという間。相当怒ってるなと思いつつリビングに行くと、そこで、理恵子と和也のあいだでひと悶着《もんちゃく》あった様子がうかがえた。

「あの子、何をイライラしてるのよっ」

理恵子の口調も、あからさまにとげとげしい。勉強机に散らばった教科書やらノートやらを、乱暴に積み重ねている。

「ちょっと待って」

その中の一冊に、吾郎の目は吸い寄せられた。表紙に『環境と未来をささえるエネルギー』とある。いくつかの環境エネルギー機器の写真の中に、泉谷製作所で見た模型と同じ、風力発電機の写真もあった。

旋盤の引き上げの期限まで、二週間を切っていた。とはいえ、吾郎がいい加減な書類をこしらえて勝手に進めているだけであって、強行前に上の者にバレなければ、の話なのだが——。

引き上げてしまえば、泉谷の夢は完全に潰《つい》える。

ぼんやりと、『環境と未来をささえるエネルギー』なる社会科の副読本をめくった。そこにある未来は、自分の未来じゃない。子供たちの未来、和也や花梨ちゃんの未来だ。

大江は、花梨ちゃんとの最後の面会で行った遊園地で、たったひとりの実の父親として何を語り、何を一緒に見たのだろう。そして奴は、何を花梨ちゃんに残せたのだろう。

ひと通りパラパラとめくり、それを勉強机の上に戻した。

パッ！と頭の中に何かが光る。もう一度その本をつかんで、ゆっくりめくる。

——これは……。

吾郎の目は、ある挿絵《さしえ》に釘付けになった。

—— 十二 ——

九月に入って一週間が過ぎた。蒸し暑さは、さらにひどくなった。

和也の学校がはじまって、家の中はかつてのリズムを取り戻しつつあった。吾郎も、ぼんやりした頭で過ごす朝の慌《あわただ》しいさなかなど、母が病と闘っているという事実が、ひどく非現実的に思えたりした。

この夏休みをまたいで、和也の目つきは変化した。きりっと締まった。理恵子もそうだ。なんだか頼もしくなった。あれやこれ、わずかな変化は自分の周りで積み重なっている。

「いらっしゃい」

ツネオの声に我に返り、入り口のほうを見た。

厳《いか》めしい顔をした居村がそこに立っている。白無地のVネックにオリーブグリーンのカーゴパンツ、足元は白のコンバース・オールスター。作業着姿より、さらに三つ四つ幼く見える。ひねこびた高校生といっても通用するくらいだ。

足取り重く近寄る居村に、吾郎は、くそ重いダイナースツールを引いて勧めた。

「オールスターか、なつかしいな」

「見せたいものってなんですか？」

「うん、これなんだ。って、ウフ。そんなやすやすと見せるかよォ」

「来て早々失礼ですが……、バカじゃないですか？」

——バカ？　すごいことを言う子だ。機嫌が悪そうだ。

「なんにする？」と口をはさむツネオに、居村はグレープフルーツジュースを注文する。俺も、と吾郎は、大きなグラスで薄めに作らせたバーボンソーダのお代わりを頼んだ。

居村は興味津々に、『アンプラグド』を見渡す。静かに流れる歌声は、スティーブ・ウィンウッドだろうか。曲名は知らない。

「明日、ＮＣ旋盤の引き上げで泉谷製作所に行く。同行のエンジニアにきみを指名したんだが、断ったそうだね」

「ほかの仕事があるんで」

ツネオがふたりの前に、グレープフルーツジュースとバーボンソーダを置いた。

「旋盤はいったん引き上げたあと、条件を整えて、再度納品する」

「ど、どうして！」

「……気になるかい？」

吾郎はグラスを掲げたが、居村は乾杯に応じなかった。やはり、機嫌が悪いようだ。カウンターの奥で、冷凍のフレンチフライが高温の油に投下される派手な音がした。

「きみは小学一年のときにご両親が離婚され、以来ずっとお母さんに育てていただいたんだってな」

「誰から聞いたんですか？」

「人事部にいる同期に、鰻《うなぎ》をご馳走した」

「……問題ですよ」

「堅いこと言うな。なんでお母さんが亡くなったとき、きみは実父である泉谷さんを頼らず、伯父さんの世話になったんだ？　当時きみはまだ高校生だったろ」

「…………」

居村の動きが止まる。吾郎はグラスの氷を指で蹴りながら、彼の口が開くのを待った。だが、何も語ろうとしない。

「不器用そうだけど、やさしい人じゃないか」

吾郎のそのひと言に、居村は嚙み付いた。

「家族より仕事……。いるじゃないですか、そう言って不器用な生き様を気取る男って。ところがそうゆう奴に限って、誰とどう関わるかを計算ずくで器用に立ち回るんですよ。そりゃやさしい顔も見せますって、カネになると見込んだ相手にならね」

「泉谷さんは、そんな人じゃないと思うがな」

「アハッ。駄目ですって。高梨さんほど人の気を削ぐことに長《た》けた人が、あんな男にあっさり心読まれて翻弄されちゃ」

「きみの方こそ、なにか誤解してるんじゃないか？」

「誤解？　昨日今日あの男と知り合った高梨さんは、僕の方が誤解してるって言うんですか？　あの男と関わってしまったせいで、母は何もいいことがないまま、あの男を恨んで死んでいったというのに？」

ふーむと、吾郎は居村の顔をまじまじと見る。

「なあ、ツネオ。この青年と大江、似てると思うか？」

ふいに名を呼ばれたツネオは、肉の焼け加減に凝《こ》らしていた目を居村にくれる。眉間に寄せたしわをぐーんと吊り上げて目を三角にし、口をいびつに開いた。初対面のガキをビビらすには、こうしてガン飛ばすのがいちばん、らしい。

「あん？　似てんのは小生意気そうな目くらいじゃねぇの？」

初対面のガキがこの目つきにビビるところに、吾郎は出くわしたことがない。

「俺もよ、喧嘩と縁切ったあとは仕事に生きてきた男だ。初めはよ、不器用な生き様を気取ってただけかもしんないぜ。だがな、今は誰もが俺を見て、『本当に不様だ』って言うくらいの男になれたね」

話を振ったことを、ひどく後悔した。案の定、居村は大笑いしだした。

「すごい、ここ最近でいちばん笑えるワ。さすが高梨さん御用達《ごようたし》、マスターは退屈した客のもてなし方を知ってます。見事な〝客さばき〟ですよ！」

と言うやグラスに残ったグレープフルーツジュースを飲み干して、スツールから立ち上がった。

「おおっ、待ちな兄ちゃん！」と凄むツネオを、吾郎は、もう黙ってろと鎮める。「いいからおまえは、出来上がったやつをカウンターに並べろ」と、目で指図した。

「きみに見せたかったのは、これなんだ」

吾郎の声に、一歩踏み出した居村が振り返る。

カウンターには、ツネオが作ったワカモーレ・バーガーが二皿並んでいる。

大きな楕円の皿には、ごわごわと重厚なパテと、レタス、オニオンがはさまれたバンズ。添えられたのは、アボカドの緑にトマトの赤が艶やかなワカモーレ、ハラペーニョなど。バーガーのうしろには、フレンチフライがどっさり盛られている。

居村ののどが、ゴクリとはっきり上下に動いた。

「これが何か？」それをごまかすようにしれっと言う。

「研磨の仕上がりは撫でて確かめるのに、バーガーの仕上がりは人の説明を聞くだけでいいのか？」

吾郎は、米松を均《なら》したカウンターをすーっと撫でる。

ちらりと吾郎に一瞥くれて、居村はもう一度スツールに腰掛けた。ワカモーレをちょこんとパテに乗せ、バンズにはさんでかぶりつく。「……！」と、動作を止めた居村の皿を、吾郎は指で差す。

「そこの白いソース、なんだかわかるかい？」

「サワークリーム、ですか」

「じゃなくて、水を落としたヨーグルトなんだ」

吾郎は、自分のぶ厚いパテにヨーグルトをぽんと乗せてスプーンで伸ばす。そこにワカモーレをこれでもかと背負わせて、ハラペーニョをぱらぱら散らし、バンズを戻す。がぶっと大口開けてかじりついた。ワカモーレがはみ出す。それを指ですくい、口いっぱい頬張《ほおば》る唇の間に、さらに強引にねじり込んだ。

なめらかなワカモーレが肉の中に押し込まれる。あふれ出た肉汁が酸味の心地よさを引き連れて、口の中いっぱいに広がった。シャリッとレタスがリズムを刻み、オニオンの程よい辛みが味を引き締める。

なんでこんな美味《うま》いんだろ……吾郎は、しみじみと思う。結構なボリュームがある。食べにくい。コイツをきれいにやっつけると、体格のいい奴を殴り倒した気分になる。

居村も吾郎を真似てヨーグルトとワカモーレをたっぷりはさみ、戦っていた。貪《むさぼ》るが如くの喰いっぷりだ。ふたり黙々と、そいつと戦った。

ツネオが「そういやどことなく大江に似てるかな」と言って、へっと笑った。

先に喰い終えた居村は、すでに細長いフレンチフライに取りかかっていた。遅れて吾郎もフレンチフライにたどり着く。カリッといい具合に揚がっている。塩が強い。それがいい。

「いいかい、居村くん」吾郎は、指についた塩をなめながら言う。「喰いにくいけどバカ美味い、男はそうあるべきなんだ。きつね色もへったくれもない、パテに押されたグリルパンの焦げ、これが〝悪意のない余計なひと言〟なんだ。アボカドのごろごろ感が〝隠された男気〟であり、ヨーグルトの酸味が〝青い自尊心〟ってやつなんだ」

「なに言ってんだか、……まったく、わからない」

「やっと意見が合ったな」

「あんた、わかって言ってんじゃないのか」

「ああ」

しまったという顔の居村に、吾郎は、「別にあんたでかまわない」とさらっと流す。ぺこりと頭を下げた居村の目から、余計な力が抜け落ちたように見えた。

「きみは、ご両親を誤解してるんじゃないのか？　本当にお母さんは、お父さんを恨んでたんだろうか」

「一切の連絡を絶ってましたから」

「じゃあなぜ、きみの高校入学式のときの写真が、泉谷さんの書棚に飾ってあるんだ？」

「…………」

「オトナの事情ってやつがある。多額の借金をこさえた泉谷さんが、きみときみのお母さんには普通の生活をしてもらいたいが故、私財の名義を書き換えた上で籍を離す。よくあることさ。おそらくだがきみは、こういった経緯をお母さんから聞いたことがあるはずだ。ところが、きみはその説明を受け入れなかったんじゃないのかい」

空《から》になったグラスを掲げた吾郎は、「そろそろエズラをロックでいこうか」とツネオに伝える。居村が、僕もバーボンをロックで、と続いた。

「お父さんを恨んでたのはお母さんじゃなく、きみの方だ。お母さんの葬儀に訪れた泉谷さんを前に、きみは『悲しみが一気に白んじまった』とせせら笑ったらしいね。手を合わすこともできずに葬儀場を後にした泉谷さんは、あのときは生きる気力を失ってしまった、そうおっしゃっていた」

「……僕は、ただ……」

「泉谷さんは、きみが自分と同じ技術屋の道を選んだと知り、それを勝手に良い方に解釈しようとした。きみがこの道を選んだのが偶然であるはずがない、とね」

カランと氷が回るグラスがふたつ、カウンターに並べられる。吾郎がグラスを掲げたが、居村はそれを見ていなかった。エズラ・ブルックスではちと厚みが手前過ぎた。こんなときはI・W・ハーパー十二年の軽快な奥行きが欲しかった。

吾郎は口の中でバーボンをゆっくり転がし、それから話を進めた。

「そんなある日、泉谷さんは、ウチの展示会で大江と出会った」

泉谷が展示会に来たのは、息子に会えるかもとの期待を寄せていたからかどうか、それは吾郎の知るところではない。とにかくそこで、泉谷は大江に出会った。泉谷は、いろいろな問題を抱えた大江の中に自分を見て、それから、一本気な大江に息子も見た。若いころに戻った自分が、自分の息子と一緒に仕事をしている錯覚に、少しばかり酔っていたそうだ。

「だが納期が幾度も延期されるうち、泉谷さんは昔の失敗を思い出した。きみと別れた辛さがよみがえったんだ。徐々に錯覚から目が覚めて、そうして、新規事業に背中を向けてしまった」

「おや……」

親父、と言いかけたのだろう。居村は、続く言葉をバーボンと一緒にぐびっと飲み込んだ。喉が焼けたらしく顔をしかめた。

吾郎は鞄の中から一冊の本を取り出す。

「本当のこと言うとね、今日、きみに見せたかったのはこれなんだ」

その本『環境と未来をささえるエネルギー』に、居村が手を伸ばす。吾郎は、表紙の風力発電機の写真を指しながら、居村に言った。

「これ、プロペラ型っていうんだろ？　これの模型が泉谷製作所にあった」

「……！」

「泉谷さんの新規事業とは、風力発電だったんだ」

吾郎はちらちらと居村の様子をうかがう。因縁《いんねん》に動揺を隠せないと思ったのだ。だが彼は、手が震えるでも飲み方が荒くなるでもなく、ただ頑《かたく》なで凛とした目を、本の上に落としていた。

やれやれと、吾郎はあるページまでめくった。

「ほら、この挿絵。どっかで見たことあると思ったら、きみの車の中にあった絵だ。これは、ええっと……」

「サボニウス型」

「……俺は人がいいからさ、きみの言葉を信用してビール缶の解剖図だとばかり思ってたよ。まさか距離を置いた親子がそれぞれに、風力発電について研究していたとは、ね」

居村は、深く目を閉じた――。

風力発電の風車は、大きく分けると「水平軸型」と「垂直軸型」の二種類がある。水平軸型の代表がプロペラ型だ。風向制御が必要だが、発電効率は良く、日本の風力発電機の九十五％はプロペラ型が占める。垂直軸型にはサボニウス型、ダリウス型、ジャイロミル型等、さまざまな形状のものがある。都心部の街路灯に設置されているのがこの垂直軸型である。

サボニウス型は、上下二枚の円盤の間に、切り口がアルファベットの『C』の形状の板、これを正逆二枚S字型に配置したものである。発電効率は高くないが、風向の変化に強い。居村の車の中にあった絵が、このサボニウス型風力発電機のイラストだった。

吾郎は親子に不思議な力を感じる。父は、航空機に携わり揚力に長けた知識を以って、プロペラ型風車の開発を夢見た。子は、現代的な感覚によって、まずは風力発電事業の切り口を都市部に拓こうとしているのだ。

「居村くん。俺は再度納品するのに、条件を整えると言ったね」

「……はい」

「きみと泉谷さんの足跡が重なっていたのは偶然か？　見えない力、たとえばキザったらしい言い方をすれば、絆。そういったものを感じないか」

「…………」

(察しが良い子だ、この子は。おそらくちゃんと、前向きに考えてる)

吾郎は、ほころびそうな顔を抑えてそう思った。条件のひとつ、〝後継者の説得〟は最重要なのだった。

大江の安堵が目に浮かぶ。

——二度と俺には頭が上がらないだろうな、アイツ。居村ちゃん、返事はすぐでなくていいんだよ。でもできるだけ早く結論出してね。なんせ未払いだった代金の一部は、来週早々、振り込まれちゃうんだから。

吾郎は居村を見た。と、きゅっと閉じたまぶたに押し出された涙が、ほおをひとすじ濡らした。「貧乏でもかまわなかったんだ」線の細い声で居村が言う。「親父に、そばにいてほしかった。まちがってますか？」

「いや――」

ふと、ＢＧＭの変化に気づく。

こうゆうときの、こうゆうところがツネオの駄目なところだ。気を利かせたつもりだろうが、クラプトンの『TEARS《ティアーズ》 IN《イン》 HEAVEN《ヘブン》』は今じゃない。居村がひとりできたときに、遠くでかすかに鳴っていればいいのだ。

と、そのとき吾郎の携帯が鳴る。泉谷からだ。

「至急来てくれないか。その……、ちょっと大江くんのことで」

「わかりました」

同行を固辞する居村に無理は言わず、「じゃあ」と吾郎はひとりでタクシーに乗った。

時刻は九時近かった。愛嬌ある運転手の世間話も夜を彩るネオンも、なにからなにまで前から後ろ、次々流れて風のように消えてゆく。

ちょっと大江くんのことで――

押し殺したような泉谷の声は、えも言われぬ緊張感をまとっていた。吾郎は、追い込まれた大江の心情を、量り違えたのだ。泉谷との成り行きを、随時大江に伝えるべきだった。驚かせて喜ばせるなど、高校生のバースデー・パーティーみたいな仕掛けの必要が、一体どこにあったんだ！

吾郎の頭の中で、悪い予感がふくらんだ。

―― 十三 ――

一階の工場は電気が消えていた。吾郎はアルミ扉のガラス窓を覗こうとして、血の気が引いた。ガラスが割られている。いびつに割れた暗い穴から、機械の余熱と油の匂いがうっすらと漂ってきた。吾郎は震える膝を励ましながら、外階段を二階に上った。

「あの、高梨です」

失礼します、と扉を開けた。正面左手に泉谷とアレックスが並んで座る。ふたりとも、憔悴《しょうすい》した目で吾郎を見た。ふたりの向かい側で、丸めた洗濯物のように大江が萎《しお》れていた。

「なに、が……」

ふらっとする心地でつぶやいた。

ここに至るまでの経緯を、泉谷とアレックスが交互に説明する――。

この夜、誰もいないはずの工場から金属を叩くにぶい音が響くのを、隣のアパートに住むアレックスは聞いた。様子を見に行くと、入り口扉のガラスが割られ、鍵が外されている。アレックスは、そっと中に入って奥へ進んだ。すると、ビニールに覆われたままの旋盤に向かい、大きなハンマーを振り下ろしている人影が見えた。

とっさに、その男にタックルした。拍子抜けするほどか弱いその男を羽交《はが》い締めにして、キャップを放り、サングラスとマスクを一気にずらす。出てきた大江のくしゃくしゃに泣き崩れた顔を見て、「此《い》ニ《さ》カ《さ》気後レシタヨ」と言うアレックスは、警察より先に泉谷に連絡した。

駆けつけた泉谷に、大江は何も語ろうとしない。ただ、目に涙を次から次へあふれさすばかり。そこで、泉谷は大江に断りを入れ、吾郎に電話したのだった。

涙が涸《か》れたのか開き直ったのか。今の大江は、ふて腐れたような目をぽいっとそこらに放り、両手でぎゅっと太腿《ふともも》をつかんでいる。ベージュのチノパンが、指の形に黒く機械油で汚れていた。えりの伸びた紺のポロシャツには、ひどくしわがよっている。髪の毛は汚れた手でかきむしったのか、ぐしゃぐしゃに乱れていた。

ベチッ！

その頭を、吾郎は平手で思い切り叩いた。大江の頭は深く沈み、また元の場所へ返る。

「なにやってんの？　おまえ」

答えぬどころか目も合わせない奴の頭を、また叩く。叩いては訊ねる。くり返した。

やがてバネ仕掛けみたいに返る大江の頭から、涙が跳ね上がった。

それを見たら、吾郎は無性に切なくなった。やりきれない思いを抱いた自分が腑《ふ》に落ちなくて、げんこつに変えて奴の頭を殴る。ゴッ！と鈍い音と同時に、大江がなにやら喚《わめ》きながら、摑みかかってきた。

ふたりとも簡単にアレックスに制圧されて、五分ほどが経つ。

沈黙が続いた。エアコンから吹き出す風に、吊るされた航空機の模型が揺れる。覚悟を背負って罪を犯した大江は、頑なに殻の中に閉じこもった。吾郎の、それをこじ開けようとする激昂《げきこう》は収まり、静かに殻が開くのを待った。

と、そのとき事務所の扉がカチャッと開く。

「和之！」

泉谷が、突然現れた居村を見て驚きの声を上げた。居村は、泉谷の方を見ようとしない。ほんの一瞬、吾郎と目を合わせてちょこんと頭を下げ、そのまま後ろ手に閉めた扉に寄りかかった。

事務所の中に男がひとり増えた。だが、この男もまたひと言も発しない。吾郎の視界の片隅で、大江がさりげなく居村を盗み見た。

「そうだ、大江。泉谷さんの息子さんだ」

「………」

大江は、驚くというのと少し異なり、空気を目一杯吸い込むように、ぐぐっと背中を反らした。

「覚えてないだろうがな、ここに旋盤を下ろすときにおまえと一緒にいた、ウチのエンジニアなんだ」

大江は居村を見ようとしない。いや、見られないのだろう。

泉谷が、居村のために事務椅子を動かそうと腰を上げた。少し遅れてアレックスが席を立ち、「気配リニ欠ケマシテ、甚《はなは》ダ面目ナイ」と居村にソファーを譲ろうとする。居村は「大丈夫ですから」と、事務机の縁に尻を乗せた。

じたばたと皆が落ち着きなく動くなか、大江はいきなりソファーの下に崩れ落ちた。太腿をつかんでいた手が、床板に爪を立てるように蠢いた。

「すみませんでしたっ！　ほんとうに、すみませんでした！」

大江は額を床につけて、腹の底から声を絞る。

ワケを話してごらんよと泉谷。大江は、背中を震わせむせびながら、首を左右に振った。

「大江！　今、ここで話せ！」

大方の察しはついていた。クソな会社のあきれた実態と、それに翻弄された自分をここでさらけ出すことは憚《はばか》られるという、大江の気持ちもわかる。しかし奴は、泉谷の厚意を裏切り、居村のプライドを傷付けたのだ。

それでも押し黙る大江に、吾郎の中の怒りを抑えるつっかえ棒がまた外れた。

「大江っ！　これがテメエの、六回表の攻撃かよぉっ！」

でたらめな納品を済ませた夜、水道橋の居酒屋を出たところで「僕たちは今、五回の裏あたりか」と大江は言った。妻と別れ、子供と会えなくなり、仕事への誠意を失ったところで人生は五回を終えたという。

――新しいイニングは不法侵入と器物破損ではじまり、取り押さえられ平謝りで、はいおしまい、だって？　そんなことがあってたまるか、バカヤロー！

「……会社は、辞める」

「はんあ？　なに言ってんの、おまえ。会社は辞めるだぁ？　じゃ今のまま何を続けるんだ？　プライドを真っ二つに折られたまま、うずくまって下り坂を転げるか？　クズたちの嘲笑《ちょうしょう》に無様で応えたまま、泉谷さんが見えなくなるところまで逃げるか？　会えないままの、小学生のままの、娘の写真にほおずりしながら思い出の中に生きるのかよっ！」

「吾郎くん……」

ちょっと言い過ぎだよと、泉谷がたしなめる。

「泉谷さん。このバカはうちの会社に残します。このバカのオトシマエのつけどころは、泉谷さんとの〝これから〟にあるべきなんです。そうでしょ？　永いお付き合いはこれからなんです。なのにこのバカは、泉谷さんが夢の実現にやっとまた一歩踏み出してくださったっていうのに、その機械をボコボコにしやがった」

えっ！　大江が弾けたように顔を上げた。それから「旋盤は返品だと……。だから、僕は……」と言いよどむ。

「ずいぶんと、かき回されたみたいだね」

泉谷は、なぐさめるようにささやきかけた。それからアレックスの肩をぽんぽんと叩き、今日はありがとうな、もう部屋に帰っていいぞ、と労《ねぎら》う。「デモ……」と心配げなアレックスを、吾郎は階段のところまで見送った。

「ミスター・馬鹿力、今日はどうもありがとう」

手を伸ばすと、彼も渋々といった体《てい》で手を出した。その手を吾郎は両手で握る。大きくて厚みのある格闘技系のごつい手だ。

「国はどこ？」

「ブラジル」

「極真？　それともブラジリアン柔術？」

「独学ダガ剣術ダ。『桃太郎侍』ヲ存ジテオルカ？」

「もちろんさ。『正解は？』『越後製菓！』ってやつな」

アレックスは吾郎をじろりと軽蔑した目で睨《にら》んだあと、階段を下りた。

事務所の中は、また沈黙に包まれた。

「ねえ、大江さん」唐突に居村が口を開いた。

「話を聞かせてもらえませんか」

大江は顔を上げたが、目をつぶったまま押し黙る。カッと頭に血が上り、身体を動かしかけた吾郎を、泉谷が恐ろしく迫力のある目ヂカラで押し留めたそのときだ。

ぽそりと大江がこぼした。力なく、首を横に振りながら。

「ぜんぶ、僕の気持ちの弱さが招いたことです。会社は関係ない。上司も、家のことも、言い訳にしかなりません」

「大江、そうじゃねぇぞ。おまえは、自分がしでかしたことの背景を、泉谷さんに説明しなきゃなんねぇんだ。そうでしか、お詫《わ》びしたことにならねぇんだ」

間を置き、大江はガクンとうなずいた。

「ほら、ちゃんと掛けて話しなさいよ」と、泉谷が促す。

大江は頭を下げたあとでソファーに浅く座り直し、こわばった頬や唇をほぐす仕草をしたあとで、ゆっくり物語りはじめた――。

「泉谷さんに納品する旋盤は、ちゃんと納期のうちに仕上がったんです。だけど僕の頭を飛び越えて、本部長がらみの客のところへ回されてしまった。一度や二度じゃない、何度もそれが……」

「どうして……」

泉谷は驚いて言葉を失っている。無理もない。そんなことがまかり通る会社は、どこか病んでいる。吾郎は、大江が北川というクソ野郎のいいおもちゃだったことを、泉谷に説明した。

大江は泉谷製作所に力を注ぎ、徐々に己を取り戻し、且《か》つ契約に至った。がんばったな、北川はそう言ったそうだ。だが、奴は内心で不愉快極まりなかった。大江のエリート意識に並々ならぬ嫌悪感を抱いていた北川にとって、大江は完成されたおもちゃのままがよかったのだ。

泉谷の心がくじけたという五月、受注はキャンセルされた。

やり場のない怒りを抱え、大江は社に戻った。奴を待ち受けていたのは、北川とその一派による田中部長こき下ろしの高笑いだった。

「よお、さすが部下想いの田中だな。目をかけた部下を窮地から救うために、奴はなんと、三億三千万円分もの旋盤やらなんやらを大放出だ！　大江、何だっけ、お前が待ってたの。あるぞ、なんでもあるぞ。明日にでも納品可能だよ！」

北川はそう言い放ち、バンバン机を叩いたそうだ。

「だから僕は、『たった今、私もキャンセルを出してしまいました』のひと言を、本部長に言えなかった……」

その夜、大江は胃痙攣《けいれん》をおこして病院に運ばれ、そのまま一週間欠勤してしまった。逃げることまで考えた、と言う。

「家族も失った。もう、前に向かって見えるものが何もなかった。島根の田舎に帰ろうと、母に電話でそれを伝えたら、帰っておいでと泣かれたんだ。——それで、帰れなくなった」

沈痛な面持ちで、「そうだ」と泉谷が続けた。

「思い出したよ、キャンセルを申し出て何日かあと、その北川という男から電話があったんだ。納期延期で迷惑をかけたと謝るもんだから、受注を取り消したあとで言われても遅《おせ》ぇやって、怒鳴りつけてやったさ。すると『それは困ったことになりそうだ』と言うんだ。どうしてだ?と訊いたら『おいおい大江のほうから』とか言ってたっけなぁ」

欠勤前の大江の蒼白な顔を見て、北川は何か察したのだろう。泉谷製作所に探りの電話を入れ、そこで受注キャンセルを知ったようだ。

「前におまえが話したPCデータの入力ミス、あれはミスじゃなくて、北川がデータを改竄《かいざん》してたってことだったのか?」

大江はこっくりうなずく。

「なんですか? データの改竄って?」

居村が身を乗り出して訊いてきた。

北川が、どのような手を使ったかは定かでない。大江は、名古屋の倉庫に眠っていたNC旋盤を戸田の倉庫に移送させたはずなのに、データ上では名古屋から直接、泉谷製作所に納品がなされたように改竄されていたことを説明した。

居村は「なんだよ、それ」と吐き捨てた。

一週間ぶりに出社した大江に、北川は準備万端、伝票操作の感謝まで促《うなが》して、じくじくと追い込みをかけた。

「先もなければ後にも引けなくなった。僕は、本部長の前で泣き崩れてしまった。もう、ゆるしてください。そう言いながら……」

「許すも許さないも」、と北川はせせら笑い、大江を落ち着かせる。それから泉谷の厚意に付け入り、再考を促すよう助言したそうだ。

「でも、僕の捨て鉢《ばち》な申し出は、泉谷さんには通用しなかった」

「…………」

「それでも泉谷さんは、プライベートな面で僕を気にかけ、花梨にまでやさしくしてくれた。なのに僕はそれを……疎ましくすら思うようになってしまったんだ」

泉谷は腕組みをして、んんんー、と唸る。居村はきびしい目のまま口を縦に開き、ハァーッと腹から息を抜いた。

そんな折、離婚した元妻の再婚を聞き、花梨ちゃんとの最後の面会が通達される。きっと大江は、力尽きそうな心でそれを受け止めたのだろう。

「元妻が花梨を連れて、再婚相手の住居へ引越しする日だ――」

業者にあれやこれやと指図に忙しい元妻から、「銀座を散歩がてら博品館に寄ってあげて」と、娘との最後のデートコースを指定されたという。

「どこをどう歩いたかなんか、覚えてない。ただ、もう二度と、この大きさの手のぬくもりを感じることはないんだなぁ、なんて思ったら、じぃーんと……」

そこまで話すと、大江はさめざめと泣いた。泣きながら次の言葉を整えるのだけれど、嗚咽《おえつ》にはばまれて声にならない。そんなことをくり返した。

大江がむせびながら話したことをまとめると、こうなる。


なぜだか掌以外が触れ合わぬ、温もりに乏しい最後のデートだった。博品館でLEGO《レゴ》を選ぶときだけ花梨ちゃんの心が晴れたことが、大江には面白くなかった。モノより思い出、というテレビコマーシャルが昔あったが、大江は強引に、銀座から東京ドームシティにデートの場所を移した。

花梨ちゃんとサヨナラをする約束の時間まで、ほんのわずかしかなかった。何に乗る？と大江は訊ねる。花梨ちゃんの指は、真ん中をジェットコースターがくぐり抜ける、リング型の大観覧車を指した。

ふたりで長い行列の最後尾についた。待つ間、サヨナラが近づく間、つい湿っぽい話をしてしまった大江がいた。うん……、うん……、と、うなずくだけの花梨ちゃんがいた。

「花梨と見る東京の景色をさ、パパはずっと忘れないからね」

「花梨も、ぜったい忘れない……」

大江と花梨ちゃんの約束の眼前で、大観覧車の運行は強風のため中止になると伝えられた。「いつか」と「また」のないふたり。お互いの手をぎゅっと握って、無言のまま大観覧車を見上げた。大観覧車から降り立つカップルや家族連れが切れるまで、最後のひとときをそこに立ち尽くした。

大江の目には、大観覧車が風力発電機の風車に映った。真ん中にぽっかり穴の開いたリング型の大観覧車が、泉谷と、それから自分の、風力発電に懸けた夢の抜け殻に見えた。

「夢……夢が続けば、花梨といつかまた会える。僕の中に支柱のない大観覧車同様、その想いが巡った。その想いに埋め尽くされたんだ。もう、それしかない。そうせざるを得ない、そう思って――」

大江は、泉谷の留守を狙い済ました納品強行を、決意した。


泉谷は天井に目をやり、押し黙った。居村は腕組みして、目をつぶった。

――機械を納めて動かせば、いつかぴかぴかの風車が風を受けて回る日がくる。羽根の一枚から、花梨と自分の笑顔がこぼれる日がくる。

プライドをずたずたにされ、絆が宙で千切れた大江は本気でそう信じて、腹を括ったのではないだろうか。

そんな無茶苦茶な納品で売買が成立するわけがない。北川はそう考えていただろう。ところが吾郎がこれをフォローして、契約にこぎつけてしまった。

「北川のヤツは僕に、真逆な話を吹き込んだんだ。『お前が納品した旋盤を、高梨が解約手続きを取って引き上げようとしている、それでいいのかっ！』って」

北川は、続けざま机を叩いたそうだ。

大江は考え抜いた末、最後の博打に打って出る。泉谷製作所に忍び込み、何者かによって旋盤が大きなダメージを受けたことにして、泉谷に買取りを迫る、それしかないと思ったそうだ。

そうして今夜それを決行し、アレックスにねじ伏せられた――。


「すみませんでしたっ！」

話し終えた大江は深々と頭を下げた後、背筋を伸ばして各々の顔を見た。見られたこちらが思わずドキッとするほど、凛とした眼差しだった。

「何を考えてる？」

「洗いざらい話して、スッキリしたよ」

大江はふっと笑った。ポロシャツを引っ張ってしわを伸ばし、曲がったえりを直した。

「ひとつひとつ、分けて考えればよかったんだ。どれも世間では誰もが、多かれ少なかれ抱えてる問題なんだよね。ていねいな仕事をしたって客に理解されなかったり、上司がクズだったり。それから……離婚だったり、まぁ諸々。僕の周りには、たまたま雨が続いただけなんだ。小さな水たまりを踏んで泥が跳ねて、また一歩踏み出すとそこも小さな水たまり。それをくり返すうち、僕にはあたり一帯が大きな泥沼に見えてしまってたんだ」

「大江、なにを言ってるんだ？」

「本当に、申し訳ありませんでした。傷つけた旋盤は、責任をもって元通りにします。そう、割った扉のガラスも弁償します。迷惑をかけたみなさんには、これからの僕を見てください、としか今は言えません。ただね、……北川だけは絶対に許さないっ！　アイツのせいでみんなにひどいことをしてしまい、僕は人生を狂わされて、危うく大切な――」


バチーンッ！


重々しい平手打ちに、やせ細った大江はソファーから飛んでぐるんと転がり、背中から落ちた。腰を浮かしかけた吾郎は、先に動いた泉谷の年季の入ったガテン系ビンタに、目を丸くして感嘆の息を吐いた。

大江は、それから居村も、口を開いて唖然《あぜん》としていた。

泉谷はソファーに座りなおして腕を組み、大江を見据え、そして何も言わない。大江は血の味に眉を寄せ、手で拭《ぬぐ》って口が切れたことを確認して蒼《あお》ざめ、やがてわなわなとあごを震わせた。

「ありがとうございます」

吾郎は泉谷に頭を下げ、それから、警察に通報していいか訊ねた。泉谷は目をつぶり考え込む。大江の全身が震えだした。吾郎の視界の片隅に、その様子を見てうっすらと苦笑いを浮かべる居村がいた。

「もしもし、今ですね、工場に不法侵入して――」

一一〇番通報した吾郎の携帯を、血相変えた居村が奪い取った。どうやら居村は、吾郎の提案をただのハッタリと見ていたようだ。あれやこれや弄《いじ》り回したが通話の終了方法がわからず、あわわと電話の向こうと会話するはめになった。しきりに誤報だと伝える居村であったが、向こうは納得しない様子だ。

日本の警察はたいしたもんだなと、妙に感心する吾郎が結局通話を代わり、現在地から生年月日まで、なんやかやと訊かれるまま正直に答え、あとで最寄りの警察に携帯電話を持って顔を見せることで、ようやく納得してもらった。

その間、大江はぶるぶると震えていた。大丈夫ですからと、居村がやさしい声をかけ続けた。泉谷は、開いた目をじっとテーブルの上に落としていた。

「あんたバカじゃないか？」

吾郎が通話を終えるなり、居村が怒鳴った。

「『バカ』と言われたのは今夜、二度目だ」

「何度でも言いますよ！　脅してるだけかと思った。通報しますか、普通？　大江さん、そりゃ悪いことをしましたよ。でも警察に知らせたら前科が付いちゃうじゃないですか！」

「……だそうだ、大江」

大江は揺れた目のまま、血の付いた自分の手の甲を見つめている。

「大江くん、こっち見てくれや」泉谷が声をかけた。

居村が、敵意を込めた目で父親を見た。しかし父親の目が携えた物悲しい奥行きに、居村の放つ鋭利な眼差しはのみ込まれ、徐々に平静に戻っていった。

おそるおそる大江が顔を上げる。

「大江くん、あんたもうちょっと丁寧に生きることができねぇかい。あんたがピチャッと踏んだってちっぽけな水たまりにもよ、それが必要な鳥たちが集まってのどを潤《うるお》してたんだって、そう考えられないかい？　踏んだあとの水たまりは、泥で濁ったままさ。その横にきれいな水を張ったバケツを置きゃあいいって？　それを元通りっていうんだろうか」

大江には、泥がまた水の底に落ち着くまでの時間が必要だ。それが留置場であっても、だ。吾郎が、「大江」と呼びかける。大江はまた力なくうつむいていた。

「北川を許すとか許さねぇとか、あいつのせいとか狂わされたとか言ってんじゃねえよ！『ぜんぶ、僕の気持ちの弱さが招いたことです』って言ったおまえがだ、ペラペラしゃべった途端にもう心変わりかよ。安いなぁ、おまえの言葉は」

「…………」

「高いぞ、泉谷さんのビンタは！」

大江は、床を凝視したまま考え込む。まるでそこに濁った水たまりがあって、渇いた喉でそれを見やり途方にくれる鳥のように。

それからぽそりと言った。「自分にできることが何か、考える時間をいただけませんか」

「ああ。ゆっくり考えるといい」泉谷が静かな口調で答える。「だがな、あんたに待たされるのにはうんざりだ。納期はきっちり守ってもらう。花梨ちゃんが、あんたと手をつないで空に見上げた大観覧車を覚えてるあいだ、だぞ」

――一生かけて考えやがれ！　バッカヤロウが……。


事務所の外に出た。月のない空に、都会に照らされた雲が浮いていた。

外階段を下りるカンカンいう音に、隣のアパートの一室に灯っていた明かりが消える。吾郎は足を止め、そこに向けて、刀を鞘《さや》に収める真似をして見せ、大江はていねいに頭を下げた。

一階工場の電気を泉谷が灯した。

しっかり考えます、と大江は消え入る声で言う。その肩を泉谷はポンと叩いた。

機械の様子を見たら帰ると言う居村に、吾郎は「ちゃんと別のエンジニアを連れて明日の朝来る。酌み交わすのはかまわない。だが、ジャマになるから酒臭いまま工場で寝るな」と伝えて、不器用な親子と別れた。

大通りでタクシーをひろい、大江を乗せる。

「なあ、一杯付き合ってもらえないか」

——甘ったれたヤロウだ。

「今日は酒抜きで考えろ」

これから警察へ行くのに、顔を腫《は》らした実行犯は足手まといだ。大江を乗せたタクシーが走り去るや、吾郎はもう一台タクシーをひろい、運転手に「最寄りの警察署まで」と告げた。

ちょっと停めて！　運転手がギアを二速に入れる手前だった。

自転車に乗った警察官ふたりとすれ違う。自転車は、泉谷製作所のほうに曲がった。優秀だねぇ、日本の警察は。

吾郎は、行き先を芝公園に変えた。

エリック・クラプトンを聴きたくなった。

―十四―

病室の窓の外、遠雷がかすかに響いた。吾郎は起き上がろうとする母の背に手を添える。

「そう、大江さん、大変だったのねぇ」

半身を起こした母は間延びした調子で言う。それは大変な出来事に情を寄せる言い方でなく、どこか羨望《せんぼう》に似た明るさのある口調だと、吾郎は感じた。

日々、人が〝生きる〟とは、楽しいことばかりのはずもなく、さまざまな出来事が重なって、苦しんだり悲しんだり嘆いたりすることになる。それをうらやむ感情とは、頭と心が切り離されて、人生の途中で立ち尽くすときに湧き出るものなのだろうか。

頭と心が再びつながった母は今、立ち尽くしたひとときが在ったことを認知するまでに回復している。回復といったところで、奇跡でも起きなければこの先完治はない。母は治癒《ちゆ》という目的地に向かう乗合バスに乗せられて、不自由に身をすくめ、そしていつか途中で降ろされる――。

それは不自由で辛かろうと〝人生を全うする〟という、人間誰しもが背負って生まれた宿命のゆえらしい。宿命との約束を果たす心の有様を尊厳というのなら、尊厳は、守られるべき人の権利のような顔をよそおって、あまりに人にきびしい。母に、きびしい。

「ねえ、あなた。昔みたいにカッときて無茶なことしないでよ」

「それは奈央子さ」

「あなたよ」

――奈央子だ。ヤクザ者たちを血だるまにしたのは、頭に血が上った奈央子だ。巻き添えを喰った俺は、事態収拾のためにやむなく、多少ポコスカやっただけなのだ。

あれから、もう十六年が経つ――。

ツネオのバカが、ヤクザ者にだまされたことが発端だった。当時高校三年生で読者モデルをしていた奈央子を、新宿歌舞伎町にある奴らの事務所にホイホイと連れて行ったところで、救いようのないバカは袋叩きにされた。

ヤクザ者たちは、奈央子に乱暴しようとにじり寄った。だが奈央子は、ちょっぴり快活な女の子だった。暴れた。のしかかろうとした若い男の鼻に、広げたホッチキスで針を打つ。もうひとりの男の太ももには、シャープペンを突き立てた。彼女の筆箱にカッターナイフを見たもうひとりの男は、たまらず逃げ出した。

だがその程度で暴力のプロが怯《ひる》むはずがない。たまたま事の成り行きを知ったヨシアキと、ヨシアキから連絡を受けた吾郎が揃ったところで、現場に戻ったヤクザ者たちとの間で、命の値段を決める交渉がはじまってしまった。

そこで吾郎はやむなく、ヨシアキとともに暴れたのだ。

今思えば、もっと賢い解決手段もあった。しかし、吾郎もヨシアキも腕に覚えがあった。さらには生臭い血の匂いと、子供じみた正義感がそこに加わった。

終わって気がつけば、そこは血の海だった。みなボロボロの中、奈央子だけがまだ鼻息荒く、床に転がったヤクザ者たちを交互に蹴ることに没頭していた。奈央子のローファーのつま先が、グチャッ！と血と肉の生音をたてるたび、ツネオは顔をそらした。

そこまでやっては、ただで済むはずがない。当時奈央子の所属していたモデル事務所の社長〝おっちゃん〟の力添えがなかったら、吾郎らは全員すでに殺されているか、あるいは道を外れた人生を歩まされていただろう。

それが、吾郎の最後の喧嘩になった。

「はじめた者が終わらせなけりゃ、落としどころを選ぶ権利は相手に移っちまうんだぞ」

当時おっちゃんが言ったその言葉を、吾郎はふいに思い出した。

「和也や理恵子もいるんだ。無茶はしないよ」

母は、困ったような表情を浮かべた。

そのとき「エヘン!」と、学芸会レベルの咳払いが窓際から届いた。あの窓際の老婆は、どんな人生を歩んできたのだろう。ふとそんなことを思った。

吾郎は、目がまともに合わぬよう間を置いてから、横目でちらりとそちらを見る。老婆は、窓の外を眺めていた。

空にはみるみる鉛色の雲が垂れ込めてゆく。遠い雲がパパパッと光り、遅れて雷鳴が轟いた。吾郎は、大江と水道橋の居酒屋で交した会話を思い出していた。遠く離れたところから、今いる場所を見れば、自分と母の真上には、入道雲がそびえているのだろうか。

「ねえ、奈央子の持ってきたプリン食べる？　黒糖蜜のプリンだって。わざわざ早稲田まで買いに行ってくれたそうよ」

「プリンはいいや」と遠慮して、吾郎は、ハァ……と、オーバー気味な所作でため息をついた。〝奈央子には呆《あき》れ果てました〟を、母に伝えたかったのだ。

なかなか母の顔を見に来られなかった奈央子は、秋以降の仕事をすべてキャンセルしたそうだ。簡単な荷物をまとめて母の家に転がり込み、今は毎日ガサゴソと過ごしている。

キッカケを作ったのは理恵子だった――。


「ねえ、あなた、これ覚えてる？」

ある夜帰宅した吾郎に、理恵子は、煙草二箱分くらいの大きさの木板を見せた。

「さあ……」吾郎はしらを切った。

理恵子は、指でムニュと吾郎の肩を押しながら、「奈央子ちゃんから聞いちゃったァ」と囁《ささや》く。目は完全に笑い、口は笑いをこらえてヒクヒクと震えていた。

ダイニングテーブルに置かれた木板には、青いマジックで『ピッピ　七月十三日』と書かれていた。まぎれもなく子供のころの吾郎の字だ。ピッピとは、吾郎が六、七歳のころに飼っていたひよこの名前だ。飼っていたといっても、過ごした時間はわずか季節ひとつ分。春にどこかしらでもらってきたピッピは同じ年の七月十三日の夜、飼育していた物置に侵入した野良猫に、あっけなく奪い去られてしまったのだった。

もう、三十年も前の話になる。

その夜、猫の侵入に気づいた吾郎は、すぐさま外に飛び出した。ピーヨ、ピーヨ……という鳴き声を追いかけて走った。鳴き声は、はっきり聞こえたかと思えば闇に溶け、そしてまた遠くから聞こえる。ハァハァと上がる息を抑え、嗚咽《おえつ》を堪《こら》え、小さな命に耳を澄ましてひたすらに走った。

どれくらい時間が経ったかわからない。鳴き声は途絶えた。いくら待っても、足音を殺して歩き回っても、もうピッピの声は届かなかった。遠くに奪い去られたのか、それとも近くで絶命したのか。吾郎はどこであきらめていいのかわからず、途方にくれて道端で泣いた。

点滅する街路灯の光に、人影がすっと吾郎におおいかぶさる。

「帰ろ」

肩を抱きかかえられた。母は、吾郎を追って外を探し回り、ようやく吾郎に追いついたのだ。

あくる朝、吾郎は母が用意してくれた木板にピッピの名前を書き、四谷の家の庭にそれを立てて墓とし、両手を合わせたのだった。

よくぞ母は、その墓標を保管していたものだ。

「これ、お義母さん家《ち》の、仏壇の引き出しの中にあったのよ」

「ちゃんと仏壇に返しとけよ、それ。ひよこに祟《たた》られんぞ」

「どんなふうに？」

「おまえによそわれた筑前煮には皮しか入んなかったり、生卵の黄身に血のスジが浮いてたりだ」

「なんだかいやね、地味で」

「だろ？」

なんとなく話を逸らすことができた。

吾郎は、幼いころの自分の字がにじんだ木板をちらっと見る。愛《め》でたものを失ったときの悲しさを思い出した。ねえ！といきなり和也が走り寄る。和也に見つからぬよう、それを食器棚の高い段に、ひっくり返して隠そうとした。ひっくり返して木板の裏を見て、なんだかひどくがっかりした。

そこには、『紀文』と焼印が押されていた。


ピッピの墓標発見を機に、奈央子は母の家の中じゅうひっくり返しはじめた。一日じゅうガサゴソと、すでにないものを探してかき回す。夜になると理恵子の作った夕飯を喰らいに来る。そして吾郎が帰宅する前に、そそくさとまた母の家に戻るのだ。

「相変わらずの変わり者だよ」

「奈央子らしいじゃない」

では、母はどこをどう見て、〝吾郎らしい〟と思うのだろうか。吾郎は訊ねてみた。

「あなたの言うことも やることも、ぜぇんぶ」

「ぜんぶ?」

「根は優しくて、照れ屋さん」

「それは子供のころ止まりだな」

「ううん、そんなことないわよ」

「子供のときに飼ってたカメだか金魚だかが死んだときは泣いたけど、父さんが死んだときに、俺はもう泣けない大人になってた」

ぷっと吹くのをこらえるように「なあに言ってんのよぉ」と母が言う。

「ピッピを猫に取られたときは、泣いてるあなたを慰めて済んだけど、お父さんが死んだときは違った。無理して、気丈に振る舞うあなたのカチンコチンな応対に気を取られて、こっちは悲しむ暇《ひま》がなかったんだから、もおっ」

母の笑った顔を見ながらこみ上げた涙に、自分で驚いた。どうもこのところ、喜怒哀楽をコントロールするスティックの具合が悪い。

「無理して気丈って……ハハ、それはちがう」

「ち・が・わ・な・い・わ・よ」

母から顔を背ける。くりっと愛らしい目を向ける母の姿から、「帰ろ」と、聞こえた気がしたからだ。

「ね、吾郎。理恵子さんから聞いたわ、あなた、空き地の草むしりしてるんですって?」

「ああ、暇つぶしにね」

「よしなさいよ」

「そのうち飽きたらやめるさ」

母の家は、庭に緑が少ない。草木がきらいなわけじゃない。玄関脇の小さな鉢では、年がら年中ちがった色の花を咲かせているのだから。母は緑が好きだからこそ、荒れた庭のある家に暮らしたくなかった。庭の手入れは年寄りでは無理と、美しい花と緑に囲まれた暮らしをあきらめ、鉢花を育てていたのだ。

母は、となりの空き地に茂る雑草と格闘していた。他人の土地とはいえ荒れた緑がとなりにあることが、許せなかったのだろう。

——俺は、何もしてこなかった。してやろうとしなかった……。

「母さんはね、自分らしさを失ってまで生きるのは、いや」

ふいを突かれた。母の言葉が、吾郎の胸にどんと深く突き刺さった。

「え、……ど、どういう意味？」

「ううん、なんでもない。ただ私がつぶやいて、あなたはそれを頭の片隅に置いてくれた、それだけでいいの」

吾郎は、何も聞こえなかったフリをしたほうが良かったと思ったが、もう遅い。

母は、尊厳死を希望し、延命治療を拒否した。

それを吾郎に聞いてもらっただけでいい、それだけでいいと、独《ひと》り言《ごと》をよそおったのだ。

「そろそろ十月よね」

「…………」

「九月の終わりって、昔からこんな雨の降り方したかしら」

大粒の雨が、窓ガラスをビタビタと打ちはじめた。

黒い雲の中を稲妻が走り、続けてドーンという音が響いた。窓際の老婆がゲホゲホとむせる。「誰か呼びましょうか」と声をかけた。

老婆は苦しそうに一瞥したあと、「構うな」と追い払うように手を動かした。

― 十五 ―

大江が泉谷製作所に忍び込んだ夜から、ひと月近くが過ぎようとしていた。しかし、一旦引き上げたNC旋盤は依然、戸田の工場に眠ったままだ。

その間に、さまざまなことがあった――。

あの夜から数日後、居村から吾郎に電話がかかった。大江が壊した機械の修理に三週間は必要だと言う。

「じゃ、左官工事はまだ慌てないでいいな」

「左官工事ぃ？」

大江の手元の資料によると、旋盤設置にあたり設置床を平らに均《なら》す左官工事に三日ほどかかる、とあったのだ。電話の向こうで居村は素《す》っ頓狂《とんきょう》な声を上げたあと、その資料をコピーして郵送してほしいと言った。

数日後、吾郎は居村から、戸田の工場に呼び出された。

そこで梁田《やなだ》という男を紹介される。資料にあった名前だ。吾郎よりやや年上であろうか。萎《しお》れてうつむくその男を一目見ただけで、おおよそのあらすじが読めた。梁田から、大江と同じ臭いが感じ取れたからだ。

「実は……」

ハンカチで汗を拭いながら、梁田が話しはじめた。

梁田が北川一派の納品に立会い、北川が言うところの〝顔に泥を塗られる〟ミスを犯したのが一年ほど前になるという。その際の、罵声《ばせい》を浴びせられて縮こまるリアクションが北川の目に留まり、以来何かと目をつけられ、そして重宝《ちょうほう》がられていたそうだ。

大江が泉谷と仮契約を結んだ際には、こっそり北川から、泉谷製作所の基礎地盤調査を担当するように命じられた。旋盤を支える工場の土台がしっかりしていないと、振動によってコンクリートが傷む。すると、十分な精度が保てなくなるらしい。

工場を建て直さないまでも、部分的な基礎工事は最低限必要、というのが梁田の見解であった。しかし、しっかりした地盤ゆえ基礎工事不要、上《うわ》っ面《つら》の均しのみで事足りる、との報告書を書くよう、北川からの下命が伝えられた。

仮に旋盤の納品がなされたところで、すぐに旋盤の水平は取れなくなり、精度は落ちる。泉谷からの信用は揺らぎ、会社からはクレーム処理の不手際を罵倒され、大江は元の壊れたおもちゃに戻る──というのが、北川の書いた筋書きだったようだ。

「PCデータを改竄したのも、私です」

梁田はそう告白した。

聞き終えた吾郎が「なぜ、お話ししてくださる気になったんです?」と、訊ねる。

梁田は、うっすら口元をゆるめて、「疲れたんだ。自分がほとほと嫌になった」と言った。

「引き上げられた旋盤を見て、大江くんの心の痛みの深さを知りました。こんなことになったのは、私の責任だ。私が、おそらく大江くん同様に、北川本部長の言いなりになった結果なんだ。そう思いました。そして、このままじゃ次は私が、ハンマーを振り下ろす番だと……。このままじゃ……」

帰り際、吾郎は梁田から握手を求められた。不審げな表情を浮かべる吾郎に、梁田は、空いたもう片方の親指で居村を指した。

「もうこんな会社辞めてやろうと思ってたら、コイツに言われました。『今のまま何を続けるつもりですか。プライドをポッキリ折られたまま、うずくまって下り坂を転げるんですか。クズたちの嘲笑に無様で応えたまま、自分らしさを捨てて逃げますか』ってね」

──はて、どこかで聞いたことのあるセリフだ。

梁田の後ろで、居村が顔を背《そむ》けた。

大江はあれ以来、醜《むご》い仕打ちに耐えていた。

事件の翌日、北川は「おいおい、痴漢のあとは押し込みかあ〜?」と部内に轟かせた。両手で机をバンッと叩き、すぐさまバンバンッと追加した。それは、激昂とはどこかちがった。展開の妙が自作のシナリオにならったことへの自己満足がにじむ、実に芝居がかったものだった。

泉谷製作所でしでかした一件を、大江は包み隠さず自ら北川に申告した。実にきびきびとした謝罪は、大江の決意をうかがわせた。しかしそれは同時に、叩き甲斐ある新たな余白をさらしたように、北川の目には映ったらしい。

大江は、〝泥がまた水の底に落ち着くまでの時間〟を二週間ほど、謹慎という名で会社から与えられた。大江の言葉を借りるなら、奴はその間「風に当たっていた」そうだ。

謹慎明けから徐々に、大江を見る周りの温度が変わってきた。

同情ではない。奴の目色にはどこか、広い景色を吸い込んだ清らかさみたいなものがあった。誰かはそれを羨《うらや》み、別の誰かは自分に足りない何かをそこに見つけたのではないだろうか。

北川には、大江が元いた場所に戻ったように見えたかもしれない。しかし大江の新たな余白には、どうも北川には厄介《やっかい》なものが描き込まれたようだ。

その仲間に囲まれた大江には、酷い仕打ちを跳ね返す逞《たくま》しさどころか、しんなりと受け止める器量も備わった。そう見るのは、過大評価だろうか。吾郎はそんなことを思いながら、面白くないものを感じた。

そしてこの夜、吾郎は『アンプラグド』を訪ね、そこで陽気にはしゃぐ大江と会った――。


吾郎が、『アンプラグド』の扉を開けると、みょうににぎやかな光景にぶつかった。大江とツネオがシャンパングラスを片手に、からからと笑っていたのだ。ふたりのあいだには、氷水で冷やされたクリュッグのボトルがあった。プラグレス・サウンドに変わりないが、マライア・キャリーの歌声が、ふたりの周りをキラキラと流れていた。

吾郎は面白くなかった。自分オリジナルの愉《たの》しみを侵害された気分だった。おかしな疎外感より大江の元気をよろこぶ気持ちが勝るほど、人間ができていない。

「大江、表に停めたトナカイに駐禁貼られてんぞ」

大江は軽蔑したような目で「うそだろ」と言った。

「信じられない。まだ十月だよ。愉快な酒をハロウィン飛び越えてクリスマス・パーティーにたとえたつもりならさ、ゴローちゃんの頭の中は未だ昭和のままだね」

ツネオがここぞとばかり、ケラケラ笑う。

――へっ、西洋かぶれの仮装パーティーなどクソ喰らえだ。こっちはクリスマスだってどこか照れくさいままだってのに、ちくしょう。

「『風に当たってた』が何のこったか知らねぇが、謹慎乗り越えてずいぶんな口利《き》くようになったじゃねぇか」

「なあ、それよりさ、ゴローちゃんもいちど、吊るし上げてもらったらどうだい？　曲がった背骨と根性がググッと伸びて、そりゃあ気持ちいいぜ！」

大江は屈託《くつたく》なく笑う。ツネオも調子ぶっこいて笑う。吾郎は微妙にやり込められて、さらに面白くない。まあ今日のところ、あの大江が楽しそうなんだ、許してやるか。と大人になれない。

――ひょっとして俺は、職場で仲間に囲まれ生き生きとする大江に、妬《や》いているのか？

大江の前のドライフルーツをぐいっと寄せて、勝手に干しイチジクに手をつけた。ツネオのクリュッグから、細かい泡が一筋立ちのぼっている。大江のシャンパングラスには真紅の液体が満たされていた。

「なんだよ、それ」と吾郎。

大江に代わってツネオが、「凍らせたイチゴとオレンジジュースのスムージーを、シャンパンで割ったんだ」と説明した。吾郎の前にもシャンパングラスを置く。それを吾郎は、銅製マグに替えさせた。華奢《きやしや》で細長い脚つきグラスは好きになれない。

クリュッグが、マグの中で狂ったように泡を立てた。

「シャンパンをマグでかよ、下品だなぁ」

そう言いながら、大江はグラスを掲げた。

そうゆうのが嫌なんだよ。吾郎は、片手をズボンのポケットに突っ込んだまま乾杯しようとする大江のキザに、顔をしかめる。

シャンパングラスと銅製マグがぶつかり、安っぽい音を立てた。マグから口に流し込むと、おなじシャンパンでもまったく異なる味がする。気泡の刺激と放たれる香り、そして澄んだ味わいが、鉄砲水のように口の中、舌の上に躍りかかってくるのだ。これが、たまらない。

ところでなんの祝い酒だよと、矛先を変えてツネオに訊いた。

「さあ」とツネオ。大江は、「祝いのときしかシャンパンを飲まないって発想が、やっぱり昭和そのものなんだよ」と、にやつきながら吾郎を見た。

そうだ！と奴は鞄をひざに乗せ、自社名入りの封筒を出して吾郎に渡す。

吾郎は、渡された封筒から一枚の紙を引き出した。見積書と書かれたそれは、大江個人に宛てられたものだった。アルファベットと数字がびっしりと書き込まれている。自分の会社の名前と合計金額以外さっぱりわからない。

「合計……三百二十二万円！」

「ああ、それが僕がこわした旋盤の修理費だって。謹慎中のデスクに届いてたんだ」

あまりの高額に言葉を失う吾郎に、「これが」ともう一枚、大江は鞄の中から紙を出す。

「今日、届いた請求書」

「八万六百円。……なんで、いきなりこんなに安くなったんだ？」

「僕が訊きたいよ」

吾郎は、見積書と請求書を二枚並べて置き、あることに気づいた。笑みがひと筋立ちのぼる。それから、マグの中身をごくごくと干した。心地よさに胸が満たされた。

大江が、そんな吾郎を不思議そうに見る。

「どうしてか、わかったのかい？」

「今、俺がおまえに言うべきじゃない。いずれわかるさ」

見積書と請求書、二枚ともに、戸田工場の梁田の印が押してあった。近々、大江の仲間がもうひとり増える。

なんだかきつい酒が飲みたくなった。煙草に火をつけていると、ふいに「お母さんの具合は？」と大江が訊ねる。ツネオに目を向けると、奴はそそくさとカウンターの奥に逃げた。吾郎は渋々、母の今に至るまでを話した。

「良くなるといいな」

「良くなるの意味が、俺には今、わからないんだ」

ふぅーと吹いた煙が、クリップライトの光に輪郭を与えた。

大江は少し考えたあとで、「ゴローちゃんの気持ちは、きっとお母さんに伝わってるよ」と言った。相変わらずポケットに手を入れたままで、だ。吾郎は、大江が発したわかったようなひと言に、悪酔いしそうな予感がした。

「気持ちだけでも伝わってると信じて、想う心が大切なんだよなって、こんな日……あ、いや」

大江は、何か言いかけて止めた。

大江の手が、ズボンのポケットでもそもそ動く。そのとき一瞬、ポケットが四角い形に膨らんだ。

吾郎は、はっとした。

大江がずっとポケットに手を入れているのは、普段ならカウンターに置いている携帯がポケットの中にあるからだ。そうしていれば、必ず着信バイブに気づく。だが、かといって着信する可能性はまずない。それがわかっていながら携帯をにらみ続けるのも憚《はばか》られて、ポケットの中で握りしめているのだ。

ふぅーっ、と高く高く煙を吐く。

「おまえ、なんか贈ったの？」

「え？　なんの話？」

「おれはいいかげんな男だからさ、シャンパンっていうとキャバクラで『オレ、今月誕生日なんだ』とか口滑らせて抜かれちまって、何万も余計に請求された思い出しかなくってよォ」

大江は、へぇと無関心を横顔に描き、干し葡萄《ぶどう》をつまんだ。しばらく黙り込んだ。それから何気なさをよそおいながら「手紙は書いたよ」と、干し葡萄の枝を皿の上に放りながらぼそっと言う。

吾郎は、相槌《あいづち》を入れない。

大江は観念したように、「あと帽子。服のサイズを知らないことに、今ごろ気付いたよ。だめな父親だったなぁ」と縮こまりそうになる声を、背すじと一緒に伸ばしながら言った。

手紙と帽子が花梨ちゃんの手元に届いたか、もしくは母親の荷物の奥の奥に仕舞われてしまったか、それはわからない。

——気持ちだけでも伝わってると信じて、想う心が大切なんだよな。

だから大江はそう言ったのだ。

吾郎は、ストロベリー・スムージーとシャンパンのカクテルをツネオに作らせた。グラスに口を寄せる。シャンパンの泡にはじかれたストロベリーが鼻に躍りかかった。なめらかなスムージーの口当たりが心地よい。甘酸っぱい香りとシャンパンの爽快さがのどをすべる。身体の芯から、清々《すがすが》しくなる気がした。

吾郎は急に煙草が不味《まず》くなって、あることに気づいた。

「おまえ、シガリロは?」

「やめた」

「ふうん」

メンドくさい、煙が流れないよう気遣わねばならぬ奴が、またひとり増えた。

大江は「もう帰ったほうがいいよ」と幾度もくり返したが、吾郎は深夜まで付き合った。日付が変わって、花梨ちゃんの誕生日のあくる日になるまで、もうその時間にあるはずのない着信を、大江と一緒に待った。

先に帰るよ、と大江が店を出たのは、一時近かった。

大江が消えるや、BGMがスライドギターのインストに変わる。繊細で物悲しく、心を震えさす音色。だが、それにしても強弱をつなぐ糸が繊細過ぎる。どんなブルースマンのアルバムか、吾郎はツネオに訊ねた。

「内田勘太郎《うちだかんたろう》ってゆうんだ。あの憂歌団《ゆうかだん》のギタリストさ。日比谷の野音で聴いてさ、ギターの音色幅が広くって広くって。音追ってたら目が回って耳が回って心臓が回って、オレ、笑いながら泣いちゃった」

「ああ、ガッシリ沁みるな」

——偶然に決まってる。ツネオに限って、こんな絶妙な選曲をするはずがない。しんみりと聞き入った。心にこびりついた余計なものを揺すり落とされ、冷たい高圧シャワーで洗い流される、そんな気がした。

吾郎は三曲ほど聴いてから、スツールを立った。

「シャンパンは俺に付けとけ、な」

いつもなら露骨に嫌な顔をするツネオが笑った。

「今日のは、オレからあいつに、『FOR　YOU』だから」

いつも通りのおかしなセリフを、いつも通りに真顔で言ってしまうツネオなのだが、なんだか今夜はそれなりに聞こえた。

― 十六 ―

母の容態が急変した。

吾郎が奈央子から連絡を受けたのは十月の三連休明け、秋の風が路肩に停めた車内を、さやさやと渡る午後のことだった。入院時のように、人生の陽だまりに帰って朗らかに過ごす母でないことは、奈央子の涙声から見当がついた。

「すぐ行く」

吾郎は、助手席に放ったジャケットの上に携帯を置いた。ハザードの音が時間を刻む。ハンドルを握る指が意味なく蠢《うごめ》き、やがて汗でべとついた。サイドミラーに次々と大きくなる後続車。流れに飛び込むタイミングが、まったくわからない。ハザードランプをつけたままゆるゆると営業車を前に進め、目に付いた駐車場にすべり込ませた。そこから最寄りの駅まで、歩く。

鼻を頼りに黙々と、見知らぬ町を鉄道の駅目指して、吾郎はゆっくりと歩いた。ゆっくりと。足を速めれば母が〝死に際〟に急ぐイメージが膨《ふく》らんで、悠々《ゆうゆう》と歩けば母はまた陽だまりにたどり着き、笑顔で振り返る気がしたからだ。胸の鼓動が足のリズムと合わず、平地で幾度もつまずいた。


市立総合病院は、いつもより白く美しくそびえていた。

受付で案内された集中治療室の前の廊下には、理恵子と和也の姿があった。吾郎を見ると、ふたり揃ってふわっと立ち上がった。

「どんな?」

「なか……。奈央子ちゃんも」

和也は心配げに吾郎を見上げる。そのほおを手の甲でひと撫《な》でした。震える心が、少しだけ平静に近づいた。

「ねっ、あなた、携帯は?」

電源を切れと言われたと思い、上着の内ポケットに手を入れようとした。そこで上着を着てないことに気づく。そういえば、どことなく肌寒い。携帯は、上着ごと営業車の中に置きっぱなしだ。

「大丈夫だ」と伝え、集中治療室に入った。

中二階になったそこにベッドはなく、母の姿もない。何も、ない。ぽつんと奈央子がひとり立って、大きなガラス窓に顔を寄せ、その向こうの一段下がったフロアを見つめていた。

「奈央子」、名前を呼ぶ。

「兄貴……」

奈央子は、振り返らずにつぶやいた。ガラス窓に映った彼女の赤く腫《は》れぼったい目に、みるみる涙があふれてほおを伝った。

吾郎は、おそるおそる大きなガラス窓に近寄り、その向こうを見た。

煌々《こうこう》と明るい真っ白な部屋。古関先生と二人の看護師が、固そうなベッドの周りできびきびと動く。先生たちの間から、小さく丸まった母の身体が見えた。

母は、変わり果てた姿になっていた。閉じられたまぶたは苦痛をにじませている。横向きに寝かされた口には、長い管が真ん中を通るマウスピースをはめ込まれ、顔に白いテープで×印に留められていた。頭髪は逆立ち、やけに少なく見える。痩せた身体は、水を抜かれたようにさらに痩せ細り、骨がくっきり浮いていた。

看護師が横に身体をずらしたとき、母の両腕が見えた。息をのむ。骨と皮だけの手首は、胸の前でヒモで縛られていた。

吾郎は硬直した。昨夜は笑ったときにむせる以外、いたって普通に会話もしたのだ。夕食も、薄味に顔をしかめながらも時間をかけて、半分以上は食べていた。ごめんね、仕事は？と気遣ったあと、「和箪笥《わだんす》の一番上の引き出しに通帳があるから、入院費の精算にはそれを使って」などと金の心配までていたのに。それが……、たったひと晩で……。

絶句する吾郎の胸に、奈央子が乱暴に額《ひたい》をぶつけた。容赦ないぶつけ方だった。もう一度、彼女はドスン！と頭を打ちつける。前に落ちた髪が、彼女の表情を隠す。吾郎は片手でその頭を抱いて、もう片方の手で嗚咽する背中を撫でた。

こんな奈央子は初めて見た。「兄貴」と呼ばれたのも、最後はいつだか記憶にない。

理恵子が和也を連れて治療室の外にいる理由が、なんとなくわかった。奈央子は、吾郎が来るまで気丈に振る舞ったのだ。それが痛くて切なくて、理恵子は自分にとっても大切な場所と時間を、母の実の娘である奈央子だけのために譲ったのだろう。

しばらくして、奈央子は吾郎の胸に両手を置き、ゆっくりと額を離した。離れ際、げんこつで吾郎の胸をドンッ！と叩いた。息が詰まるかと思った。

母が頭痛を訴えたのは、昼食に少しだけ手をつけた直後だそうだ。ケホッとむせたあと、ゼイゼイいう呼吸が収まらなくなった。奈央子はすぐに看護師を呼んだ。熱を測ると三十八度ほどある。古閑先生の指示によりレントゲンが用意される間に、母の意識は遠のいていった。

誤嚥《ごえん》による肺炎であった。脳梗塞が起因となって神経伝達物質が欠乏すると、嚥下《えんげ》の神経活動が低下する。そのことによって食べ物や唾液が肺の中に落ち、細菌が繁殖して肺炎を起こすのだそうだ。

苦しそうな呼吸を続ける母の横、奈央子は、古閑先生から人工呼吸器をつけるかどうか訊ねられた。それはつまり、――延命措置をとるか否か、だった。

「なんで電話に出てくんなかったのよっ！」

「！」

——そういうことだったのか。

奈央子は一度目の電話のあと、母の延命措置をとるか否かの相談に、また電話を寄こしたのだ。車の中に置き忘れられた携帯は、きっと何度も鳴り続けたことだろう。人生最低最悪の忘れ物だ。奈央子はたったひとりで不安に駆られながら、母の命に関わる決断を迫られたのだ。

吾郎は奈央子へすまなかったの一言も言えず、肩から力が抜け落ちた。

母の口に挿入された管は、人工呼吸器につながっている。つまり奈央子は、母の延命措置を希望した、ということだ。

だが、母は……、母の願いは、ちがった。


「母さんはね、自分らしさを失ってまで生きるのは、いや」


吾郎は、母の願いをそう聞いた。おそらく母は、それを吾郎にしか言えなかったのだ。もしも吾郎が奈央子からの二度目の電話に出ていたら、母は母らしく、おだやかな顔で旅立つことができたのだろうか。

ガラス窓の向こうに、母の苦しそうな顔がある。変わり果てた身体が横たわる。今さら奈央子に

「母の願いはちがったんだ」などと言えるはずがない。吾郎は悔やみ、声にならぬ声で母に詫《わ》びた。

その上で、吾郎は言った。

「俺がおまえの立場でも間違いなく、呼吸器の装着をお願いしてたよ」

——今、強く、奈央子にこう言ってやるのは当然だ。母の人生最後の願いを叶《かな》えられなかった償いは、この先、俺ひとりで抱えればいいのだから……。

奈央子はうんともすんとも言わなかった。黙ったまま、ガラスにひびが入るかと思うほど厳しい眼差しで、母を見つめていた。


理恵子と和也がタクシーに乗り込んだとき、時刻はすでに午後九時を回っていた。明日も学校へ行く和也のために、ふたりは急いで帰って夕食をとり、学校の支度《したく》を整える。

「ねえ」と理恵子。「奈央子ちゃんにやさしく、ね」

「ああ」

「お義母さんを想う心から、絞り出した答えなんだよ」

「延命措置のこと？」

理恵子はこっくりとうなずいた。

和也は理恵子の奥に座り、そろえた自分の両膝を浮かない表情で見つめている。おとなしく大人の会話に耳をそばだて、少しでもおばあちゃんの今を理解したい、そんなふうに見えた。

ふいに顔を上げた和也と目が合った。

「パパ」

「ん？」

「パパは〝カレーといっしょのヤツ〟がいいんだよね」

「え、ああ……、ママと『すき家』に寄るのかい？」

「うん、パパの牛丼も買っとくからね」

「ありがとう」


——和也はわかってるんだよ。私やあなたが説明しないでも、ちゃんと自分の目で大人の世界を見て、自分なりに感じるものがあるんだよ。

——あの子はさ、周りから受ける愛情に気づいたところから一歩成長して、周りを思いやれるようになってきてるんだよ。


理恵子が、「じゃあ」と軽く手を振るや、タクシーは動き出した。

——パパの牛丼買っとくからね、か。

野良猫に連れ去られたひよこに涙した自分が、過去にある。そのときの歳を越えた自分の息子が今、青い空に向かい、すっくとそびえる自尊心を育んでいる。息子が慮る対象に自分も入っていることとに、ひととき吾郎の心はほっこりとした。

植え込みの陰で煙草に火をつけ、深々と一服した。

奈央子から借りたスマートフォンで、戸田工場と会社に電話する。明日から幕張で工作機械ショーが開催される。長い付き合いの取引先がどうしてもというので、吾郎が案内することになっていたのだ。部内には中野が残っていた。幕張に行けなくなった事情を簡単に説明し、また「案内は戸田工場エンジニアの梁田さんにお願いした」と伝えた。

奈央子のもとへと戻る。彼女は時間を巻き戻したようにぽつんとひとり、大きなガラスに顔を寄せて、その向こうを見つめていた。

「どうだった?」

「ああ、おまえが俺の会社の番号、携帯に入れといてくれたおかげで１０４しないで済んだ」

「じゃないよ、義姉さんだよ。何か言ってなかった?」

「……べつに」

奈央子の視線の先に、母が横たわる。昨日までの面影は、悔しいけれど見当たらない。母の願いは叶わなかった。吾郎はあらためて唇を噛む。

と、奈央子が言った。

「お母さん、自分らしさが病気で損なわれたら、もう生きていたくない、そう言ってたでしょ」

「!」

「聞いてたよね、アンタも。義姉さんもその話、お母さんから聞かされたって」

――じゃあなんで、なんで、おまえは延命措置を選択したんだ？

吾郎は、ガラスをドンッ！と叩きたい衝動に駆られた。全身を固く絞るように力を込め、その衝動を抑える。必死に抑える。……もう、手遅れなのだ。

「そう聞かされていて、それでも延命措置をお願いしたんだろ？　母さんだってわかってくれるよ、おまえの気持ち」

「わかってくれるとか、軽く言わないでよぉ……」

奈央子の涙声が、鼓膜を突き破って吾郎の頭の芯に響いた。

「お母さんがわかってくれるまで回復するなら、それは〝治療〟の結果でしょっ？　治療してもわかるところまで帰って来られないから、延命の〝措置〟っていうんじゃないの？　だったらアンタの言う『母さんは延命措置をわかってくれる』は、矛盾してるじゃないっ！」

思わぬ反論に、吾郎はたじろいだ。

ガラスの向こうでは、母の表情がいくぶん和《やわ》らいだように見えた。投薬のおかげだろうか。

「俺が言いたいのはさ、おまえが、母さんの苦しそうな顔を前にして、自分の良かれと思う決断を曲げなかったことは立派だ、ということなんだ」

「サイアクな皮肉にしか聞こえないわ」

「そんなことない」

「ねぇ、わかってほしいの」

「わかってるさ」

「……もういいよ」

男のような眉、細い三角の目、頑《かたく》なな力のこもる下唇。吾郎には、奈央子の心が閉じたのが、ありありと見て取れた。言葉にはしないが、その横顔は〃もう顔も見たくない〃と言っている。

「悪かった」と吾郎は白旗を振る。

「正直なところを言わせてもらう。もしもその場に俺ひとりだったら自分がどうしていたか、まったくわからないんだ。いや、それどころか、母さんから尊厳死の話が出たときですら、俺は聞こえなかったフリをしようとしたくらいだ」

自分の吐いた〃死〃という言葉に、胸が詰まりそうになる。それが眼前に迫った現実であっても、口にするだけで抵抗があった。「だから訊きたい。おまえは何故、治る見込みのない病を患った母さんに、生きるという道を残したのか」

答えは用意されていたはずだ。しかし、奈央子は口をつぐむ。母を見やる険《けわ》しい目は、睨《にら》んでいるようにすら見える。まるで、きびしい選択を迫った母を、恨むかのように。

奈央子は、聞かせるつもりがないんじゃないかと思えるほど、ごく小さな声でつぶやいた。

「お母さんの尊厳は、お母さんが生きてることの中にあるから」

奈央子の口の前のガラスが、ほんの一瞬白く曇った。

「お母さん、両手を縛られてるでしょ？」

「……ああ」

「のどに入れられた管がイヤで、手で引っこ抜いちゃおうとするんだって。それはちゃんと頭で考えたとおり、手が動かせるってことでしょ？　だから……一生懸命に、生きてる、だから……」

「苦しそうでも？」

「あたしだって苦しいよ！　義姉さんだって、苦しいはずだよ」

奈央子の両目から、瞬《まばた》きのたびに涙があふれ、嗚咽にあわせて振り落とされてゆく。

あまりに酷《むご》い質問だと思った。話の着地点はどこにある？　吾郎は逆に、しだいに追い詰められていくような苦い気分を味わった。

「苦しくたって人は生きるでしょ？　いいことなんかこの先あるかわかんない、でも、生きるでしょ？　不公平が当たり前、それがわかってて、〝生きる〟を支えるのが尊厳じゃないの？」

「………………」

〝生きる〟を支えるのが尊厳だ、と奈央子は言う。吾郎も、尊厳とは〝生きる〟を支える鉄の芯であってほしいと考えていた。しかしどうもこのところ、尊厳という言葉を聞くたびに胸の中がもやもやする。

「義姉さんはこう言ったわ。『生きてても辛いだけだったら早く楽になりたい、それをお義母さんが望んでいたとは思えない』って」

「尊厳死と安楽死はちがう……か」

奈央子は、首から力が抜けたようにガックリとうなずいた。

三者三様に死の捉え方があって当然だ。揃える必要などない。だが今、生死のかかった母のためには、家族の思いやりが同じ方向を向かなくてはならない。そんな、誰もがおだやかな心で受け止められる答えなどあるのだろうか。

ただひとつだけ、はっきりしていることがある。自らの生死の受け止め方で生ずる家族の亀裂など、母が望むはずはない、ということだ。

コンコンッ、とノックの音がした。

古閑先生が、マスクを外しながら部屋に入ってきた。ようやくお母さんの容態は安定しました、ぐっすり眠ってます、今夜は直接会うことはできませんよ、と告げる。

吾郎と奈央子は、ガラス越しの「おやすみ」を言い残し、母の寝顔を後にした。

奈央子に、今夜はウチに泊まるよう提案する。彼女は「遠慮しとく。気持ちが昂《たか》ぶってるの。いやなこと言っちゃいそうだから」と、断った。

―十七―

翌日午前、吾郎はリビングのソファーにいた。

朝、和也を学校に送り出してからソファーに腰を下ろし、また一時間ほど眠ってしまった。前夜眠れなかったわけではない。寝付けないだろうと、とりとめのない物思いにふけりながら、目だけでも閉じるかと布団に横になった。だが、あっけなく深い眠りに落ちたのだった。

理恵子は吾郎にコーヒーを用意して、「飲んだら行こ」と、朝刊をそばに置いた。

静かだった。

新聞をバサッと広げる。コーヒーの香りにインクの匂いが混ざった。その向こうには、簡単な身支度を整える理恵子がいる。和也が生まれる前に戻ったように錯覚した。

吾郎が先に玄関を出て、理恵子が続く。

「なに?」

「いや、べつに」

吾郎は、理恵子が戸締りする様子を、こそばゆい感覚で眺めた。自分以外の者が家の戸締りをする――考えてみれば彼女のほうが鍵を使う機会は多いのだろうけれど、その様子を最後に見たのはずいぶんと昔のことのように思う。ふたりで家を出るのは、それくらい久しぶりのことだった。

病院の受付で面会を告げる。ほんの少し待たされたのち、看護師の案内で集中治療室の前室に入った。感染予防のためと防塵《ぼうじん》マットの上を歩き、マスクを装着し、手と腕をアルコール消毒した。

「お母様、抵抗力が落ちてますから、ご面会は手みじかにお願いしますね」

はいと返事をしただけで、吾郎は膝の力が抜けそうになった。

自動ドアがスーッと開く。ベッドの角が見えた。一歩一歩前に進み、小さくなった母と対面する。息をのんだぶん、マスクがぺっこり凹んだ。母は、お腹の中の胎児のような格好で、横向きに寝かされていた。

「お義母さん」「理恵子です」「具合はどうですか？」

一語一句、丁寧にゆっくりと理恵子は話しかける。母の目は、理恵子をぼんやりと捉えた。

「母さん……」

母の目は、あとに続く言葉の見つからなかった吾郎に移る。力のない目だった。

理恵子はそっと手を伸ばし、母の逆立った髪を寝かしつけるようにやさしく撫でる。ぱさぱさの髪に指が引っかかるたび、吾郎の胸は詰まった。理恵子の手の下に、マウスピースとチューブが見え隠れする。無機質なそれが、ぽっかりと開かれた口にねじ込まれていた。

ヒモで束ねられた母の手を、理恵子は両手で大事そうに包む。彼女が掌から伝えるものが、吾郎にはしっかり見えた。母にはそれが伝わったのだろうか。

「また来るから」「近くにいますからね」

ふたりの声に、母は反応しなかった。

母らしさはひとひらもない。さしたる反応もなければ、人としての感情も見受けられない。今の母の〝生きる〟を支えているのは、尊厳という鉄の芯ではなく、ビニールのチューブだ。細々と燃えて、燃え尽きる寸前の母にとって――尊厳は、身体にねじ込まれた手厳しいルールでしかない。吾郎はそう思った。

吾郎は、唇の震えがおさまるのを待って、マスクを外そうとした。でも、震える指が、耳に留めたゴムに思うようにかからなかった。

看護師に少し待つよう言われてそこにいると、ほどなく古閑先生がやってきた。状態が芳しくないことと、会わせたい人がいたら今のうちに、と伝えられた。冷たい汗が背骨を縫うように伝った。

夕方に息子を連れてまた来ます、と古閑先生に言い終えたときだ。吾郎の背後で扉の開く音がした。初めて見る看護師に、「ちょっとよろしいですか」と呼ばれ、吾郎たちは廊下に出る。車椅子に乗った老婆が看護師の傍らにいた。母と同室で、窓際にいたあの老婆だ。

老婆は何も言わず目もくれず、すっと手に持つものを、理恵子に渡す。

あの、白い猫のぬいぐるみだった。

吾郎と理恵子、ふたり同時に老婆の顔を覗く。老婆は顔を逸《そ》らした。目の下のしわが、拭《ぬぐ》いきれない光るもので濡れていた。

老婆は、忌々《いまいま》しそうに、「はぁー」と溜息を吐いたあと、ぶつぶつとつぶやく。

「アンタたち、知ってたかい？　あの部屋はね、建て付けが悪いんだか方角が悪いんだか、湿気がひどいったらありゃしないんだ。たぶんこの病院で一番ひどいね。いつだったかねえ、濡れた枕が乾かない夜があって……。あくる朝、アタシはいつも以上に看護師に噛みついてやろうとしたのさ。そしたら、そのぬいぐるみを渡されたんだ、アンタたちのお母さんから、って」

「これを……母が……」

「『バカにすんじゃないよ！　めそめそしてたのはアタシじゃないさ』って叩き返したわ。そうしたらさ、アタシが検査でベッドを離れた隙かなんかに、誰に頼んだんだか自分でやったんだか、それがまた、アタシの布団の間にはさまってんのよ。アタシは黙ってポイって、ベッドの下に投げ捨てたさ。と、また次の日、枕の横に置いてある。……しつこかったねぇ、アンタたちのお母さんは」

「おばあちゃん」と、理恵子が涙声で呼ぶ。

ちらっと理恵子に目をやり、すぐにまた顔を逸らした老婆は、ヘンッと笑い飛ばそうとしたのだろうが、声は悲鳴のように甲高くはじまり、湿ってゆれながら手のしわに水滴となって落ちた。その手の先で、ぎゅっとつぶった目を叩く。ピタピタと、水たまりで弾むような音をたてて。

それから「冗談じゃないよ」と、憎々しげにぼやいた。

「しょうがなく、今日までアタシが預かっといてやった。いいね、ちゃんとアンタに返したよ！　めんどくさいったらありゃしない、まったく……」

理恵子は、車椅子の前にしゃがみこんだ。

「おばあちゃんが、持っていて下さいな」

手渡されたぬいぐるみを、そのまま返そうとした。

しかし、老婆は小さな〝お手上げ〟をして言う。

「やめとくれよ。聞きゃあ、なんだか大切な代物だって言うじゃないか。いい迷惑以外なにもんでもないよ。それに身寄りのないアタシが持ってたところで、あといくらもしないうち、ゴミ回収にポイッよ」

「…………」

「大丈夫さぁ、娘さん。アタシの心、薄汚いけど、アタシの心ん中に、ちゃあんといつまでも、死んでも、真っ白な猫ちゃんは生きてるから」

「でも――」

「あーもう、しつこいね、お母さんそっくりだよ！　そっちの突っ立ってんの！　とっとと嫁の手引っぱって消えとくれよぉ」

老婆は、車椅子に手をかける看護師の腕をペシッと叩いた。

「三文芝居の大根役者揃いなんだからさっ！　黒子のアンタがしっかりおしよ！　袖に引きよ、引き。さっさと車椅子を押すんだよぉ、まったく……」

老婆の背後で、看護師がぺろっと舌を出した。車椅子がくるり背中を向けるのを待っていたように、あ、それから……と老婆は向き直らずに言う。

「アンタ方のお母さんに、こう伝えといておくれ。今度会ったらさ、もし、懲《こ》りてなかったら、……仲良くして下さいな、って」

看護師が、ゆっくりと老婆の乗る車椅子を押して去ってゆく。

見送る吾郎の手を、理恵子がきゅっと握った。

病院を出ると真っ先に、理恵子が「お昼どーする?」と訊いてきた。どこか晴れやかな声だ。吾郎は、いらないと答える。

「じゃ、とりあえずサンドイッチだけ買って帰ろ」

「ああ」

「ねっ」

「ん?」

「あのおばあちゃん、〝娘さん〟はお母さんそっくりだって」

「古関先生が言ってたぞ。あのばあさんは、重度の認知症と白内障と切れ痔、それに腹ん中にムシが涌《わ》いてんだと」

「ちょっぴりうれしかったよ」

「人の話聞けよ、あのばあさんは――」

理恵子は、手に抱える白い猫のぬいぐるみに話しかけていた。

夕方、学校から帰った和也を伴い、三人でまた病院へ向かった。

途中、会社に電話を入れて、明日は出社する旨《むね》伝えようとした。電話は、よせと言うのに、幕張から今戻ったという北川に回された。

「高梨くん、どうだい、お母さんの具合。ウチもさあ、八十の母親がひとり、A市って片田舎で――。他人事じゃないよ、僕だって――。大変だよなあ、わかるよ、ほら、前にも僕の――」

北川は妙にテンションが高い。ここが限界と吾郎は「すいません、看護師に見つかったんで」と、通話をブチ切った。神妙な面持ちでいた和也が、「ウソついたね」とクスッと笑った。吾郎は、「ありがとう」とスマートフォンを理恵子に返す。

「あなた、自分の携帯なくしちゃったの?」

「いや、ちゃんとある。上着の中に」

「上着は?」

「ちゃんとあるさ、営業車ん中に」

「ならいいけど」

営業車をどこに停めたか、まったく記憶にないことは伏せた。

理恵子と和也は、学芸会で用意するバンダナの、色や大きさについて話しながら歩く。和也は海賊の役だそうだ。悪役だなと茶化すと、「いい海賊に決まってんじゃん」と口を尖《とが》らせる。それから、「おばあちゃんに見てもらいたかったな」とつぶやいた。

「お義母さん楽しみにしてたのよ」と理恵子が教えてくれた。

集中治療室の前で、吾郎はふたりと別れた。

あまり一度に何人も出入りしないほうがいい――というタテマエのもと、きびしい現実をまた目《ま》の当たりにすることと、その動揺を和也に悟られることを避けたかった。

吾郎はひとり、ガラス越しに見下ろす中二階の部屋に入る。と、そこに奈央子がいた。

「よお」

「……………」

奈央子は何も言わない。深刻な表情で、ガラス越しに階下を見下ろしている。思い詰めた暗い目に、階下のライトがギラギラと輝いていた。

「えっ?」

奈央子と同じように母の姿を見下ろした吾郎は、思わず驚きの声を上げた。

――熱帯魚?

母のベッドの周りに二匹、いや離れたところにもう一匹、計三匹の熱帯魚が泳いでいる。風船だ。熱帯魚の形をした風船が三つ、母の周りに浮いて漂っているのだ。

マスクをした和也と理恵子がそこに入ってきて、まず風船に驚いて固まった。風船を指差す和也が何か言ったようだが、当然吾郎の耳には届かない。

白黒縦じまのエンゼルフィッシュ、オレンジに白いラインのカクレクマノミ、離れた場所のもうひとつはハナカサゴだ。いずれも三、四十センチはあろうか。ガラス越しに見ると、本当に水槽の中を泳いでいるように見えた。

「どうしたんだ、あれ」

「さっき、銀座で買ってきた」

「どうして……」

奈央子は、答える代わりに嗚咽《おえつ》を漏らした。さして広くない室内に、それは悲しく響いた。

「奈央子」

肩を抱こうとする吾郎の腕を、彼女は振り払う。嗚咽は、子供のような泣き声に変わってゆく。吾郎は、何をどうしていいやらわからずに立ちすくんだ。

「奈央子ちゃんっ」

面会を終えた理恵子の胸に、奈央子は飛び込んでしがみつく。そして激しく泣きじゃくった。

「しっかりしよう、自信持とう、って約束したじゃない」

背は理恵子のほうが低いが、その胸に、奈央子は身体を折って顔を埋める。理恵子はオルゴールの蓋《ふた》のように、胸の泣き声を両手で包み込んだ。後ろで呆然と立ち尽くす和也も、目にいっぱい涙をためていた。

「奈央子ちゃん、自信持とうよ。間違ってないよ。これでいいんだよ、お義母さん、わかってるって。風船のアイデア、私もいいと思うよ。奈央子ちゃん――」

奈央子がようやく「お母さんがね」と口を開いた。

「ただ空気送られて、ただ心臓動かしてるだけみたいなお母さんが、ちゃんと動いた人のほう見るの。声のするほう見るの。これって、頭の中で何か考えてるからでしょ？　ほんのちょっとかもしれないけど、周りのことに、興味があるからでしょ？」

「そうだよ。お義母さんは、ちゃーんと考えて、動かせるとこを一生懸命動かしてるんだよ」

「だからね、だからあたし……あたし……」

「だからお義母さんが、ひとりぼっちのときでも寂しくないように、いつでも何かに興味を持っていられるように、風船を浮かせたんでしょ？」

「……うん」

「いいアイデアだよ！」

吾郎は、女同士のやりとりにただ聞き入った。眼下の母に目を細める。腕を固定され、口にチューブを入れられ、くの字に身体を曲げてピクリともしない母。しかし黒眼は、宙を泳ぐ熱帯魚たちを追い続けている。右から左へ流れるクマノミを追い、ふらふらと浮き沈みするハナカサゴを追い、それとぶつかるエンゼルフィッシュに目線を移す。

そこから、生きるエネルギーがひしと伝わる。けっして目に力はない。でも、生かされてるんじゃない。母は、自らの力で生きている。

音も色も、徐々に吾郎から遠ざかって行く。

静かだ。時が止まっているかのように、体が浮遊しているかのように——。


「なんかちょっぴり、キュン！ってしたかもだよ」

え？と、吾郎。はっと顔を上げて、辺りを見回す。

そこは、灯りの消えた自宅のリビングだった。

カラリ。音を立てて、グラスの中で氷が回る。キッチンから漏れる光に、自分が握るロックグラスの中の琥珀色《こはく》が輝く。グラスにかいた氷の汗が、指に冷たかった。

理恵子が吾郎の背後からぐいっと身を乗り出して、顔をのぞき込んできた。その息遣いに、吾郎は温もる。まじまじと理恵子の顔を見るのは久しぶりかもしれない。ほの暗いリビングの中、横からの光に彼女の瞳が輝いた。鼻も口もしゅっとした気品がある。透明感がある。この女と連れ添っていることを、しばらく忘れていたような気がした。

「うんっ、ここ最近でいちばんきれいな目してるね」

病院からここまでの記憶がない。オールド・パーのボトルが鈍く輝いた。

「和也、は？」

「とっくに寝たわよぉ。ねっ、今、夜中の一時だよ」

「一時……。奈央子は？」

「ええっ！　とっくのとっく、病院の外でサヨナラしたじゃない！」

「…………」

「もおっ。だいじょうぶ？」

吾郎は、くぴっとオールド・パーを口に含んだ。モルトの重厚さがバランスよく舌の上に広がる。口の中で十分に揉んで、それから喉に落とした。

理恵子が氷の入ったタンブラーと水差しを持って、吾郎の隣に腰を下ろす。ダークブルー地にピンクの花柄のチュニックから、ふわっと甘い香りが流れた。吾郎は、彼女のタンブラーに水を入れ、その上にオールド・パーを浮かせてやる。それから、自分のグラスにもほんの少し水を差した。

「さっきキミ、ハートがキュンとか、言った？」

「〝おまえ〟じゃなくって〝キミ〟だって！　うふっ、寝ぼけてるんじゃない？」

理恵子は、ウイスキー・フロートを一口含んで顔をしかめ、氷をちょこんと指で押し沈めて、水を回した。

「辛いわね、このスコッチ」

理恵子はソファーの上に足を乗せ、両膝を胸の前で抱えた。

「これがいいのさ。オールド・パーは昔から変わらない」

「昔って言ったって、この……十五年かそこいらでしょ？」

「いや、単車より前だから、二十年ちょいだな」

「うかうかしてたら和也もじきに覚えるかな」

「だろうな」

「……やだなぁ」

理恵子の肩に腕を回す。シャンプーの香りが寄りかかった。匂いに鼻を寄せる。リビングの隅に寄せられた和也のランドセルと、その上に畳まれた青いバンダナが目に入った。

「小さな海賊は、船の上でラム酒をラッパ飲みするかな」

「ルフィはそんなことしないわ」

「ジャック・スパロウはやるぜ。どっちだろう。楽しみだな」

「学芸会、来れるの？」

「行くさ」

観て、語り聞かせなきゃならない。……母に。

「なんだかここ最近、吾郎さん、変わったね」

「どういう風に？」

「うーん、……あのころに戻った」

ベッドに上半身を起こした母の姿からは、〝帰ろ〟と聞こえた。今日の母の姿は、吾郎の目に〝帰りたい〟とささやいた。失ってしまったものを取り返すのは悪いことじゃない。振り返ることは、後悔でも後退でもない。

「ありがとう」

「褒め言葉じゃないよ」

声を立てずに、ふたり笑顔を交わした。

理恵子は一度立ち上がり、チョコレートを袋のまま持って戻った。五種類のチョコレートが詰め合わされたやつだ。がさごそと袋をさぐり、「和也のやろう、またアーモンドだけ全部喰いやがった」とつぶやく。なぜ、甘い物の恨み事は男言葉になるのか。渋々にしては朗《ほが》らかな顔で、理恵子はストロベリー味を口に放り込んだ。

「なあ」

「なに？」

「母さんの、『自分らしさを失ってまで生きるのは、いや』って願いは、実際のところ叶わなかった。でもその願いは、そもそも聞き入れられないことだった。それが、この世に残されて〝生きる〟を全うしようとする、俺たちの尊厳じゃないかと思うんだ」

「しこりが残るんじゃない？」

「残る、いや、残すさ。母さんの願いを叶えてあげられなかったことを忘れないで、たとえ間違いだったとしても、この世にいるあいだは自分を裏切らない。自分らしく生きる。そして、それを和也に伝える。母さんには、俺があの世に行ったときに謝るさ」

「そーゆーのさぁ、奈央子ちゃんに聞かせてあげてくんない？」

「奈央子は俺じゃなく、キミのことを信頼してる」

理恵子は、「あ～あ、わかってないねえ」と言いながら腰を上げる。吾郎のロックグラスと自分のタンブラーに氷を足して、座り直した。

「なっ、河島英五《かわしまえいご》って知ってる？」

「関ジャニだっけ？　それとも、こわい顔したゴールキーパー？」

「どっちも違う」

「じゃ知らない」

片手を理恵子の背中に回した。トップスの下に手を忍ばせて、くびれた素肌に触れる。彼女が、手え冷たいよぉ、と身をくねらせた。

「『おまえがぁ二十歳《はたち》になったらぁ、酒場でふたりで飲みたいものだぁ』って歌があるんだ」

「そこ聞いただけで、その歌、女の私は好きになれないよ」

「いいから聴けよ」

ユーチューブで覚えた。「野風増」という曲名だ。吾郎は小声でつぶやくように、大好きな二番だけ歌う。

♪　お前が二十歳になったら
　女の話で飲みたいものだ
　惚《ほ》れて振られた昔のことを

思い出してはにが笑い
お前が二十歳になったら
男の遊びで飲みたいものだ
はしごはしごで明日を忘れ
お前の二十歳を祝うのさ
いいか男は　生意気ぐらいが丁度《ちょうど》いい
いいか男は　大きな夢を持て
野風増　野風増　男は夢を持て　♪

「これ、私に聴かせるって、どーよ」

「宮川さんがカラオケ行くと、これ歌ってさ。俺、沁みちゃったんだよねぇ」

「宮川さんって……あの、いろいろあった人?」

「ああ。しんみり歌うんだよなぁ」

「ふうーん。ね、ノフウゾってなに?」

「……大江は、なんとかしなきゃな」

「私は?」

吾郎はグラスのウイスキーを飲み干し、カツン!とテーブルに置く。それから「最優先さ」と、唇を重ねた。

―十八―

心がひとつになり、そして確かめ合い、吾郎はとっても気持ちのいい朝を迎えた。

駅から会社に向けて歩く吾郎は、脇道に入ったところで営業車に併走される。運転席には中野のむすっとした顔があった。

「よお」

「――おはよっす」

憮然とした声が、運転席から返ってきた。アクセルワークを吾郎の歩調にゆるゆると合わせながら、恨めしげな視線を投げてくる。

「ん？　どした？」

「これ！」

中野は、ほらっ、と助手席にあった上着を寄こした。吾郎のジャケットだ。そういうことか。

「その車、どこにあった？」

「昨日の夕方、下高井戸のファミレスから『おたくの車が、ウチの駐車場に停めっ放しだぞ！』って電話があったんですよ。ボクね、ボロクソ言われちゃいましたよ」

道路の右に寄ってのろのろ走る中野の車を、対向から迫った車がクラクションを鳴らしながら、避けて通過する。

「ウルセエよ、朝っぱらから。バカヤロー！」と、中野が吠えた。

吾郎は、コインパーキングに停めたとばかり思っていた。

「まあ、事情が事情ですからぁ、ボクは何も言いませんけどぉ。……お母さんの具合は、いかがなんですか？」

「心配かけてすまないな」

中野は、ええっ！と驚き、「しんぱいかけてすまない」と小声で復唱した。それからクラッチ操作を間違えたのか、ブオーン！と空ぶかししてしまい、もう一度驚いた。

「たたた高梨さんらしくないですよ、やだなあ」

罰金立て替えてありますんで、後でヨロシクお願いします。そう言い残すと、ブルルと震えるエンジン音を轟かせて左側に戻り、会社の駐車場へと向かった。

中野から渡された上着の内ポケットが、青くぼんやり点滅している。携帯の着信履歴には、奈央子と理恵子の名前がずらり並んでいた。留守録件数に〈3〉とある。吾郎は、奈央子の切迫した涙声を想っただけで気分が沈み、内容を聞かずにそのまま消去した。

出社した吾郎の目に飛び込んだのは、陽気に机をバンバン叩く北川の姿と、傍らで腹を抱えるふたりの側近だった。ほんの一瞬、北川と目が合う。つんと鼻をこっちに向けた、奴の仕草が気になった。

デスクの上を見ると、昨日の日付で『戸田ＳＳ　居村氏よりＴＥＬ』とのメモがある。昨日は、泉谷製作所へのＮＣ旋盤納品の日だった。メモに書かれた番号でなく、携帯にかけてみた。

「やあ」

「納品終わりました」

「問題なく？」

「いいえ、ひとつだけ気になることがあります。じつは、ちゃんとＮＣ旋盤を動かせる人が、あそこにはいないんです」

「アレックスは？」

「いい奴ですが、スカッとするほど大雑把《おおざつぱ》です」

「で？」

「…………」

「あはは、わかってるよ。きみが行くんだろ？」

「まあ、しょうがなく……」

――しょうがなく、か。よしっ、これで泉谷さんとの旋盤売買に関わる条件の最後のひとつ、後継者問題はクリアだ。

「風力発電事業のことは、親父さんと詰めてるのかい」

「大江さんから聞いてませんか?」

「いや、なにも」

泉谷と居村の考えの隔たりは、プロペラ型とサボニウス型という風車の形状はもとより、多岐にわたったらしい。互いに一歩も引かない親子の前に、ある日ひょっこりと大江が現れて、いがみ合うふたりに四冊の分厚いファイルを見せたそうだ。

『風環境シミュレーション』、『ビル風の整流』、『売電の形態』、それから『都市環境に向き合う企業リスト』。それら提案内容を、居村が説明する。
・企業社屋《しやおく》の角々に、縦列配置させるサボニウス型風力発電機による、社屋内への電力供給、壁面イルミネーション化、環境啓発。
・臨海部産業道路を渡して並列させるサボニウス型風力発電機による、電光掲示板、街路灯等への電力供給、企業広告誘致、環境広告。
・ビルの壁面、および発電機周囲に設置する航空機翼状のブレードによる、揚力を応用したビル風の拡散と凝縮(風害の軽減と、発電効率アップ)。
・送電線による売電に頼らない、蓄電池の貸与(プロパンガスの供給方法に準ず)、電気自動車への蓄電による一般家庭への電力供給。
・東京湾アクアライン活用に対する東日本高速道路株式会社と東京湾横断道路株式会社の意見書。

「いつ、こんな大そうな資料を仕上げたんだい？」そう訊ねる泉谷に、大江は「会社から、風に当たる時間を二週間もらったもんで」と答えたそうだ。

大江はその間に、図書館や大学の環境エネルギー研究室、電力会社、同窓の勤務する電気自動車開発部、さらに茨城県の波崎ウインドファームまで足を運んだという。

泉谷と居村は押し黙った。正直、そこまで考えていなかったからだ。ふたりに対し、大江はこう言ったそうだ。「僕も、あなた方と一緒にこの事業に懸けたい」と。

各所を回るうち、大江の中になにがしかの情熱が芽生えたのだろう、吾郎はそう思った。

「で、新会社設立のために、大江はウチの会社を辞めるって？」

「ええ」

「へえ」

「驚かないんですね」

「続けてる俺のほうが、きみにとっちゃあ驚異だろ？」

「そうかもしれない」と電話の向こうで居村が子供のように笑う。

「じゃあまた」

「あ、高梨さん」

「ん？」

「お、親父が、ありがとうって」

ああ。そう答えて吾郎は電話を切った。

――居村どころか大江までが、一歩踏み出そうとしている。退社して新規事業に傾ける情熱がまがいものでなく、また、今、置かれている状況からの逃避でないことはまちがいない。ただのよこしまな決意だとしたら、大江はサボニウス型でなく、大観覧車に見立てたプロペラ型にこだわるはずだから。さてと、気分のいいうちカタチだけでも北川に、欠勤明けの報告に行くか。

「おい」席を立った吾郎は、出社したばかりの野口に呼び止められ、そのまま喫煙室に誘われた。

「どうした？」

野口の眼差しに、只事《ただごと》でないものを感じた。ふたりそれぞれ煙草に火をつける。深く吸い、強く吐きながら野口が言う。

「今日の午後、大江が日本テクチャー社へ挨拶に行く。大江と日本テクチャー社の関係、何か聞いてるか？」

日本テクチャー社はここ数年、スマートフォン市場でシェアを伸ばしている企業だ。オトナの俳優を起用したテレビコマーシャルも、すこぶる評判が良い。

「いや、なにも」

「日本テクチャー社の財務部長が、大江の元嫁の再婚相手らしい」

「…………」

「幕張の工作機械ショーでな、北川が、その財務部長に呼び止められたそうだ。『そちらに大江さんって方がいらっしゃいますか』と」

野口は昨夜、北川に呼び出されたあとの大江の様子に、得体の知れない不安を感じた。それで、北川の取り巻きのひとりを締め上げたそうだ。

そいつが言うに北川は、日本テクチャー社の財務部長に、「あなたのような方が実子《むすめ》の新しい父親だと知れば、彼も安心するでしょう」とすり寄った。「大江君は心配性な男で、今は気持ちがどこかに飛んでしまい、仕事もうわの空の状態でして」と、部下を思いやる上司を気取った。

そして、オフィスに戻ると、「〝少しでも大江さんの力になりたい〟と、その男に言わせたよ」と、高笑いした――というのだ。

北川はさっそく大江を呼び、「明日の午後、日本テクチャー社に行くように」と申し付けた。日本テクチャー社で開発中の二つ折りスマートフォンのヒンジ部分の加工について、「どういうわけか、おまえを名指しで意見が聞きたいそうだ」、と。

野口の話に耳を傾けながら、吾郎は、不思議な感覚の中にいた。

気持ちが妙に冷めているのだ。怒りに血が煮えたぎらないことに違和感を覚える。北川からのいやがらせに耐えるなか、主役のいないバースデー・パーティーで見せた、大江の無邪気で儚《はかな》い笑顔を思い浮かべる。机を叩く北川の狂った独裁者ぶりを、それに並べた。それでも頭に血が上る気配がない。心は凪《な》いだように静かだ。

「北川は、何故そこまでするかなぁ」

「…………」

「高梨、何を考えてる?」

「ん?」と吾郎は訊き返す。

目が合った瞬間、なぜか野口はうろたえた。

「お、おれのキンタマ縮み上がらせたって、しょーがねぇじゃん」

「なんの話だ?」

「んな底なしに冷たい目で、こっち見んじゃねぇよ、って」

自分がどんな目をしているかなんて、確かめようがない。だが、吾郎は自分の目が、見えないもののカタチや触感まで克明に捉えているのを感じていた。野口の息遣い、顔の筋肉の動き、体の重心移動から行動の予測、言葉の裏側、心のざらつきさえ感じ取れる。こんなことははじめてだった。もしこの感覚が若い時分から備わっていたら、違った道を突き進み、そして今ごろ生きてなかったかもしれない。

吾郎はふと、大人の解決策に命を救われた最後の喧嘩のことを思い出した。あのときおっちゃんが「覚えておきなさい」と、こう言った。

——人を人に返すには、いちど今ある心を折ってやるんだ。

その言葉が、吾郎の胸によみがえる。

野口が意を決したように言う。

「俺の柄《がら》じゃないんだが……。大江を止めるべきじゃないか？」

「今は、それどころじゃないんだ」

野口は、「それどころじゃない？」と、吾郎を訝《いぶか》しげな目で見た。

吾郎は大江の決意に思いを馳せた。大江は、新しい一歩を踏み出そうとしている。その決意を量ろうとしている。だから、「会社はじきに辞めるから」などと自分に言い訳をせず、北川に指示された商談相手の元に向かうのだ。その相手が、商談を通して会うべき男ではないとしても、だ。大江の決意が歪《ゆが》められる今、なにもせずにやり過ごしたら、俺は、自分自身の大切なものを失う。いや、失うのではなく、大切なものが壊れたあとの残骸を背負いながら、明日を生きることになる。

「野口」

「ん？」

「うまく言えないんだがな、このままじゃ俺の心がポッキリ折れそうなんだ。つべこべ考えるよりもまず、自分のために——北川の心をへし折る」

野口ののどが、ゴクンと動いた。

大江は、元嫁の再婚相手がどこの誰かくらいは聞いて知っているはずだ。日本テクチャー社に行って花梨ちゃんの新しい父親に会おうが会うまいが、それは大江の問題だ。面会した上で受け止めるものは、安心か、嫉妬か、落胆か。いずれにせよ、他人がどうこう口をはさむべきでない。大江自身が、解決せざるを得ないことなのだ。

しかし今、面白おかしく大江の背中を押すクソ野郎がいる。

——北川の、心をへし折る。

怒りでも仇討《あだう》ちでもない。北川が汚いやり口で大江の心を折って喜ぶ様を、いつものように傍《そば》で見てやり過ごしたら、間違いなく吾郎自身の心が折れてしまう。だから、自分の心が折れる前に北川の心を折る。

「どうやって……」

「おまえは知らないほうがいい」

「無茶すんのか」

——無茶……。そうだな、無茶することになる。

血の海と化した暴力団事務所。事が終わると途方に暮れた。そんな自分の命を救った手荒な解決策——それらを思い起こしたことを、吾郎はひどく後悔した。

ちょっと電話してくる、と吾郎は野口をひとり喫煙室に残す。

「高梨ぃ！」野口が呼び止める。「わかった、おまえの目ヂカラに一口乗った。まぁ、俺もここんとこ運動不足だしよぉ。しょうがねぇ、美談に手ぇ貸してやるよ。だから今度、一杯オゴれ」

「美談にゃならない。俺は俺のことだけ考えて、俺らしくバカをやるだけだ。おまえは黙って見てればいい」

野口はチッと舌打ちすると、声に出さず「バーカ」と言って、喫煙室の扉を乱暴に閉めた。


理恵子は、すぐに電話口に出た。

母の様子に変わりはないと聞き、まずは胸をなでおろす。それから、心に決めたことを伝えた。バカな真似はやめてと彼女は言わない。「そっかぁー」と、さっぱりした口調で言った。

「でも、お義母さんのもしものときは？」

「俺なりの〝お別れ〟を、そのとき考える」

「ねえ、クビになっても捕まってもかまわないの。だけどね、『自分を裏切らない自分らしい生き方を和也に伝える』って、その約束は忘れないで」

「ああ」

「それから……」と理恵子は一瞬言いよどんでから、加えた。

「それを私にも伝えて。この先も、ずっとあなたに守ってもらいたい私に」

吾郎は、こみ上げてくるものをこらえた。

続いて吾郎は、ツネオと、それからヨシアキに手を貸してほしいと連絡した。

ツネオには、いっさい背景は説明しなかった。奴は、大江が今ある状況を聞いたなら、怒りで前が見えなくなる。そして、かならず事の最後まで関わろうとするだろう。懲役だか執行猶予だかは自分ひとりでいい。

あらかた聞き終えたツネオは、沈黙した。無理もない。それの恐怖を知っているのは、ツネオだけなのだから。

「すまん。下ごしらえだけでいい。手を貸してくれないか」

ツネオはぽそり、「悪いけどそうさせて」と言った。

千葉の袖《そで》ケ《が》浦《うら》で嫁の実家の土建屋を手伝うヨシアキは、吾郎からの電話に喜んだ。

「なんかそーゆーの、自分ら待ってたんすよ！」

「ちがうんだ、ヨシアキ。自分らじゃなくって、おまえひとりで十分なんだ。掘削機《くっさくき》を一台、それに今言ったものを〝あの場所〟に回してほしいだけなんだ」

「ゴローさんの頼みとはいえ、突然じゃないっすか、平日だし」

「ああ」

「せいぜい二十人くらいしか集まんないっすよ、もうみんないい歳ぶっこいてるし」

「だ・か・ら、おまえひとりで十分だって言ってんだろぉがっ！」

ヨシアキは〝手打ち〟と勘違いしているようだ。吾郎はいささか不安だったが、現場に詳しいヨシアキの手助けがどうしても必要だった。

さあて、と思うと同時だった。

ふうっと深いため息を吐くと、突然の身震いが吾郎を襲ってきた。暴力による打開の門前には、もうひとりの自分が待ち構えていた。そいつは、《大人の覚悟》と《後悔の先払い》を求めて、吾郎の前に立ちはだかる。口の中が、苦味と血の味の思い出で満ちて、出足が鈍る。踏み出そうとする心がつんのめりそうになった。

自分が情けない。母に、理恵子に申し訳が立たない。和也につらい思いをさせてしまう……。

もうひとりの自分を追いやり、吾郎は、北川の前に立った。

「ん？　どうした？」

北川は、何をしでかすか読めぬ吾郎の目に恐怖を感じ、我が身を案じてそう訊いたのだろう。

傍《かたわ》らにいた取り巻きのひとりが、

「おいっ！　どうしたかと訊かれてるん――、グッ！」

言い終わらぬうちに、うめきながら身体をくの字に折る。横にいたもうひとりは何も言わぬうち、ネクタイの模様に靴底の跡を加えて真後ろに飛び、観葉植物とともに倒れた。

キャーッ！　女子社員の悲鳴。それを聞いて、ああ、はじまったんだなと、吾郎はまるで他人事のように思った。

北川は一瞬ひるんだ後、威嚇《いかく》する目を吾郎に向けた。同時に何か吼《ほ》えようと鼻で大きく息を吸うが、吾郎の涼しげな目にのまれる。いや、恫喝《どうかつ》が空振りするリスクが高いと読み、事態に動じぬ〝山の如し〟を選択したのだろう。

「これは一体、どういうことかね?」

デスクの左右で顔をゆがめる取り巻きを見下ろした後、子供の癇癪《かんしゃく》に困り果てた新米パパのような顔で、やさしく吾郎に訊ねた。

「ついて来いよ」

吾郎はそれだけ言って、北川に背を向け歩き出す。

数歩進んだところで、背後でガチャンッ!という大きな音がした。再度、女子社員の悲鳴が上がる。振り返った。野口だ。電話器を握る野口の向こうに、頭を抱えて唸《うな》る取り巻きが、観葉植物ともつれるように転がっていた。どうやら野口が、そいつの頭を電話機で殴ったらしい。

――余計なことしやがって。

野口はコツコツと、そいつの頭を受話器で叩く。

「もぉーしもーし、どこに電話するつもりだァ? 本部長の指示があってぇの通報かよォ?」

「ねぇ、本部長ぉ」と野口。

北川は椅子に腰掛けたまま、貫禄《かんろく》を固持していた。

「どぉしますか、高梨のこと。『ちょっとお時間いただけますか』だけで済むことを、ワザワザ荒立てやがって」

吾郎は、部下の目に囲まれた北川のプライドを強固にしてしまった。そのミスを、野口がフォローしてくれている。

「カッコ悪いけど上の誰かに対処を任せますか？ それとも、いっそのこと派手にパトカー集めて、社屋を囲みます？ 回転灯と野次馬バックにさ、『カヅミ精機にはあの手この手の暴力が取り揃えてございます』って、世の中に知らしめてやりますか」

北川は、ゆっくり立ち上がった。倒れた観葉植物を避けながら、そちらに向かって「バカが……」と忌々《いまいま》しそうに吐く。

「よお、本部長ぉ！」

吾郎の頭越しに声を張る奴がいる。声のするほう、営業部の出入り口に顔を向ける。と、池田が意味深な笑みを浮かべて、ホワイトボードに寄りかかっている。

「ほんぶちょぉーさんっ、おかえりは何時でしょーかねっ？」

池田はニヤリと笑う。

吾郎は、顔を北川に戻した。唇をわなわな震わせた北川が、ちらりと吾郎の目を見る。すかさず、池田は「あっ、そーゆーことネ、了解」と、ホワイトボードに何か書きとめた。

堂々と、北川は吾郎の横をすり抜け、営業部を後にしようとする。こんなバカに指図《さしず》されたからじゃない、自らが最良な道を選択したのだ。声に出さずともそんな貫禄が、他を威圧した。

怒りを背中にどっさり背負いながら、北川は歩く。そして池田の前で足を止めた。

ドオンッ！

いきなり北川が、ホワイトボードを右拳で殴った。

バチーン！

同時に池田が掌底《しょうてい》で、北川の額《ひたい》を打った。ただの掌底かと思ったが、北川の額には『宮川』と書かれたマグネットシートが貼りついていた。

首をカクンと後ろに折ったまま、北川が尻をつく。奴の眼鏡が回りながら床をすべって、中野の足元に止まった。中野はしれっと別のほうを見ながら足を浮かす。眼鏡を踏み潰す。かと思ったが、奴はさんざ躊躇《ためら》ったあげく、つま先でチョンと、それをサイド・キャビネットの下に蹴って隠した。

北川の額にあったマグネットシートが、ポロッと床に落ちた。池田が手を伸ばす。北川は「ひっ！」と発して、ジタバタ後ろに逃げようとした。が、池田は落ちたマグネットシートをただ拾い上げ、ホワイトボードに返した。

「さすが宮川さんだ、黒いヤツにはくっつかねぇや」

どこからか、パラパラ拍手が起こった。女子社員がくすっと笑うのが聞こえた。

北川は、ショックに腰が抜けたように尻をついたまま、両手で身体を支えている。池田が身をかがめると、今度はにらみつけて威厳を誇示した。だが、まっすぐ伸びた池田の手に胸倉を掴まれ、「立てよ」と吊り上げられると「ひぃ〜」と、か細い悲鳴を上げた。

立ち上がった北川の額は、マグネットシートのカタチに赤くなっていた。それを見て、またどこかで誰かが笑った。

吾郎は北川の横を抜けて、奴の先を歩く。ホワイトボードの『北川』『帰社予定』の横に、「タカナシ次第」と殴り書きしてあるのを横目で見た。池田に軽く会釈する。が、無視された。

廊下に出て、北川の力ない足音が後ろをついてくるのを確認したとき、部内から大きな声が届いた。

「野口、テメエのせいで、俺まで巻き添え喰っちまったじゃねえかよっ！」

「池田さんは池田さんで、勝手にやったんじゃないですかァ！」

吾郎は、ふうと息を吐く。

自分が熱くなっていないことを、もう一度確かめた。

―― 十九 ――

先ほどの張り詰めた空気が嘘のようだ。街中を走る車の中は、いたっておだやかだった。

北川はステーションワゴンの後部座席から、まっすぐに前を見つめている。ルームミラーに映るのは、たいそう涼しげな面持ちだ。奴は十中八九、行き先は日本テクチャー社と考えているはずだ。吾郎が車を着けた途端、やはりここか、という顔をするつもりだろう。

大江に出くわしたとき、また花梨ちゃんの新しい父親でもある財務部長の前に立たされたときの言動も、静かにシミュレーションしているはずだ。北川は、そういう男なのだ。

奴の体面を考えれば、信号待ちの車から飛び出して警察に保護を願い出ることもない。妻子持ちのサラリーマンのすることなどたかがしれている、そうも考えているだろう。

実に静かな車内だ。

しかし、日本テクチャー社のある大手町を通り過ぎたあたりから、車内の空気が揺れ動き出した。ルームミラーに映る北川の目が、左右に落ち着きを失う。たまに「どこに向かってるんだ？」と訊きたげに、唇を舐めて間を計る。それからしばらくして、北川は目をつぶった。

「はぁ～……」

「ふうぅー……」

はっきりとしたため息が、否が応でも吾郎の耳に入る。北川はやがて腕組みをして、つぶやきはじめた。

「私は、どこで、道を誤ってしまったんだろうか……」

あまりに芝居がかった口調で、吾郎は吹きそうになった。

「みんなで共に、より一層高いところを目指すつもりが——」

吾郎はこのまま、北川の独り言を聞くことにした。

「私は今日のことを、いや、今日のキッカケを与えてくれたキミに、今は感謝しているんだよ」

「できるだけ早く、いや、大江君の都合さえよければ今夜だ、彼と一杯やりながら、心の底から詫びなきゃならない。キミにも同席願いたいが、どうだろうか?」

「私の母もね、実を言うとここんところ、少し様子がおかしいんだ。前に聞いてもらったよね、愛知のA市でひとりで暮らす母のこと。それがまた……」


首都高・芝公園の入り口手前のところに、約束どおりツネオはいた。助手席に乗り込み、吾郎の顔をまじまじと見る。

「どうした?」

「いや、普段と変わらないから……」

「もっと目から顔から真っ赤にして、怒りあらわってほうがいいか?」

「いや、……今のほうが、怖い」

車を走らせる。ツネオはツネオなりに構えてきた覚悟をリセットするように、シートで尻をもぞもぞしながら咳払いをくり返した。

高速の料金所を通り、本線に合流する。

吾郎が煙草をくわえると、ツネオが気を利かせて火をつけた。

「サンキュー」

「で、その野郎はどこで積むの？」

ようやく落ち着いたのだろう、ツネオが段取りを訊《たず》ねる。

「もう積んである」

吾郎はそう言いながら前を見たまま親指で、リアシートの下を指した。ツネオがそっくり返ってリアシートの下にある、養生用の毛布をめくる。北川があまりにペラペラうるさかったので、吾郎は途中で車を停めて、多少荒っぽい手口で縛りあげ、目と口をふさいでリアシートの下に転がしたのだ。

「おまえさ、一人暮らしでメシとか毎日どーしてんの？」

前に向き直ったツネオは、答えなかった。

ほんの少し窓を開ける。吾郎の胸の中の、冷たく青い炎と調子を合わせるように、風が狂ったように口笛を吹いた。

ツネオはまた、咳払いをはじめた。


車は東京湾の下をくぐり、海ほたるを横目にしたあと海上をひた走る。

『東京湾アクアライン・横風注意』の電光掲示板が目に入った。吾郎はそれを見ながら、いつかここに居村や大江の作った風力発電機がずらりと並ぶ日を想った。

秋の抜けるような青空に、はぐれ雲が浮かぶ。まっすぐな道の向こうの海と空を眺めていたら、吾郎は湯船にぷかんと浮いた和也の笑顔を思い出して、胸が痛んだ。

「なあ。おい。……よおっ！」隣のツネオに呼びかける。

うんともすんとも言わないツネオを、ひじで小突いた。北川の耳があるので、名前で呼ぶわけにいかなかった。

「おまえさ、入道雲がぐんぐん迫ってくんの見たことあるか？」

「なにそれ？」

「湯船で和也によ、そう訊かれたんだ」

返事がない。ちらっと横を見た。顔色が悪い。まあいいか、と諦《あきら》めかけたところで、「ない」と答えが返ってきた。

会話はあっけなく終わった。吾郎は、ふっと鼻から息を抜いた。なんでツネオにそれを訊いたのだろう。よくわからない。大江はセキランウンだ、カミナリ雲だって、なんか豆知識みたいな理屈をこねたっけ、などと考えていたときだ。

いいなぁ、とツネオが言う。

「入道雲ってなんかさ、男臭いイメージあるじゃん。和也がその質問を、男のゴローくんとの裸の付き合いの中で引っぱり出したんだろ？　ちっちゃな話だけどさ、そーゆうとこに親父を男としてリスペクトする息子を感じて、いいなぁ……ってマジ憧れるよ」

「………」

「で、ゴローくんはなんて答えてやったの？」

「俺か？　俺は……」

「どうかした？」

吾郎は「そりゃ、あるさ」と和也を相手にせず、さらには「あとでママにも訊いてみろ」と言ってしまった。あのときの和也の、しょんぼりとした様子がどんと脳裏によみがえる。吾郎は確かに和也を小バカにした態度をとったのだ。

「ほんと、とことんダメな男だな、俺は」

「うん」

ツネオは即答した。

その後、ツネオはヨシアキと携帯で連絡を取り合った。その昔使った山道は拡張されてまっすぐにアスファルトが敷かれ、使用に適さないらしい。地元のヨシアキが勧める場所に、掘削機を一台回したとのことだ。

車は館山自動車道に入る。ツネオは外の景色に目を向けなくなった。シートベルトを外し、失った顔色を抱え込むように腰を折る。吾郎が、「だいじょうぶか」と声をかけると、うん……と虚《うつ》ろな返事が返ってきた。

暴力団事務所で暴れた日から、もう十六年が経つ——。


事件の報せを受けたのは、吾郎が大学二年の夏だった。

「ヨシアキ！　警察はっ？」

吾郎は怒鳴るが、なぜか急にヨシアキは言いよどむ。そのまま通話は切れた。

吾郎は報せから三十分後、新宿歌舞伎町の暴力団事務所に駆け込む。事務所の中では奈央子とツネオ、それに報せを寄こしたヨシアキの三人が、ヤクザ者たちに囲まれていた。

「いったい、なにがあったんだ？」

それは実に座りのいい、良くできた話だった。

ツネオは、バイト先のカラオケ・パブにきた有名アパレル企業の広報担当を名乗る客に、奈央子を紹介しようとしたそうだ。

そもそもツネオが雇われるようなカラオケ・パブに、有名アパレルの広報担当が来るはずがない。しかも広報室が職安通りの裏の雑居ビルにあるとは、どう考えてもおかしい。おかしいと思わず、そこにセーラー服を着た女子高生を連れて行ったツネオの罪は重大だ。

当初三人いたヤクザ者たちは、ツネオをボコボコにしたあと奈央子ににじり寄る。だが彼女から、思いもよらぬ文具系の反撃にあった。そこで、奴らは当初の予定とは桁《けた》のちがう電卓を叩きはじめた。

そんなことに気づかぬ奈央子は完全にキレていた。ツネオは、「こりゃなんか様子がおかしい。逃げよう」とボロボロの身体で止めに入り、まさかの奈央子に階段から突き落とされたのだ。

ヨシアキは新大久保のバイト先に向かう途中、血だるまになって路地に這《は》いつくばるツネオを発見した。ツネオから事情を聞いたヨシアキは、吾郎に連絡を取る。その様子を、先に逃げ出したように見せかけた四十代のヤクザ者が、離れた場所からじっと見ていた。ややこしくなる前にそろそろ行くか、と新たなふたりを引き連れてヨシアキに近づき、携帯を取り上げた。

五人でぞろぞろ事務所に戻ると、さんざ痛めつけられた若いふたりも急に息を吹き返す。と、こんな流れで役者勢ぞろい、命の値段の交渉と相成った。

「お兄ちゃん、妹の不始末どうするよぉ！」

若いヤクザ者が、いつもヨシアキが杖代わりにしているバットで、床をカツカツ叩きながら凄《すご》んだ。

こんなときにどうしたことか、吾郎は、窓際に立って汚れた窓から外を眺める四十代のヤクザ者の背中に、ぽわんと見とれていた。その際立った哀愁に、なにかを感じたせいなのだろうか。

吾郎のダンマリに、正体を現した他のヤクザ者たちはそろって口元をゆるめた。オォ！だの、コラア！だの、ヤクザたちはいっせいに凄んだ。そんな最中、吾郎はふと奈央子に目をやった。彼女の紫に腫《は》れた口元には、血を拭《ぬぐ》ったあとがあった。制服は千切れかけている。胸元からは下着が覗《のぞ》いていた。

吾郎は腹を決めた。かつてプロの総合格闘家を目指し、今もトレーニングを積むヨシアキにも、その覚悟が伝わった。

それから、どのくらい時間が経ったのだろう——。

「どえらいことに……なっちまったよぉ」

そんなヨシアキのつぶやきが、うっすらと聞こえた。

どうやら吾郎は気絶していたらしい。窓際で哀愁を漂わせていた四十代の男は、他のヤクザ者たちとは比べ物にならぬ、喧嘩のプロ中のプロだった。

腕力は吾郎が勝《まさ》った。さらに格闘技術を会得したという自信もあった。しかし雑多にモノが散らかる日常空間で、脳みそを駆使して命を狙いに来る男の多彩な攻撃を前に、吾郎の筋力や経験はまったくと言っていいほど役に立たず、動揺したのち叩きのめされたのだった。

吾郎の目に、額から血を流すヨシアキが映った。床には砕けたガラス片が飛び散り、誰のものともわからぬ血がその上に広がる。部屋じゅう、埃《ほこり》とコンクリートの粉が舞う。ガクガク震えるツネオが持つ折れたバットのささくれには、布だか肉だかわからないドス赤い何かが引っかかっていた。

奈央子の携帯が、ずっと鳴りっぱなしだ。

「おいっ、いいかげんにしろよっ！」

頭がぼおっとしたまま奈央子を羽交い締めにして、吾郎は怒鳴った。奈央子が床に転がったヤクザ者たちを、まだ蹴り続けていたからだ。

若いヤクザ者のうちふたりは顔が血まみれで、蹴られる部位によって呻《うめ》き声を変えた。ひとりは幼稚園児が描いた『パパの絵』のように、手足が不自然に曲がっている。針金ハンガーで首をドアノブに吊るされたもうひとりは、ヨシアキに救出されたあとも口からよだれが止まらない。

吾郎に初めての敗北を味わわせた四十代のヤクザ者は、吾郎を助けようと必死だったツネオの折れたバットの攻撃をくらい、顔面にひどい傷を負った。ぱっくり裂けて骨みたいなものまで見える顔がとても怖かったそうで、ヨシアキが、その頭を上着でぐるぐるに巻いて、顔が見えないようにしてあった。

奈央子の携帯への着信は、おっちゃん——所属事務所の社長からだった。

吾郎は、興奮する奈央子が捲《まく》し立てている携帯を奪い取り、かいつまんだ事情をおっちゃんに話した。

「いや、スタジオでナオちゃん待ってたんだけど来ないからさぁ、心配しちゃったよぉ」とおっちゃんは、いつもと変わらぬ調子で言う。それから、「社員を後片付けに向かわせるから、そこにいてね」と電話を切った。

ものの十分もしないうち、ドアがノックされる。

早すぎる。吾郎たちを新たな恐怖が包んだ。

顔をのぞかせたのは、中肉中背の三十代のヤサ男だ。間違えて入ってきたかと思った。それくらい、ただの平凡な会社員に見えた。だが、その目は室内の惨状にまったく動じなかった。「はじめようか」と言うや、体格のいい男たちがどやどやと入ってきた。彼らもまた表情ひとつ変えず、転がった五人を順番に、慣れた手つきで担ぎ上げていく。

「ちょっと待て!」

最初に入ってきたヤサ男が言う。頭に巻いた上着を取り払われた四十代のヤクザ者が、「いい」と止血処理を手で払いのけたときだった。

「木村さんじゃないですか」

「……よお、おまえか」

木村という四十代のヤクザ者は、元刑事だそうだ。譲らぬ正義感が仇《あだ》となり、とある事件の首謀者であった暴力団幹部を撲殺して服役し、出所後は堕《お》ちるところまで堕ちて死に場所を探していた、そんな話をふたりは交わした。

「これでようやくオサラバだ」

「死んでおしまい、ですか」

「おまえらのほうがよくわかってるだろ。今日、おれたちを殺《や》らなきゃあ、来週こいつらを全員殺るぜ」

「残念です」

あばよ。そう言うと、木村という元刑事は目で吾郎を探した。

「おお、兄ちゃん。オメェみてぇに腕っぷしが強い奴はな、それに頼りっぱなしじゃあ、いつかオレとおんなじ道を歩む。覚えとけ」

そう言うと、しずかに目を閉じた。

ボロボロのヤクザ者たちは、表に停めたバン三台に分別して放り込まれた。ヤサ男が「会長が、みなさんもお連れするようにと」と告げる。手際のよさにあっけにとられる吾郎たちに、事務所に居残るらしい男が、「忘れ物がないか、もう一度確認してくださいね」とやわらかい口調で言った。男の白い手袋が、ドス黒く汚れている。日当たり薄いその事務所には、蒸し暑い夏特有のかび臭さがこもっていたことに、吾郎はようやくそのとき気づいた。

吾郎たちはバンでなく、一台のワンボックスに乗った。

運転する男がルームミラー越しに言う。

「病院行くのはもう少しあとになるけど、我慢できるか?」

ツネオが、ハイと言ったつもりか「ふぁ」と答えた。あとは、誰も口を開かなかった——。

吾郎の運転する車は君津から鹿野山《かのうさん》方面に向かい、なだらかな坂を上る。たまに品川ナンバーや練馬ナンバーの車とすれ違う。早々とプレイを終えて都心に戻るゴルファーたちだろうか。

ずいぶんとこの道も様変わりした。たしか十六年前は、この辺りはまだ舗装されておらずデコボコ道だったはずだ。林の間から、山肌が連なった眺望が見え隠れする。と、道はなだらかでまっすぐな下り坂になった。

――ここだ。この先の、下りカーブだ。

すっかり舗装されてきれいになったが、間違いない。はるか先に見える尾根に向かい空に飛び出すかのように、この先、道は右に曲がる。その下りカーブに沿うガードレールの下に、四人のヤクザ者を埋めた記憶が吾郎の脳裏に鮮やかによみがえった。

通り過ぎざま、コーナーに目を凝《こ》らした。ヨシアキの言った通りだ。今はガードレールの下に側溝が整い、人を埋めるほどの土の露出はなかった。

その場所を、ツネオも思い出したのだろう。

通り過ぎたそのコーナーを振り返る。ヘッドレストに喰い込んだ奴の指が、わなわなと震えていた。

十六年前のその日――。
カーブを曲りきれなかった車の痕《あと》が残るガードレールの内側に、四つの穴が穿《うが》たれ、ヤクザ者たちが頭だけを地表に出して埋められた。言葉にならぬ言葉を発する頭が四つ、畑のスイカのように並んだ。夕闇から突然現れるそれにドライバーが驚いてハンドル操作を誤らぬよう、その後それぞれにはダンボール、枯れ草等をかぶせて偽装が施された。目の部分だけはしっかり前が見えるよう、穴を開けて、だ。

エンジン音が近づくたびに、ヤクザ者たちは救済を求めた。

ヘッドライトが届く距離になると、叫ぶ言葉は意味をもたない濁音《だくおん》だけになる。そして、時速五十キロ超のタイヤが奴らの眼前スレスレをこする。車の音が遠ざかると再び訪れた夕闇の中に、咳き込む音と命乞いの声だけが残った。

たまにタイヤに弾かれた小石が、恐ろしい速さで真横に飛ぶ。頭をおおったダンボールにはじかれる小気味良い音が鳴る中、ごくまれに、頭蓋骨に接触した音や、柔らかい部位にめり込んだらしき悲鳴が、そこに混ざった。

その日、じつは瀕死《ひんし》のツネオも埋められたのだ。徐々に昂《たかぶ》りが増した兄妹の手によって。

「元はといえば、ヤクザ者の口車にまんまと嵌《はま》ったバカのせいで、こんなことになっちまったんじゃねぇか！」

兄妹の異常ともいえる昂りは、ヤクザ者がひとり欠けていたことにもよる。木村という元刑事は、別の場所に運ばれたようだ。それは〝死んでおしまい〟を意味する以外、考えられなかった。

吾郎にしてみれば、だ。自分が関与した一件で、人がひとり殺されるのだ。思わず見惚れるような哀愁を背負って、窓から街を眺めていた男、初めて喧嘩で自分に勝った男が命を絶たれる。

元はどうあれ奴はクズだ！　死んでアタリマエの野郎だ！　ざまあみやがれ！

罵《ののし》る言葉をいくら頭の中に浮かべようが、説明のつかないやりきれなさに苛《さいな》まれた。体じゅうの血が行き場を失い、暴走し、怒りの矛先《ほこさき》がツネオに向けられたのだった。

そうしたことに手馴《てな》れたおっちゃんの部下たちが掘った穴には、きっちり四人しか入らなかった。こめかみに血管がぶち浮く兄妹は、もうひとりぶん穴を拡張しようと闇雲にスコップを刺し、逆に穴を狭めてしまう。見かねたおっちゃんが「じゃ、こうしよう」と部下に指示を出し、急遽反対車線にもうひとつ、掘削機で穴を掘ってくれた。そこにツネオを埋めた。埋めながら奈央子は、非難の目をむけるヨシアキにビンタを入れた。

エンジン音が近づくと、ツネオはすすり泣いた。ヘッドライトが差すと「助けて」は、呻き声が混じって、「タタダズケッ、グッ!ブケッテ」とまるでスキャットマンの物真似みたいに聞こえた。登り坂にエンジン音だけにぎやかな車体が、外にふくらみながらゆっくり通過する。車の音が遠ざかると、咳き込み、すすり泣く声が残った。

吾郎の煙草が底をついたときだ。

「しょうがねぇだろう!」

吾郎は毒づく奈央子を押しのけて、ツネオを穴から引きずり出した。登坂側はたいして車も通らずスピードも出ず、ましてや道路の中央に向かって大回りするので、吾郎はとっくに飽きていた。

「ごめんよ、奈央子ちゃん、ホントごめんよぉ……」

うわ言のようにくり返すツネオのポケットに、煙草はなかった。吾郎が舌打ちしただけで、ツネオは震えだす。なんだか切なくなった。

「ありがとう、ゴローくん、ありがと。俺、今度から必ず煙草持つから。俺、禁煙やめるから……」

ツネオは道路端にへたり込んだまま、おんおんと泣き続けた。

そう、そのときからツネオは吾郎を「ゴローくん」と呼び、吾郎はツネオを呼び捨てるようになったのだった——。


吾郎は左にウインカーを出し、速度を落とす。

「あそこにいるの、奴だよな」

ツネオは、顔を上げようとしなかった。

五十メートルほど先、ハザードを点滅させた軽トラの脇に、小柄で筋肉質な身体に五分刈り頭の男が立っている。顔も、めくり上げたTシャツから出た腕も、よく陽に焼けている。左手には……なんと、未だにバットを持っていた。

軽トラのうしろにステーションワゴンをつけた。

「ごぶさたっす！」

左足を引きずりながら近寄るヨシアキは、威勢のいい挨拶で吾郎たちを迎えた。車を降りた吾郎は「よお」と、奴と拳を合わせた。ヨシアキは、助手席に座ったままのツネオを、身をかがめて覗き込む。

「ツ・ネ・オ・さんっ！　大丈夫っすか？」

「おぉ、ヨシアキ。相変わらず寒そうな格好だな」

吾郎は「名前を呼び合うんじゃねえって！」と小声で言い、ふたりを交互ににらむ。それからリアシートの下に目をやった。養生毛布はもそりとも動かない。だが、毛布の下で聞き耳を立てる北川のしたたかさを感じた。

ふと、自分を見るツネオの視線が気になった。目が合うと、別になんでもないというふうに、ツネオは視線をそらした。なんだか頑なさを感じる目だった。

「場所は？」ヨシアキに訊ねる。

「この先、道が入り組んでるんで、おれが先導します」

「ああ、よろしく頼む」

吾郎が言うや、ヨシアキは背中を向けて軽トラに向かう。コツッと路面をバットで叩いては、ずずっと左足を引きずる。久しぶりに聞いたそのリズムに、吾郎の胸は痛んだ。

「ヨシアキ」追いかけて呼び止める。

「はい？」

「まだ……バットが手放せないのか？」

「いや、ないと歩けないってわけじゃないんすが、コイツ持ってないと落ち着かないっちゅうか……

あはっ」

吾郎は言葉をかける代わりに、拳で奴の肩を叩いた。

「あの、こんなときになんですが」ヨシアキが訊ねる。「その後、お母さんの具合はいかがですか?」

「ああ」

その後――。母は、ヨシアキの母親の見舞いを断っていたのだ。吾郎は、変わらないとかそこそこだとか、言う気にはなれなかった。事実を伝えた。ヨシアキは、どう返していいかわからずに、うろたえた。母親にすみませんでしたと伝えるよう、吾郎はきわめて軽く言い添えた。おそらく、軽く伝わらなかった。

吾郎もふたたび、車に乗り込もうとしたそのとき、バンッ!と助手席側のドアの閉まる音がした。ツネオが路面に立って、吾郎をにらみつけている。

「どうした?」と吾郎。

答えがない。ツネオは、ちらっと後部座席に目を運ぶ。そうか。吾郎は運転席側のドアを、もう一度閉めた。どうやら北川に聞かれたくない話があるらしい。どうした?ともう一度訊ねる。

「ゴロー! 後ろめたい気持ちでやったら、失敗すんぞ!」

「おい、一体なんの話なん……です……か?」

「あのときのおっちゃんは、堂々としてた。シンプルだったから底なしに怖かった。だから、だから奴らヤクザ者は……」

「え、ええ」

「ええ、じゃねぇよ！　ゴローは堂々と遂行できんのか？　俺とヨシアキを道連れにすることができねェ生半可《なまはんか》な気持ちだったら、ゴローのやろうとしてることは絶対にうまくいかねえっ！」

あのときのおっちゃんと、今の自分の違い。

もしもヤクザ者たちをあのまま生かしておいたら……。おっちゃんが言った通り、とうに自分たちは復讐を受けて、この世にいないかもしれない。

ツネオは目を細め、吾郎をにらみ続ける。


そのツネオを、穴から引きずり出した直後のことだった。

「いや、今日は蒸すねぇ。これから赤坂で人と会って毛ガニ喰う約束があってさ。一度帰ってシャワー浴びなきゃ」

おっちゃんは、汗をハンカチでゴシゴシ拭いながら、ガードレールのほうを見た。

ヤクザ者たちはもう眼前をタイヤがこすろうと、ひとりも声を上げない。風に押され、反動で戻り、偽装のゴミと同化した四人の頭はきれいに揃って、ただ揺れ動いているだけだった。

おっちゃんは吾郎たちに向き直り、それぞれの顔をしげしげと眺めた。あたりはすっかり暗闇に包まれていた。

「どうやらもう、気が晴れたようだね」

吾郎は「はい」と答える。奈央子はそっぽを向き、ヨシアキは深くうなずいた。ヤクザ者も懲《こ》りたろう、真ん丸くうずくまるツネオ以外、誰もがそう思った。

「じゃ、次来た車で弾《はじ》くよ」

「……え」

おっちゃんは、下りカーブの先でハザードをつけていた車列に、先まで移動してUターンするよう伝える。それから、けっこうな勢いで転がるんだよ、コレ、と自分の頭を指した。

「バンパーにはさまるとさ、抜くとき潰れてなかなか落ちないんだよね、ヒトの脂《あぶら》って」

不思議な空気だった。

吾郎たちを除く全員が、まるでそれがアタリマエだというように、次に走ってきた車で人を殺す支度にかかっている。遠くの車列から一斉にエンジンがかかる音がした。会話が耳に入っているヤクザ者たちも、ごくアタリマエに、それを受け入れる覚悟はハナからあったかのように静まり返ったままだ。

吾郎は唾《つば》を飲み込み、それからおっちゃんに訊ねた。

「奴らを、殺すんですか」

「えぇっ！　もちのろんさ。じゃなきゃ、いつか私たちが順番に殺されるよ。この子たちだってヤクザの端くれだもん、命が助かったら今度は底なしの復讐さ！　なあ、お前さんたち」

訊かれたヤクザは四人とも、うんともすんとも言わない。

まずはそうだなぁ、とおっちゃんは独り言のように話す。

「最初キミたちが目にするのは、首のなくなった愛犬や愛猫かなぁ。次に、雑木林や廃工場からさ、身も心もズタズタにされた妹さんや恋人が発見されるんだ……」

Uターンしてきた車列のヘッドライトが、吾郎の目を射抜く。パンッ！とまるでストロボがたかれたように、理恵子の顔が思い浮かんだ。

「……復讐に燃えるキミたちの生活は、荒れてゆくだろうねぇ。そのうちにさ、お父さんが車に轢《ひ》かれて、お母さんは首吊り自殺、で……」

ごっくんと生唾を飲む。

「キミたち自身がもう一度、覚悟を迫られる。どっちかが先にあの世に行くまで、ずっとこのくり返し――」

「…………」

「オイオイ、吾郎くん、しっかりしてくれよ。はじめた者が終わらせなけりゃ、落としどころを選ぶ権利は相手に移っちまうんだぞ。まして相手は玄人《くろうと》だ。キミたちは、見栄《みえ》を張るのが商売の奴らから、その見栄を剝《は》いじまったんだ。殺《や》らなきゃ殺られる。そう覚悟を決めて、ズタボロにしたんじゃないのかい？」

車列は、吾郎たちを通り過ぎてすぐに停まった。テールランプがあたりを赤く照らし出す。

吾郎は言葉を失った。ヨシアキは唇を噛み、ツネオはまたしくしく泣き出した。その三人に、おっちゃんはシャツを脱いで丸めるよう指示する。

「次のヘッドライトが近づいたら、三人してシャツを走ってきた車の前に放り投げるんだ、ポイって。車列の陰から飛び出したそれに、ドライバーは慌てて左にハンドルを切る。で、そこにある段ボールや枯れ草の山をポンって撥《は》ねる。で、おしまい」

吾郎たちは動けなかった。おっちゃんの言葉は理解できるのだが、人の匂いのしないセリフが咀《そ》嚼《しゃく》できない。

「どうした？　なんか引っかかるかい？」

車列のエンジンが切られた。暗闇と静寂が、吾郎たちにのしかかってきた。

「あー、ドライバーの心配してんのか。だいじょぶ、だいじょぶ。車が凹んだり傷がついたら、あとでちゃんと弁償するさ」

なぁに簡単さ、ほれっ。さあ、早いとこ帰ろうよ、ほれっ。

急かされ吾郎は血でドス赤く染まったシャツを脱ぐ。次いでヨシアキとツネオも、脱いで丸めた。息を潜める。ツネオの嗚咽《おえつ》が耳につく。

まもなく、一台の車のエンジン音が近づいた。

「準備はいーかーい？」と、おっちゃんの大声。

近づいてきた車のヘッドライトの光が路面に伸びる。ガードレールの下、四つのゴミの山がヘッドライトに照らされた。そのときだ。

「キャッ」と、奈央子が鋭く叫んだ。

ビクッとして声の方向に目をやり、その視線の先を見て、吾郎は息をのんだ。

ゴミの山の中に、ヘッドライトを見つめる目があった。ひとつじゃない。力のない目が並んでいる。どれも濡れているのか近づいてくる光を反射して、鈍くかがやいていた。

ヨシアキもそれを見たのだろうか。奴の「クッ！」とのどを締める音が、隣から聞こえた。

「い・ま・だ・っ！」

おっちゃんが声を張る。

血と汗のしみたシャツを握る手に、力がこもった。

――殺らなきゃ殺られる。

――理恵子……。

かび臭い覚悟が、すうっと吾郎の頭をよぎった――。


リアシートの養生用毛布をめくった。

北川は、かすかに身じろいだ。目隠しを外す。吾郎をにらんだのか、ただ差し込む太陽光がまぶしかったのかわからない、北川は、目を細めて見上げた。

その目を横に流し、さらに訝《いぶか》しげに細める。

ぬっとツネオが首を伸ばし、北川をのぞき込んだのだ。

「紹介しときます。俺の旧《ふる》い……先輩の、ツネオさんです」

ツネオが照れくさそうに笑った。

無言で、背筋をしゃんと伸ばして笑った。

―二十―

――こんな場所、車が通るのか？

車がすれ違うこともままならぬ林道だ。片側は遠くに工業地帯がうっすら望め、崖下には深い雑木林が広がる。もう片側の赤っぽい土がむき出しの斜面では、土砂災害防止の補修工事を行っているようだ。

その道路わきの広いスペースに、掘削機が一台置いてあった。掘削機の先にヨシアキの軽トラは停まり、そこに吾郎もステーションワゴンを並べた。車を降りる。土埃が立ち込めた。ツネオに、北川を後部座席に座らせておくよう頼んだ。

「カーブでなくて、よかったんすよね」とヨシアキ。

「ああ」

直線路のわきには、すでに穴が掘られていた。吾郎はその穴の中にゆっくり下りる。

(少し深いな)

ヨシアキの手を借りて這い上がった吾郎は、穴の側面、路面から三十センチほど下に、ザクッとスコップを入れる。

「どうするんすか?」

「腕をな……。奴を穴の中に立たせて、前に伸ばした両腕を路面に埋めたいんだ」

喋《しゃべ》りながらもザックザックと削《そ》いだ土を、次々と穴の中に落とす。

北川は殺さない。死ぬかもしれないという恐怖心も必要ない。ただ、机をバンバン叩いた奴の両腕は、潰すことになるかもしれない。

(こんなもんだろう)

吾郎はもう一度穴に入り、高さを確認しながら両腕を伸ばしてみる。北川を連れてきてもらえませんかと、ツネオに呼びかけた。北川を後手に縛ったロープを一度解き、あらためて胸の前で縛り直す。ジタバタと抵抗した。北川らしくなかった。三人がかりでゆっくり穴の中におろす。土は返さない。そのかわり身体が動かないように、背中側に養生毛布を詰めた。

「なんだよ、これはよぉ……」

口が自由になった北川の、第一声がこれだった。吾郎はもう余計な口を利かない。ヨシアキに用意させたタオルを、路面を削いだ部分に重ねてゆく。

タオルを重ねた上に、抵抗する北川の両腕を踏んで押さえる。これもまた、ヨシアキに用意させた一メートル×二メートルほどの錆《さ》びた鉄板を、両腕の上に載せた。北川の叫び声が土煙の中に響く。腕はすっぽりタオルに沈み、鉄板は路面に浮かなかった。

(古いタオルでいいって言ったのに、ふかふかじゃねぇか)

もう一度鉄板を持ち上げて、北川の腕の下にタオルを三枚追加した。鉄板を戻す。今度はそれが路面から一センチほど浮いた。これでいい。ドライバーが驚かぬよう、北川の頭に大きなブリキのバケツをかぶせて隠した。

北川は、バケツの中でわめき続けた。

あっと吾郎はもう一度、バケツをどかす。死に物狂いで抵抗する北川の目に、池田から勝手に拝借してきたスイミングゴーグルをつけた。なにかのはずみにバケツが転がったり浮いたりするかもしれない。あのときのヤクザ者の、潰れた目を思い出した。

「よお、車なんか一台も通らねぇじゃん!」

ツネオが叫んだ。

北川を埋めている間、車は一台も通らなかった。辺りは完全な無人だ。ほかに適当な場所がなかったんすよ、とヨシアキが言ったそのときだ。どこからか、エンジン音が近づいてきた。

離れて固唾《かたず》をのむ。バケツに隠れた北川は口を閉ざした。前をふさがれ、何事が起こるかわからないのだろう。

不自然極まりない光景だ。特にバケツだ。だがもう間に合わない。白いワンボックスが近づき、そして鉄板を踏み越える。

「！」

ワンボックスとともに、三人、いや四人の緊張が過ぎ去る。

鉄板は、タイヤの接地音を拾ったきりだった。

ふたたび鉄板を持ち上げる。北川は這い上がろうともがいた。ツネオは立ちすくんでいる。思い起こした我が身の過去と、北川の今を置き換えたのだろう。もがく北川の両腕が留守のすきに、タオルをすべて外し、土の上に五センチ角の材木を置いた。

二本目を置く吾郎に、「一本ありゃ、腕はへし折れやすよ」とヨシアキが言った。

「折るんじゃない、潰すんだ」

ヨシアキも、言葉を失った。

一本目に平行して、もう二本置いた。

北川が、ようやく概要を理解して、口汚く罵《ののし》りはじめる。

「ふざけんじゃないぞ、おい。タカナシ！　おまえ、どうなるかわかってんだろうな。すぐに捕まるぞ、おい！　こらっ！――」

罵る声が、ブリキのバケツの中にくぐもって響いた。バケツを持ち上げる。なにかされると思ったのか、北川は肩をすくめた。バケツに代えて、工事現場にあった赤いカラーコーンを頭にかぶせた。カラーコーンのほうが違和感なく、背景の工事現場に溶け込んでいた。

タオル数枚と両腕、鉄板を戻す。鉄板が二センチほど路面から浮いた。

しばらくすると、エンジン音が近づく。北川は罵り続けている。シルバーのセダンが鉄板を踏み越えた。

バンッ、バンッ！

前後のタイヤが乗るたび、路面を打つ鉄板。宙に舞う土煙。遠ざかるエンジン音。風にそよぐ雑木林の緑の音に、北川の甲高い悲鳴が混ざった。

折れたんじゃねえっすか？　ヨシアキが小声で言う。吾郎は答えない。ツネオは背中を向けていた。

鉄板を持ち上げると、北川が狂ったようにもがいた。見る限り、腕はなんともないようだ。

「なぁ、すまん。本当にあやまる。ゆるしてくれ、タカナシくん」穴から這い上がろうとしながら、懇願を繰り返す。「大江くんにちゃんとあやまるよっ！　あやまるからぁ。二度とあんな真似はしない、たのむっ！」

タオルを一枚追加した。「いやだ、いやだぁ！」と泣き叫ぶ北川は、瞬時たりとも腕を下ろさない。大の大人が、あの北川が、いやだいやだと泣きじゃくる。

吾郎の情が流れかけたそのときだ。

――はじめた者が終わらせなけりゃ、落としどころを選ぶ権利は相手に移っちまうんだぞ。

おっちゃんの教えが、頭をよぎった。

そうだ。もう、終わらせるまで終われないんだ。

ヨシアキとふたりで鉄板を立て、鉄板のへりで暴れるひじを押さえ、それからそおっと落とすことにした。だが、それも容易でない。北川は渾身の力で、腕を鉄板の下から引き抜こうとする。と、足が一本すっと伸びて、暴れる北川の両腕を踏み押さえた。ツネオが、冷ややかな目をしてそこにいた。

次の車を待つ間、ツネオが声を落として訊ねてきた。

「大江が関係してるのか？」

「俺の、問題です」

ツネオは、納得いかないといった表情を顔に浮かべた。

エンジン音が近づく。白い軽が鉄板を踏み越える。

バンバンッ！「ぐわぁっ！」

鉄板が路面を打ち、土煙が舞う。鉄板を持ち上げて、タオルを一枚ずつ増やして腕の位置を徐々に上げ、また鉄板を戻す。そして、車を待つ。――それをくり返した。

ゴーグルまでは必要なかったようだ。荒れた未舗装路は、北川の埋まる場所だけ鉄板で養生したカタチになっている。だからそこだけ、車は小石を横に跳ねない。しかし鉄板がずれる。なにかの拍子で鉄板が大きくすべったら、北川の首は折れる。そのときは、……それですべてが終わる。

途中でまた、ツネオが小声で訊ねてきた。

「なんで、このおっさんの両腕を潰すんだ？」

吾郎はツネオを連れて、北川から離れた。

「できれば潰す前に終わりたい。もちろんこれが本音です。でもその前に、このバンバンいう音と両腕の感触を、そいつの脳裏に刻み込んでやりたいんだ。これから先、この音と感触に、奴が震え上がる恐怖を感じるように」

ふうん、とツネオ。そう、吾郎にもそんな自信はなかった。

北川は泣きじゃくり続け、やがて泣き疲れると、効果的なタイミングを計って嗚咽した。どうしたらゆるしてくれるんだよ、もうわからないよと嘆いた。調子の悪いチェーンソーのような悲鳴は、ゆるやかに本物に近づいていった。

バンバンッ！「ギャーッ！」

白いＢＭＷが走り去ったあとの悲鳴を聞いて、ツネオもヨシアキも棒立ちになった。吾郎ひとりで鉄板を持ち上げようとすると、ようやく他のふたりもふらっと寄って来て手を貸した。

北川は、悲鳴のあと声を発しない。抵抗もない。本当に潰れたかもしれないと思いつつ、吾郎は奴の両腕を持ち上げて、また一枚タオルを足した。

鉄板を戻して、道路わきに身を寄せる。

「ヨシアキ」

「なんですか？」とヨシアキ。いつものように調子よく「なんっすか」とは言わない。

「ケンジんとこ、子供二人いるのか？」

「あいつんとこは長男が四歳、その下に年子の長女がいます」

「そうか。ずいぶんとみんなにご無沙汰しちまってる、ってワケだな」

「急にどうした？」とツネオが訊く。「なんでもないです」と答えるや、次の車が近づいた。

バンバンッ！「くっ……」

タイヤが鉄板に乗り上げた瞬間、空気が抜けるような唸り声が、カラーコーンの下から漏れた。車は走り去る。土埃が残った。

「そろそろ、さぁ……」とツネオかヨシアキどちらかが、弱々しく言う。

吾郎は聞こえなかったふりをした。

鉄板を持ち上げる。もう一枚タオルを重ねようと、北川の腕を取ろうとしたその瞬間だ。

ふわっと、北川が、自ら腕を上げた。自ら、だ。

吾郎は、北川の頭にかぶせてあったカラーコーンをそっと持ち上げた。顔も髪の毛も、耳もゴーグルも、土埃まみれの男がそこにいた。自分が情けなくなるほど、それはただの中年男の顔だった。

こんな、そこいらにいくらでもいる、くたびれたジジイ相手に俺は何をしているんだ？

悲しくてたまらなくなった。

北川は微動だにしない。あごにも眉間にも、余計な力はこもってない。あきらめた顔だ。――心の、折れた顔だった。

「ゴロー……」ツネオが言う。

「ゴローさん」とヨシアキ。

十六年前とおなじだ。

おっちゃんの掛け声が、時を越えてあの夜から、風に届けられたような気がした――。


「い・ま・だ・っ！」

おっちゃんの迫力ある声に、びくっと身体が反応する。そして、……車が遠ざかる。

誰ひとり、対向車線めがけてシャツを投げることはできなかった。ツネオとヨシアキが、交互に吾郎の名を呼んだ。

そのとき、ほんのかすかだが、四つ並んだヤクザ者の頭の間から、すすり泣く声が聞こえた。

おっちゃんを見た。おっちゃんは闇の中でふっと微笑《ほほえ》み、それから人差し指を顔の横でクルクルと回した。

車列の最後尾にいたバンのエンジンがかかる。バンはゆるゆると他の車を追い越したところでUターンし、埋められたヤクザ者たちをヘッドライトで照らして停まった。

「さあ、キミたちの手で、穴から出してあげるんだ」

おっちゃんの言葉に、まるで催眠術をかけられたように吾郎とヨシアキは、彼らをひとりずつ穴から引きずり上げた。バンのヘッドライトに照らし出される中、みな声を失うほどにひどい怪我を負っていた。もちろん吾郎たちのやったことだ。しかし、人の命をうばうことなど到底無理だと悟った今見れば、それは惨《むご》すぎる姿だった。

道端にへたり込んだヤクザ者たちは口々に、「すまない」「ごめんな」と声を震わせ、ほろほろと泣き崩れた。

「ほら、ナオちゃん、ほれ」

奈央子がおっちゃんに尻を叩かれる。渋々と、渡されたタオルでヤクザ者たちの顔を拭い、衣類の汚れを払い落とす。そんな奈央子に四人はうつむいたまま「ありがとう」を言い、「すまなかった」とさらに深く頭を下げた。

さあ、みんなこっちおいで、とおっちゃんが手招きする。ふわふわとした心地で、吾郎たちは集合した。

「さっ、帰ろう」

「え？」

「ん？」

「あとは……」

「毛ガニ？」

「いえ、彼らはどうするんですか？」

覚えておきなさい、とおっちゃんは言った。

「人を人に返すには、いちど今ある心を折ってやるんだ。彼らは心を折られ、そしてキミたちによって救われた。キミたちに感謝した。人に返れたんだ。次は……人の道のリスタートラインをまたぐ、それだけさ」

「いつ、彼らの心が折れたんですか」

「あっはっは。吾郎くん、キミは彼らの心が折れた瞬間を、ちゃんと見抜いてるじゃないか」

「いえ、俺にそんな……」

「〝クズどもが〟って電話で言ってたキミが、今は〝彼ら〟って呼んでる、そうだろ?」

おっちゃんはもう一度、わっはっはと大笑いした。さあ、今日はおしまい、おしまい。そう言いながら、背中で吾郎たちに手を振った。

吾郎たちは来たときと同じワンボックスで送ってもらい、都内の病院前で降ろされた。降りた途端にひざから力が抜けたツネオに、奈央子とふたりで肩を貸した。

なあ、とふたりの真ん中でツネオが言う。

「あのさ、ヤクザ、ひとり足んなかった、よね？」

今この瞬間、木村という男はもう、この世にいないかもしれない。それを確かめ合うのが怖かった。忘れたい、いや、忘れなければならない。吾郎も奈央子もヨシアキも、そこには触れたらいけないと思っていた。

「あれ？　気づいてたの俺だけ？　ホラ、木村って呼ばれてた元デカが――ングッ！」

奈央子のひじが、ツネオのみぞおちに喰いこんだ。

それから三年後、おっちゃんは他界した。胃がんだった。


北川のゴーグルを取る。汗か涙かわからないが、そこに溜まったものが零れ落ち、ほおの土埃を黒く染めてあごから滴《したた》った。

吾郎は必死に嗚咽を堪えていた。情けなかった。自分が、とことん情けなかった。

帰り道は、ツネオに運転をまかせた。北川は薄汚れた顔でリアシートに座り、右の窓の外を眺めていた。疲れ果てた顔だった。思いつめた目だった。吾郎は助手席から左の窓の外、緑の山を見つめた。

――なんだったんだ……？　最後の最後、先に心が折れたのは、俺のほうだったんじゃないのか？

「クッ！」だらない、本当に下らない。

「チッ！」クショウ、ちくしょう、畜生。

——和也。理恵子。……母さん。

館山自動車道・君津ＩＣを示す右折標識をくぐった。

「ツネオさん」

「え？」

「そこで停めてください」

車はゆっくり路肩に寄って停まった。車を降りた吾郎は腰を折って屈みこみ、運転席のツネオに言う。

「けじめですよ」

あごでひょいと、通り向かいを指す。

ツネオはそこに派出所を認めると、息をのんだまま固まった。北川は、小学生たちと戯《たわむ》れる若い警察官をじっと眺めていた。

「じゃあ」。吾郎は、前歯を合わせたまま強引に口元を突っ張り上げて、不細工な笑みをこしらえた。

バンッ！とドアを閉める。

北川が、その音にびくっと身体を震わせた。

派出所の前、二十代前半とおぼしき警察官が、近所の子供たちと戯れていた。立番中《たちばん》の警察官に、交互にちょっかい出してはクルクル逃げ回る子供たちの、黒と赤のランドセルが跳ねる。和也とちょうど同い年くらいか。

あたりに高い建物がないせいか、空が広い。

空の青の下、子供たちの甲高い笑い声がひた悲しく胸を打った。

痩せた男の子がひとり、吾郎に気づいて警察官の制服を引っ張った。不安げな眼差《まなざ》し。そうか。そりゃそうだ。こんな土汚れのひどいスーツ姿の男は、見たことなくて当然だ。

こちらに目をくれた警察官はつまみ上げた黄色い通学帽を女の子に返し、気まずそうに制服のすそを直した。

「ど、どうかされましたかぁ？」

吾郎はふうーと一度息を吐き、あらためてほぞを固める。

「人を、人を無理やり連れ去って、暴行を加えました」

「……やられたほう？」

加えましたって言ってんじゃん、と、やんちゃそうな男の子が言う。吾郎と目が合いエヘッと笑った。たったそれだけで、少し救われた気持ちになった。

「どこで？　あなた名前は？　って誰に？　喧嘩じゃなくって？」

「とりあえず、中で話をさせてもらえませんか」

耳をそば立てていた女の子がプッ！と吹いた途端、警察官の顔が赤くなった。彼の案内で派出所に入る。

「で？」

「人を無理やり連れ去って、暴行を加えました」

「その先」

「自首しに来ました」

「んな先じゃなくって、あいだの中身を詳しく……ん？　表でおいでおいでしてんの、あなたの連れ？」

吾郎は外に振り返り、それから「被害者です」と返した。

なんだありゃ……と警察官がひとりごちる。反対車線に停車した車の横に、北川が立っていた。手を振りながら、何か叫んでいる。警察官が立ち上がって引き戸を開けた。ひんやりした風と一緒に、「高梨くん急ごう！」という叫び声が届いた。

「高梨くん行こう！　大江くんのところ！」「高梨くんっ！　おいっ！　飛ばせば間に合うから！」

腕時計を手で叩きながら、北川は叫んでいる。

――汚いおっさんだ。上から下まで土まみれ、ところどころ涎《よだれ》だか涙だかで濡れて泥になってべっとりだ。おいおい、手を振るたんび、身体についた土が風に舞ってるじゃないか。まったく、汚い、ただの、おっさんだよ……。

「間に合いませんよね」吾郎が問う。

若い警察官は北川の様子を静かに見つめたまま、「間に合いそうだよ」とつぶやいた。

―― 二十一 ――

「ツネッ……」と車が宙を飛び、

「オっくん！」と着地する。

北川が後部座席から呼びかけるも、ツネオの耳には入らない。こんなことなら居村を呼ぶべきだったと、吾郎は後悔した。

ツネオの運転は危険極まりない。今があるのは、避ける技量のある他のドライバーさんたちに恵まれ続けているからだ。

「ツネオさん、安全運転で」

「いや、俺の、俺のせいだから」

ツネオは飛ばすだけ飛ばして曲がりきれず、二度大回りしたうえに三回道を間違えた。

ＥＴＣゲートが、ステーションワゴンを撫でるように避ける。ツネオは右半身を棒のように突っ張り、アクセルを踏み切った。それでも足りないのか、んぐぐ……と口で唸り足す。

吾郎の携帯は、とうに電池切れだった。ツネオの携帯で大江にかけまくる。電源が入っていないだの、電波が届かないだのと、アナウンスの女性の面影が目に浮かぶほど呼び出し続けた。

耳に当てた携帯が熱い。ピッという操作音が充電池の悲鳴に聞こえる。吾郎は携帯を耳から浮かせて、遠い空を見た。

空を見て、思い立った。

「北川さん」

「…………」

「北川さんは、入道雲がぐんぐん迫ってくるのを見たことってありますか?」

北川は、吾郎と反対側の空を見つめていた。「ないな」とあっさり答えた。「雲も月も太陽も、動いたためしがなかった」窓の外を見たまま独り言のように続ける。

「私だけが動いていた。私が動いていたから、雲も月も太陽も、動いて見えるだけだと思い込んでいた」

立ち止まって周りを見渡すゆとりに欠けていたのだ。自分も同じだ、と吾郎は思う。同じ速さに並んで歩めば、和也が自尊心を構築する一歩一歩がまざまざと見えたはずだ。調子よく振る舞い、理恵子のやさしさを器用さに欠ける結果だと見下してさえいた。母に対しては、受けた愛情の返済方法を探っていた。

雲も月も太陽も動いている。和也も理恵子も母も、大江も、きっと北川も、それぞれのカケガエナイ何かを中心に動いている。

んんー、と身体を伸ばしたあとで北川が言う。

「明日あたり、公園の芝生の上にごろんと一日ひっくり返って、何がどう動いているか、自分の目で見て確かめるか」

ルームミラーに、男の柔和な目が映った。はい、と目で答えた吾郎はその男が自分の知る北川と結びつかなくて、なんだか照れくさいようなむず痒《がゆ》さを感じて、すぐに目を逸らした。

日本テクチャー社の前には、北川が大江に指示した時刻より三十分以上早く着いた。

「よお」とツネオが言う。

「みんなジロジロ見てくじゃねぇか」

「ええ」

高層オフィスビルが、吾郎たちの乗った車を覆い隠すように取り囲む。均等なガラスがはめこまれたビル群は、３Ｄグラフを思わせた。いくつもの太陽がそこに映り込み、本物の太陽はひとつもない。その下に、同じ格好をした人々が同じ歩幅で列を成す。音がない。人はしゃべらず小鳥はさえずらず、街路樹はそよがない。ただ黙々と、コンクリートの街中を顔のない人々が流れる。

そんな中、土まみれの北川は、車の外に立って大江を待つ。何事かと視線を送る通行人を、気にかける素振りもない。どこから現れるかわからない大江を、四方を見回し立ち位置を変え、土を汗やらなんやらで泥水に変えて顔に流してひたすらに待つ。

「なんでよ、あのおっさんは街中で、水泳用ゴーグルかけてんだ？」

ハンドルにもたれながら、ツネオが訊く。

助手席の吾郎は、池田に額を叩かれ眼鏡を落とした北川のことを説明した。

「たぶん、池田さんのゴーグルは度付きなんでしょう」

「眼鏡代わりって、プールじゃまっすぐ前しか見ないからアレでいいけど、人探しにゃ向いてないべ」

北川の思考は今、平坦なのだろう。

「ゴロー。気になることがまだあるんだ」

「はい」

「お前、ヨシアキと別れるときさ、『奴らに世話になったと伝えといてくれ』って言ったろ？　奴らって誰だよ」

「あんな林道に都合よく次々と車が走ってくるの、不自然でしょ」

「なるほどね、そーゆうことか」

「はい」

ツネオはなるほどねぇ……とつぶやき、しばらくハンドルを叩きながらリズムを取って、それから堪《たま》らずもう一度口を開いた。

「なあ、今夜眠れない、ちゃんと教えて」

「あんな山ん中、走ってくる車すべて『練馬ナンバー』でした。ヨシアキに声をかけられた後輩連中でしょう。みんな顔を背《そむ》けてたから、誰が誰だかわかりませんでしたが」

ひとりだけヨシアキの言いつけを守らず、吾郎にアホ面をさらしたのが、ケンジだった。ケンジの白いＢＭＷには、チャイルドシートがふたつ装着されていた。

「ツネオさん」

「ん？」

「普通に戻していいですか、しゃべり方。俺、スンゲェ居心地が悪いんだけど」

「ぶっ、ぶぁっきゃろう！　今が普通のしゃべり方だろうがっ！　誰様のおかげでうまくいった？ふたつ下のお前は、一生俺よりふた――」

「来《き》たな」

「誰が汚《きた》ねえん……え、大江か？」

大江は、道の反対側で信号が変わるのを待っていた。ツネオが窓を開け、「おっさん、あそこだ！」と指差した。

北川は、「大江くん！　大江くん！」とくり返しながら、信号目がけて走りだす。ゴーグルをはめた泥だらけの中年男のダッシュに、大手町の人の列が崩れた。

ビルとビルのすき間に、太陽が顔を出した。

なんだかみょうに眩《まぶ》しくて、吾郎は、目線を車内に戻した。

「さ、行きましょう。きんきんに冷えたビール、ゴチになります」

「ゴチはいいとしてよ、このまま奴ら放っといていいのか?」

ツネオならではの気配りのなさに吾郎は苦笑する。吾郎には、せめて大江の前ではキープしておきたい〝男の意地〟がある。北川の手が大江に差し伸べられるシーンを頭の中に描いただけで目頭が熱くなる吾郎は、一刻も早くこの場を離れたかった。

——男として守らなきゃならない意地を、とうにかなぐり捨てたおまえは……、

「ツネオさんは……マジ尊敬に値するわ」

ツネオはフッと満足げに笑い、深く座りなおしてアクセルに足を載せた。「いつも素直にそう言やあ、いいんだ」

— 二十二 —

母が息をひきとったのは、それから二週間後のことだった。

理恵子から母の容態急変の連絡を受け、吾郎はすぐさま会社を飛び出した。病室に駆け込んで一時間後の午後十時、母は、静かに息をひきとった。

兄妹から一歩下がってすすり泣く理恵子と和也に、吾郎は、母の枕に近い場所を譲った。和也は終始仁王立ちしていた。それが今の彼の、素直な悲しみの姿だと映った。

死因は誤嚥《ごえん》性肺炎だと、古閑先生から説明を受ける。でも、そうじゃない。母の芯にあるものが、そうなることを望んだ結果なのだ。周りがあてがった命を拒絶する母の厳《おごそ》かな心が、永眠を選択し、その通りに運んだのだ。

母の尊厳は、母になく自分にある——。

とんだ暴論かもしれない。しかし母から、命と真摯《しんし》に向き合う時間を拝受した吾郎はそう思う。それが、強《し》いられた延命期間を過ごした母に、強いた子供が《生き方》で示し、尊ぶという宣言である。

通夜は翌夕、母の家から程近い斎場で執《と》り行った。

神妙な顔つきでやってきた大江は、「大変なときに、いろいろとごめん」と、吾郎と理恵子に頭を下げた。いい皮肉を思いついたがそれより早く、理恵子が「大江さんのおかげでいい、いい心具合で、お義母さんを送ることができたんですよ」と感謝の気持ちを伝えた。

大江は、意味がわからないといった顔をした。

と、そこへ、ヨシアキと奴の母親が来てくれた。

明るく微笑む母の遺影に、目にいっぱい涙をためて何やら話しかけるヨシアキの母親。見舞いを固辞した母の気持ちが、なんとなくわかる。ヨシアキの母親の思い出の中に美しいまま収まりたいと願ったのは、母のわがままか、それとも思いやりなのか。——人の記憶の中にどう生きてゆくか、遺影の中の微笑みに、それぞれが答えを探せばいい。

吾郎はこう思う。母は、初見で物言う前にほおを張ったヨシアキの母親の心の中で、いつまでもあの日と同じように毅然《きぜん》と立つ。そう願い、それを叶えたのだ。

不良をまとめるリーダーの母親と、そのグループが引き起こした乱闘騒ぎで夢を絶たれた息子を育てた母親。そのふたりがどのようにして心を開きあい、信頼しあえる間柄になったのか、その物語を吾郎は知らない。自分の知らないところにある母の人生が色濃いほど、救われた気になる。心からそう思う。

「ケンジの奴、喜んでました」

と、ヨシアキが言う。

「何を?」

「ゴローさんの役に立てたことと、赦《ゆる》してもらえたことッス」

「おまえは人がいいな」

「いやぁ」とヨシアキははにかむ。

「まったくほめてない。バカだ、と言ったんだ」

ケンジはその昔、ヨシアキの夢を絶った張本人だ。そのヨシアキが、吾郎と後輩連中との手打ちを計るうちにケンジと打ち解けたと聞き、「おまえは人がいいな」と言ったのは、いつだったろう。

「ケンジは、仕事なにをやってるんだ?」

「なんと弁護士ッス」

「介護士かぁ」

「あ、ワザと聞き間違えたフリしたでしょ」

吾郎がケンジを赦す日が、ずっと果てまで遠のいた。


通夜ではツネオが一番泣いた。

いいお母さんだったと号泣し、ゴローには俺がついてるからと真っ赤な目で余計なことを言い、辺りを怪しげにうかがっては「奈央子ちゃんはオレが守る」とほろほろ泣いたらしい。

そんなツネオにとって、通夜ぶるまいはこの世の春だった。

見る目がない親類は、ツネオの堂々たる立ち位置に、「奈央子ちゃんの旦那《だんな》さんかい?」と、真顔で訊ねたそうだ。訊ねられたほうのツネオはというと、「まあ、追い追い」などと肯定と取れる物言いをする始末だった、と耳にした。

もてなしの席半ば、吾郎はツネオの春にピリオドを打つべく奴に耳打ちする。

「あそこにいる奈央子の事務所の社長がさ、ツネオさんの店のことを知りたいらしい」

「ほおう」

偉そうに答えるツネオは吾郎と共に、その男の元へ向かう。

「木村社長、この男、覚えてますか？」

吾郎のひと言に、ツネオは小首をかしげる。男の顔を覗き込んだ。——そこで、ツネオの短い春は終わった。

「おお、あのときの！　たしか……」

「ヨヨヨヨシアキです、ヨシアキと申します」

吾郎と元刑事である木村社長は、ほんの一瞬目線を交わした。

「そうだよ、思い出した。ヨシアキくんだ」

「でででです」

「脚の具合は？」

「たったたまたまに、痛いことがあるとももも申してあります」

「たしか……気を失った吾郎を救おうとして、俺の顔面をささくれたバットで刺した子だよな」

木村社長は自分の顔の傷あとを、人差し指でジグザグになぞりながら言う。

「ちちちちーちーちがちがうッス。じじじ自分は、ただ、きききき木村さんをうしろから、うしろから支えてた者でありまッス」

「ほぉ、じゃあ俺は、キミの世話になったわけだ、な?」

呂律《ろれつ》が回っていないツネオの唇のすき間に、泡が見えた。

「木村社長、ヨシアキくんは早々と限界です」

もういいだろうと、吾郎は助け舟を出す。

「そうか、じゃあまたあらためて。おっと、そうだ、ヨシアキくん。ツネオって野郎の店は、どこにある何て店か知ってるかい?」

血の気が抜けた人の肌はこんなに蒼くなるんだ。そう吾郎が感心していると、蒼い顔が最後の力を振り絞る。

「し、しば……しばこー、志賀高原の、ア、アンプ……ランプ堂です」

木村社長は、こりゃまたずいぶん遠いところにあるんだなぁ、とニヤリと笑い、「芝公園の『アンプラグド』で聞き違えないよな?」と念押しした。

ツネオはグッ!と言ったきり、口を押さえてトイレに走った。もちろん片脚を引きずる芸の細かさなど、見せるゆとりがあるはずもなかった。

「ンゴゴゴゴゴロー」

トイレから出たツネオは、廊下で吾郎を呼び止める。

「ゲロを流した音なんか、知りたかないですよ」

「あっあっあのひと、あの人……なんで、なんで……」

「なんでここにいるかって質問？　おっちゃんがね、拾ったんですって」

「ひひひひ拾ったって……ダダダメでしょぉー拾っちゃあ！　なななんであんとき……」

「おっちゃんが殺さなかったか？　殺されなかったワケを、本人に訊いて来いよ」

「ンゴゴゴゴローくんっ！　差すな、指差すなって！」

「顔の傷、残っちゃったな」

「ああああんな場所に、ヨヨヨシアキの折れたバットなんかが……」

「ツネオ。下に行って、もうひとつ栓抜き借りてこい」

「わかった」

「ツネオ」

「なに？」

——なんでもない。


和也は、母の臨終の際《きわ》からほとんどずっと、口を真一文字に引いたままだった。うん、とか、ううん、とか、必要最小限にしか口を開かず、飯も満足に喰おうとしない。気疲れに目がとろんとしはじめた理恵子は、「お義母さんの葬儀で、明日の学芸会に出られなくなったからじゃない？」と言うが、そんな遠浅な寡黙には見えなかった。

そんな和也は、そのうち何かにつけて当たり散らしはじめた。

喰う気のない寿司にストローでジュースを垂らし、思うように行かないゲーム機を乱暴に放り投げ、悪ふざけが過ぎて親戚の男の子を泣かせた。そして、ビールを注ぎすぎて客のズボンを濡らしたツネオを指して笑い転げたとき、理恵子にほおを張られた。

和也は一気にワッと泣きじゃくった。

おいで。奈央子に肩を抱かれた和也の姿が見えなくなると、待っていたかのように理恵子の目に涙が光った。「昴ってたから」。そう言う理恵子を、そうじゃないさと吾郎はかばった。ハンカチで目の周りを押さえ、ほぉーと息を吐いた理恵子は、動揺を隠して会葬者たちへの酌《しゃく》に戻った。

吾郎は、母を偲ぶ酒の合間、たまに窓の外に目をやった。

満月に照らされた雲の群れが、夜空に異様にくっきり白い。もこもことした輪郭にぼおっと見とれ、流れを目で追う。追うといったところで、客に呼ばれれば客のもとに動く。あらためて見上げる空に先ほどの雲は見当たらない。子供を見る父親の目も、似たようなものなのかもな、と思った。

ふと、眼下でひらひらと蠢くものに気づいた。

奈央子が自販機の明かりの前で、「下りておいでよ」と、吾郎に手を振っている。もう片方の手で、和也の手を握りながら。「お義姉さんも」と言われたので、座をツネオに任せ、和也のコートを抱えた理恵子と共に外へ出た。

うつむいた和也は「ごめんなさい」と小さな声。それから黙りこんだまま、肩を上下してしゃくり上げはじめた。

がんばりな、和也。そう奈央子に背中を押され、ぐしゃぐしゃな顔を上げる。

「おばあちゃんが、病気に、なったのは、僕の、せいなんだ」

言い終えると、おーう、おーう、と腹の底から泣いた。

「なにを――」

……言ってるんだ、と微笑み語りかけようとした吾郎は、奈央子の殺気混じりの眼差しに射すくめられた。

「さ、和也。自分の口でママとパパに説明しな」

和也はたまに奈央子の言葉を借りながら、その理由を説明した。

「ぼ、僕、万引きして、……捕まっちゃったんだ」

五月の半ば、和也はバラエティーショップで万引きをして、保安員に捕まったという。

三年生になりクラス替えがあってから、和也は、新しい教室の中でイジメの対象になりつつあったそうだ。イジメの原因などわからない。いじめた方も、きっとわかっていない。

オレは弱い男じゃない。そう虚勢を張って、和也は自分自身を守ろうとした。「じゃあさ、……できんのか？」。やんちゃな男子たちは、万引きを仲間入りの条件として、彼に提示した。

このままじゃ、ずっとイジメられる。そう強く恐れ、和也は万引きを決行し、そして運良く捕まった――。

和也は一生懸命にしゃべろうとする。だけれど、どうしてものどが開いてしまい、おーう、と慟哭《どうこく》が先行してしまう。

息を整え、しゃくり上げながらも話を進めようとする息子の姿。しゃくるたび目からこぼれる見惚れるほど美しい涙。……吾郎は胸を打たれた。

「そのとき……ヒック、盗んだのが、猫のぬいぐるみだったんだ」

何かが欲しくて万引きしたわけではない。服の下に隠しやすくてゴツゴツせず、音を立てるでもないとして、ぬいぐるみを選んだらしい。

和也は、共働きの両親は家にいないとウソをつき、母の家の電話番号を保安員に告げたという。

理恵子が「どうして、おばあちゃんに来てもらおうとしたの？」と訊ねた。

「ママは、前の日、頭が、痛いから、明日、お医者さんに行くねって……ヒック、言ってたから」

パパは――、と和也は続けない。パパは？と理恵子も訊かない。吾郎の胸は、苦い気持ちでいっぱいになった。

駆けつけた母は、店長と保安員に何度も頭を下げた。和也が普段はとてもやさしいまじめな子であると、くり返し力説した。帰路、和也はたまらず「ゴメンナサイ」と泣いた。母は、しゃがむと彼の肩を抱いて、こう言ったそうだ。

「おばあちゃん、うれしいんだよ。ママもパパも知らない、和也くんとふたりっきりの秘密ができたんだもん」

和也が顔を上げると、母は買い取った猫のぬいぐるみを抱いて、本当にうれしそうに微笑んだらしい。

そして母が全裸でうずくまっていたあの日——。

着替え終えた母がソファーに座ると、入れ替わるように和也は寝室に向かった。最初に部屋をのぞいたとき、その白い猫のぬいぐるみを寝室に見つけたからだ。

それは、切り刻まれ散乱した衣類を見下ろすように、本棚の上に飾られていた。和也は、それをそっとデイパックに忍ばせた。そして理恵子が奈央子に連絡を取りに病室を離れ、吾郎がパイプ椅子に腰掛けた隙に、「なんでそうしたか、わかんないけど」、母に添わせたそうだ。


見上げる夜空に、くっきりと白く雲が流れる。

目をこすり上げる和也の小さな人差し指の先っちょから、涙がひとしずくこぼれ落ち、自販機の明かりに輝いた。

「だから……ヒック、だからおばあちゃんは、ヒック……万引きする子供のおばあちゃんだからって、町の人から嫌がらせされてるって、そう、思いはじめて……ヒック、病気になって……ヒック」

「ちがうよ和也。そうじゃない、ちがうよォ」

理恵子が、涙を左右に振りこぼしながら和也を抱いた。和也はその胸で、おーう、おーう、と号泣した。

いいか、和也、と吾郎。

「ぬいぐるみが置いてあったのは、仏壇の横の、大きな本棚の一番上の段、写真がいっぱい飾られてたところ、だろ?」

和也は、理恵子の胸で大きくうなずいた。

「あそこにはね、おばあちゃんのうれしかったときの思い出が、いっぱい並べられてたんだ。おじいちゃんとおばあちゃんの十和田湖旅行のときの写真。ママのウエディングドレスで作ったハンカチ。あと、まあ、……ピッピのお墓とか、奈央子おばちゃんのつまんない写真とか。そこにさ、嫌がらせの原因になるものを飾るか? 毎日、仏壇のおじいちゃんに挨拶するおばあちゃんが、このぬいぐるみのせいで私は……ってなもの、飾るか?」

和也はまっすぐに吾郎の目を見て、しかし号泣は収まらない。

「そうじゃない。おばあちゃんは、本当にうれしかったんだ。和也が自分を頼りにしてくれたことが、たまらなくうれしかった。だから、猫のぬいぐるみをいちばん目の届きやすいところに飾ったんだ。和也と心がつながってる、そう思いながら、ぬいぐるみを見て微笑んでた、そう思わないか?」

そうだよ、と理恵子。和也をぎゅっと抱きしめる。

和也は理恵子に埋まり、その中で息を整える。

「和也。お前のしたことぐらいで病気になっちゃうおばあちゃんだったらな、おばあちゃんは奈央子おばちゃんに三回くらい殺されてんぞ」

ぐしゃぐしゃな顔でよくわからなかったが、和也はちょっぴり笑ったように思う。その和也に、聞かせてやんな！というように奈央子が目配せする。彼は息を整えて「奈央子ちゃんは、『おばあちゃんは、悪さばっかりしたパパのせいで、心臓に生えた毛でニット帽が三つ編める』って言った」と、泣きながら笑った。

「兄妹よねぇー」

理恵子が和也に同意を求めながら、声を出さずに笑った。

時計を見る。十時近かった。

「そろそろお開きだな」

「お通夜って、そうゆうものじゃないわ」

「ツネオに『十時前にラストオーダー聞いて回れ』って言ってきた」

バカじゃない？と奈央子。

「そうだ。お前も明日、和也の学芸会に来いよ。女子の肌を見て、おのれの人生を考え直せ」

奈央子がなにか言い返そうとしたところで、「ちょっと！」と理恵子。

「明日は葬儀じゃない」

「午後からに変えてもらうことに、今した」

「無理よ、そんなこと。火葬場の予約だってあるし」

「和也。学芸会に出て、まだコッチにいるおばあちゃんに、小さな海賊の勇姿を見てもらう、どーだい？」

和也は、大きく何度もうなずく。私も観に行くわっ！と奈央子。な？　決まりだべ、と吾郎は、理恵子の顔を覗いた。

「母さんも楽しみにしてたんだろ？　学芸会を観たあとなら、火葬じゃなくてもいいだろう。そのまま土に埋められたって、川に流されたって、鳥に喰われたって文句言わな――グエッ！」

久しぶりに喰らった奈央子のマジ蹴りに、目の前に一瞬、母のにがにがしい笑顔が浮かんだ。

―― 二十三 ――

二年生の劇が終わった。

舞台を仕切り直す間のざわめきの中、「ねえ」と理恵子が言う。

「ピッピのお墓、元は本棚の上にあったの？」

「きっとニワトリになって飛び降りて、自分で仏壇の引き出しに隠れたんだな」

「そんなことよりアレを返しな！」奈央子が凄む。

「アレって……なんのことだ？」

「じゃ、もういい」

「ああ、アレのことか？　裸の女が得意げに――グッ！」

――なんで、こんな至近距離からのパンチが痛いのだろう。空手か？　まあいい。母の本棚には、奈央子が二十歳ごろに撮ってもらったらしいヌード写真が、奥の方にひっそり飾られていた。当時奈央子が「きれいでしょ」とかなんとかぶっこいて、母に贈ったのかもしれない。

吾郎はそれを、母が倒れたあとに父の仏壇に手を合わせに行った際、初めて見たのだった。

「返して！」

「ツネオに売った」

――絶対に返さない。ようやく握ったこのバカ女の弱みだ。

「返しなさいよ！」

「シーッ！　はじまるわよ」


ほの暗い中、ポップ調の洋楽が流れる。

透明感のある歌声で、曲名もアーティスト名も吾郎にはわからないが、躍動感ある愛らしい曲だ。

幕がゆっくりと上がり、場内から拍手が起こった。

舞台には、大きな海賊船が模《かたど》られていた。そのうしろに小さな海賊たちが十人ずつ二列、二十人が乗り込む。みな白いランニングで、頭には青いバンダナを巻いていた。

吾郎はぐるりと子供たちの顔を見回した。一体どいつとどいつとどいつが和也をいじめてるのか、ひねくれたガキなんざひと目見りゃわかると見回した。でも、底意地の悪そうな顔をした子など、ひとりもいなかった。

昨夜、吾郎は和也に訊いてみた。

——で、今はどうだ、友達とうまくやれてんのか?

きつい質問だとわかっていて訊いた。理恵子が聞けば激怒するに決まっている。だから「もう遅いからシャワーで済ませて」と言った理恵子の言いつけを守らず、吾郎は湯船になみなみと張った湯で和也と顔を突き合わせた。

和也は、首を横に振った。でも吾郎から目線は外さない。

その力強い目に、野風増という単語が吾郎の頭を過ぎった。

お前が二十歳になったら……で始まる、あの歌のタイトルだ。理恵子に意味を訊かれてごまかしたあと、それを調べてみた。野風増とは、岡山県の方言で「生意気」とか「やんちゃ坊主」のことだそうだ。

和也の目はまさに野風増の目だ、そう思った。

——どうする、これから。

——もう、どうもしないよ。それがいいんだ、きっと。

——でもさ、パパによ、なんか力になれることあったら言ってみ。

和也はしばし間を置いて、「今は、いい」と言った。言って、〝心配ないから任せておいて〟といった覚悟を、真一文字に引いた口元に浮かべた。

和也の根性の据わった表情に、吾郎は思わず息をのんだ。湯にぷかっと浮ぶのは、昨日までの我が子の顔ではなかった。何かを吹っ切った、男の顔だった。

吾郎はそんなことを振り返りながら、舞台を眺めた。

物語の主題はどうやら、「そこをくぐれば誰でも幸せになれる、という伝説のゲートを探す冒険の航海」らしい。カモメに扮《ふん》した子供たちや海ガメに扮した子供たちが、小さな海賊たちにその場所を教えてくれる。が、どうも場所があやふやだ。

小さな海賊たちはひょこたんひょこたん、セリフを言う子が立ち上がる。どの子も同じように見えるが、和也だけはすぐにわかった。ひとりだけ顔を伏せ、青いバンダナしか見えないからだ。理恵子が「やっぱりちょっと無理だったんじゃない？」と言う。答えない吾郎の代わりに、大丈夫だって、と奈央子が返した。

舞台の上、海賊がひとり立ち上がる。

『おーい、向こうに島が見えるぞー！』

大きく右を指した。他の海賊たちが右を見て、オーッ！と叫び、こぶしを突き上げる。和也はひとり、顔もこぶしも上げない。

別の海賊が立ち上がった。

『おーい、敵だー！　敵が来たぞー！』

大きく左を指した。他の海賊たちが左を見て、戦えー！と叫び、こぶしを突き上げる。和也は上げなかった。

敵との戦いには勝利をおさめた。だが、勝利のあとで仲間割れが起こる。誰彼構わずいがみ合う海賊たち。

と、和也が立った。うつむいている。なにも喋らない……。

「和也」と理恵子がつぶやいた。

吾郎は、理恵子の横顔を見た。そこには昨夜とおなじ暗い翳《かげ》が差していた。

――なあ、キミは、学校での和也のこと、気付いてたのか？

――ちょっと元気がないな、くらいにしか……。落ち着いたら先生に状況を訊いてみるわ。

――いや、あの子にさ、任せてみないか。

そう言った吾郎にも、徐々に不安が押し寄せだした。

舞台の子供たちがてんでに和也を見る。心配そうに見る子もいれば、口を尖《とが》らせる子もいる。かずやくん、と声をかける子もいた。だが和也は、顔を上げようとしない。吾郎には、子供たちの心がさやさやと擦れ合う音が聞こえるような気がした。

――本人に気付かれないように、ちょっとだけ手助けをするのが親ってもんじゃない？

理恵子の言う通りなのかもしれない……。

物語の進行に間が空き、演出ではないらしいと会場がざわめきはじめたそのときだ。

突然だ。

『おーい！　入道雲だー！　入道雲がせまってきたぞー！』

和也は絶叫した。左右に両手を広げ、テノール歌手ばりに身体をそらして、そう叫んだ。

他の海賊たちが、びっくりしてちりぢりに空を見上げた。う、海が荒れるぞー！と声は揃わない。

それからなんとか気を取り直したふうに、隣同士肩を組んだ。

和也は何かが吹っ切れたように、そのまま正面を見据えた。

雷が光る。風が唸る。嵐の中で、小さな海賊たちは諍《いさか》いごとを忘れ、みな手を取り合い、右へ左へ大きく傾《かたむ》く船から落ちないように助け合った。

舞台はいちど暗転する。

ふたたびかすかな光に照らされた船の上には、二十人の海賊たちの円陣が組まれていた。みな疲れ果て、眠りこけている。が、となり同士握り合った手を離さない。羽の傷ついた渡り鳥たちが、甲板に舞い降りた。渡り鳥たちは一羽ずつ、海賊たちの輪の真ん中をすり抜ける。

ひとりの海賊が眠りから覚めた。徐々にみんな目覚める。彼らは、自分たちがこしらえた輪をすり抜けてゆく渡り鳥が、傷が癒《い》えて空に帰ってゆく様子を目の当《ま》たりにする。

そうか！　この輪が伝説のゲートなんだ。仲間同士で手を取り合ったこの輪こそ、幸せの入り口だったんだ！
音楽が流れ、みんなが歌う。
海賊はひとりずつ、仲間の輪をくぐる。カモメや海ガメも出てきて、輪をくぐる。

♪　空を見渡してごらん
夢はきっと叶うさ
海を見渡してごらん
未来への航路は　いくらだってあるんだ
クラウド・ナイン
自由な心が　今をもっとかがやかせる
自由を叫んで　飛び立つんだ　今
たくさんの喜びが　そこにあるから
フライ・ハイ
スカイ・ハイ
フライ・ハイ　クラウド・ナイン

きみと一緒に　その場所に行こう
みんないる　音楽がある　陽だまりの中へ
たくさんの喜びが　そこにあるから
クラウド・ナイン
フライ・ハイ
スカイ・ハイ
フライ・ハイ　クラウド・ナイン　♪

盛大な拍手の中で、舞台の幕は下りた。

拍手の鳴り止まない中でも、吾郎のむせび泣きは目立った。たまに幼い子のように、えーんと泣いた。ヒックヒックとしゃくった。

理恵子と奈央子が左右から、吾郎の肩を抱いて席を立つ。その、喪服姿の三人に、事情を知らない父兄はなんらかの裏があると見たのか、気の毒そうに見送った。

いそいそと体育館を出る。

「お義母さん、きっと喜んで観てたよ」と理恵子。奈央子は何も言わず、ぽんぽんと二度、吾郎の肩を叩いた。

だが、ちがった。吾郎の涙は、母を偲んでの涙ではなかった。湯船で和也から受けた質問の意図が、ようやくわかったのだ――。

和也はこの劇をやることが決まったとき、謂《いわ》れのないイジメに遭い、クラスの中で孤立していた。そして、挑発され万引きを決行し、補導されて親にも言えない秘密を持ってしまった。

そんなとき、たまたま与えられたのが、劇のクライマックスを盛り上げるセリフだった。

『おーい！　入道雲だー！　入道雲がせまってきたぞー！』

仲間の団結を促す取っ掛かりとなる重要なセリフだ。孤独感にさいなまれ、自信を失っていた和也は、劇中でこのセリフをビシッと決めることが、クラスの中での孤立を解くきっかけになるといった予感めいたものを感じたのだろう。

だから男らしく演じるそのヒントを、男同士と見込んだ吾郎に求めた。

――ねぇ、パパはさ、入道雲がぐんぐん迫ってくるのを見たことある？

――そりゃ、あるさ。

――えっ、ホント？　あのさ、空が暗く……。

和也は、空が入道雲に閉ざされて徐々に暗くなる様子に、イジメが謂れのないところから始まった恐怖を重ねたのかもしれない。その恐怖を男らしく跳ね返す勇気を、吾郎の経験から学びたかったのだろう。

しかし、あろうことか質《ただ》された吾郎はいちばん肝心なそのときに、和也の必死な問いかけを蔑《ないがし》ろにしてしまった……。

　明確な答えを得ないまま、和也はこの夏を過ごした。そして、大切な人との別れを迎える中で、自分自身で答えを導き出した。だから昨夜、まったくタイミングを失して手を差し伸べようとした吾郎に、「今は、いい」と、そう言ったのだ。

　今日、和也は大きく身体をそらして、あのセリフを叫んだ。空を指さなかった。だからみんなちりぢりに空を見上げた。突然の絶叫に、「海が荒れるぞ」という声も揃わなかった。たぶん練習でうまく運んだとおりのことを、和也はやらなかったのだろう。

　今は、いい……。

　友達なんかいなくたっていい。ひとりぼっちでいい。イジメるなら、イジメてくればいい。どんと来い！　和也は舞台上で両手を広げ、そう宣言したのだ。

　ここに至るまでの小さな心の葛藤を思った瞬間から、吾郎の、あふれ出る涙は止まらなくなってしまった。

　人間が避けることのできない死を迎えようとする祖母を気遣い、その周囲でおたおたする大人たちを気遣うなかで、和也は、自分自身を裏切らず正直に生きるという志の萌芽を手に入れた。それを男として、吾郎は褒《ほ》めてやりたい。親として誇りに思う。

　だが、喜怒哀楽を分かち合う仲間のいない毎日がどれほど切ないか、過去に仲間を失った吾郎は身にしみて知ってる。知っていながら、明日から始まるであろう辛い日々に、我が子を追い込んでしまった。

（母さんは今、どんな気持ちで俺を見ているだろうか。どんな……）

そのとき後ろから、体当たりを喰らう。和也が吾郎の泣きはらした顔を見て、無邪気にコロコロと笑った。和也は理恵子に叱られたけれど、つられて笑った吾郎はそんな息子の屈託ない笑顔に心底救われた。

（ありがとう。あのときはごめんな）

——今じゃない。ちゃんといい親父になって真っ向からそう言うよ。お前が二十歳を迎える前に、果たさなきゃならない約束だ。男と男の、約束だ。


葬儀には、北川の姿があった。

北川は、吾郎が事を起こした翌日に何気ない顔で出社して、周囲を多いに驚かせた。事を荒立てる算段にこそこそとすり寄った取り巻きを「あっはっは」と大声で笑い飛ばし、部内を凍らせた。

それから数日後、吾郎は北川に呼ばれた。

「さあ、これくらいでどうだろう。しばらく休ませてもらっても構わないか？」

ようやく吾郎には、事の翌日から出社した北川の真意がわかった。吾郎をはじめ、池田や野口にもお咎めがないよう何事もなかったことにするために、北川は会社を休むわけにはいかなかったのだ。

頭《こうべ》を垂れる吾郎に、北川は鞄と上着を手にして微笑んだ。「実はね、ごろんと空を眺めるのにいい芝生を見つけたんだ」

じゃあ。そう言って、会社をあとにした――。

北川と会うのは、それ以来だ。

葬儀が終わってぽつんとひとり佇む北川の元に、吾郎は真っ先に向かった。

「一昨日、宮川君の家を訪ねたんだ」

北川の第一声に、吾郎は言葉を失った。

北川は、ふっと笑って目を伏せる。

「行くべきじゃない、そう思った。このまま一生、顔を合わすことのない生き方が、私にできるたったひとつのことだ。それもわかっていながら、足が向いてしまった」

「……会ったんですか？」

北川は、力なく落とした首を左右に振った。

「家の前まで行ったが、……そのまま帰ってきた」

「それでよかったと思います」

宮川は、中野の叔父が経営するフィッシング・ロッドを製作する会社に勤めだしたらしい。吾郎は、宮川が釣りをやるとは聞いたことがないが、これを機会に始めるのも、きっと悪くない人生だろう。

そうだ、と北川が言う。

「来月の半ばあたり、田中君が本社に帰ってくるはずだ」

吾郎は、なぜです？という顔を向ける。

「ほら、前にキミに聞いてもらったろう。私は、老いた母をひとりA市に残してるって」

「はい」

「嘘なんだ」

「うそ？」

「母はとっくに亡くした。A市にいるのは家内と息子なんだ。息子は、……三年ほど家にひきこもっている」

北川の息子は三年前、大学受験に失敗した。来年に向けてもっと頑張れ。そう言う父親に、彼は「大学には行きたくない、じつは昔からパン職人になりたかった」と告白した。北川は、息子は失敗して怖気《おじけ》づいたと思い、きつい言葉でなじった。それ以来、引きこもってしまったのだそうだ。

「その息子がね、家内に用があるときは、二階の自室で床を踏み鳴らすんだ。ダンッ！とね。その音が聞こえるたび、私は縮み上がった。なにか恐ろしいことが起こるんじゃないかと」

「それで……いつもデスクを」

答えはなかった。北川は鼻をすぼめるように息を吸い、胸がいっぱいになると悲しげな表情を浮かべた。

「東京に転勤が決まってうれしかった。逃げてきたんだよ、私は」

北川の息子がパン職人になりたいと言ったのは、大学受験に失敗したときが初めてではなかった。子供のころからの夢だった。息子の語った夢を父親は聞き流したのか記憶になく、とにかく一流大学を出ろとだけ叱咤《しった》してきたそうだ。

「家内によると、私が昔どこかで買ってきた焼きたてのメロンパンがあまりにも美味《おい》しかった、それがパン職人を目指すキッカケだったと言うんだ。……まったく覚えてないんだよ、そんなこと。キミと話したね、車のなかで」

「――雲も月も太陽も、動いたためしがなかった。自分だけが動いていた」

「ああ。いい大学を出たわけじゃない、あくせくと働かなきゃ置いてかれる。そう思ううち、大切なことはすべて忘れてしまっていた。なんだかアレで吹っ切れたよ。無性に息子と、それから家内の近くにいたくなった。息子への土産《みやげ》にと書き溜めた、東京の名立たるベーカリーのテイスティング・ノートもいっぱいだ。炊いた飯と家内の作る惣菜が夢にまで出てくる始末さ」

北川は会社に転勤を願い出た。しかし聞き入れてもらえず、名古屋の関連会社に移ることになったそうだ。

あとのことは田中君に任せる、そう北川は言った。

「大江くんにどう償《つぐな》うか、その答えを探す時間をしばらくくれないか。そう彼に伝えてほしい」

北川の視線の先に大江はいる。奴も北川に気づいているはずだが、こちらに近寄ろうとしない。だがいつか、ヨシアキが俺を、そしてケンジを赦したような日、母とヨシアキの母親が親友と呼び合えるようになった日が、きっと北川と大江にも訪れる。吾郎はそう信じている。

北川は、周りを気遣い、「先に失礼させてもらうよ」と、出口に向かい歩みかけた。

「北川さん」呼び止める。「田中部長は帰ってきませんよ」

どうしてだ？という顔の北川。吾郎は、田中部長の奥さんの言葉を聞かせた。

「なだらかな頂から見上げる雲だって、そこでしか出会えない空にある。そこにしか咲かない花があって、そこだけに吹く風がある。人の誇りは、一歩踏み出したそこでしか出会えないものの中にもある」

「その言葉を持って、田中部長は中国に行かれたんですよ。風を感じて花の香りを胸にためて、見上げた雲を目に焼き付けるまで、帰ってきやしませんよ」

そうか……と北川は、穏やかな目を向ける。

「私ももっと深く、気持ちのいい芝生について考えてみないとな」

みんなによろしく。それから――言いかけて顔をしかめて鼻をつまみ、激しく左右に揺すった。宮川の家の前での様子が、目に浮かぶ。北川はそのまま何も言わず、軽く手を上げて去っていった。

吾郎は、別れの儀までのあいだ、泉谷と居村、大江の輪に加わり、〈地球〉と〈風〉と〈エネルギー〉について談義した。

合間をつくように、大江が言う。

「なあ。さっき、北川さんとなにを話した？」

「大したことじゃない」と吾郎。「そうだ、大江。まだ少し先の話だが、名古屋市内に一基売れたぞ」

「サボニウス型？」

「いや、風情《ふぜい》を考えたら、……やっぱりプロペラがいいな」

「ふぜい？」

「何年後かにオープンするベーカリーがな、粉ひきに風車を使いたいそうだ」

泉谷がぷっと吹くのを堪《こら》えたところに、ツネオがやってきた。それを見て、居村が言う。

「風車の話を嗅ぎつけて、さっそくドン・キホーテ様の登場だ」

ツネオは「なんのことだよ」と一瞬訝《いぶか》るが、そのまま話の輪に首を突っ込む。

「実はオレ、最近、凄いことに気づいたんだ」

笑わないことを条件に話してもいい、と言う。笑いそうだから、と四人とも遠慮したが、ツネオは、聞いてほしい、と言い直した。

吾郎から、入道雲がぐんぐん迫ってくるのを見たことあるか？と訊かれて以来、ツネオはなにげに住居の窓の外を眺めることが多くなったという。ツネオは、見晴らしが良くて海風の唸りがけたたましい、芝浦のマンションの十六階に住んでいる。

「入道雲が、海の上にしか出ないことはすぐわかったんだ」

「ほお！」

誰より先、泉谷が感嘆の声をあげた。乗鞍岳《のりくらだけ》で見たよと大江が言うと、「それは日本海の上の入道雲な」とツネオは即答した。

それよりもだ、とツネオは先を急ぐ。

「遠くの雲は、横にしか動かないんだ」

居村の目が厳しくなる。まだ若い。

しかもだ、とツネオは続ける。

「じゃあと南向きの窓を離れて、東向きの窓から見れば、縦に動くのが見れると思うだろ？」

思わない。

「これがやっぱり横にしか動かない、つまりだ！　にわかには信じてもらえないだろうけどさ、空は、オレを中心に回って——」

「ちょっと喉を潤しませんか」

話の途中で大江が泉谷を誘い、ツネオに背中を向けた。あ、汚ネ、俺も、と居村が追いかける。泉谷が離れ際、「酒のアテにはいいが、こういった日に聞く話じゃない」と、今にも吹き出しそうに言った。

取り残された吾郎は、ツネオを上から下、まじまじと見る。

「おまえがマジで、ドン・キホーテに見えるよ」

「ざーんねーん、何から何までドンキってわけじゃないぜ。これは青山、『洋服の青山』でしたぁ」

喪服の襟を直しながら、ツネオが胸を張った。

ふいに背後から「ねえ、あなた」と、理恵子に呼びかけられる。振り向く吾郎に、ＣＤを差し出した。

「ゆうこ先生が、これ、あなたにって」

「これは？」

「学芸会で使った曲。あなた学芸会の帰り際、ゆうこ先生に『とってもいい選曲でした』って言ったじゃない。今さっき、わざわざ届けてくださったの」

舞台の始まりの曲、それに日本語詞をのせた劇中歌に、吾郎は感激した。ＣＤには、『CLOUD 9 キム・ルーカス』と書かれていた。

「ゆうこ先生は？」

「自転車で駆けつけてくださったの。息切らしてこれを私に預けたら、すぐにまたピューッて帰られたわ」

日本語の歌詞は、ゆうこ先生がアレンジを加えて作ったそうだ。ツネオが横から、「へぇ、クラウド・ナインか」と言う。聞いたことあるか？と訊ねる。

「テンプテーションズのなら聴いたことある。ねぇ、クラウド・ナインの意味、知ってる？」

「そりゃ、し……。いや、知らない。おまえは知ってるのか？」

「知らない」

ＣＤケースに、ゆうこ先生の手書きメモがはさんであった。

クラウド・ナインとは、気象用語で、雲を発生する高度順に０（もしくは１）から９まで分類したなかの、一番高いところにある九番目の雲、積乱雲（入道雲）を指すそうだ。

また、意気揚々とか、この上なく幸せな気分を意味する語でもあるらしい。

「ゆうこ先生、泣いてた」

「え」

「子供たちに教えられるばっかりで、ダメな先生でごめんなさい、って」

先生は薄々だがイジメに気付いていた。でも問題の深刻化を怖れて、我々親にもそれを説明できずに悩んでいたそうだ。

教室ではこれから授業をやるらしい。学芸会のあとで授業だ。

本当は教室でみんなで円陣を組み、ひとりずつ感想を述べて輪を潜ったあと下校する予定だった。でもイジメの首謀者だった男子が、「和也がいないと輪にならないよ」と言い出した。頭の切れる仲間の男子から、「あさって一時間目に円陣を組ませて、お願いセンセー、そのぶん今日は授業でいいから」と頼み込まれた。

「今、教室でみんなでね、それぞれのクラウド・ナインを書いてるんですって」

理恵子は、ツネオや他の弔問客の目を気にすることもなく、吾郎の胸に額を押し付けた。吾郎はそんな彼女をひっしと抱きしめ、一緒に泣いた。

友達なんかいなくたっていい。ひとりぼっちでいい。イジメるなら、イジメてくればいい。どんと来い！

和也の決死の宣言は、期せずしてたくさんの小さな心を揺さぶったのだ。吾郎の心配をよそに、和也はようやく本当の意味で、仲間として迎えられようとしている。

吾郎の頭の中に、にぎやかな教室が想い浮かんだ。子供たちの笑顔が弾けるその中に、和也がいる。みんなの笑い声がふくらんで、天井を突き抜ける。それはまるで、天空を目指して湧き立つ雄大な雲のように。


別れの儀となった。

吾郎は、母の最期を目に、心に焼きつける。そしてあらためて誓う。母さんの尊厳は、俺が引き継いだ。俺の中で大切に守る。そしてちゃんと、いつか和也に渡すからね、と。

花を手向《たむ》ける理恵子と奈央子の、さめざめとした涙。その下で、和也がむせび泣く。ほんとうに、いい子に育ってくれた。

棺《ひつぎ》の中で、母の顔の周りが花で飾られる。一緒に入れられた白い猫のぬいぐるみが、その花に埋もれてゆく。そして猫が見えなくなると同時に、和也は顔を背《そむ》けて慟哭した。

棺の蓋が、厳かに下ろされる。

「ちょっと待ってください」と吾郎。

周りは、え？という顔をした。蓋をもう一度開けるように、葬儀屋に頼む。蓋と棺の間に腕を入れる吾郎を、不思議を浮かべた目が囲んだ。

「和也」

和也は振り向かない。吾郎は待つ。もう一度呼ぶ必要はない。和也の心が動くまで、じっと待てばいい。事あるごとに立ち止まる、そう決めたのだ。

止まった時間の中、慟哭に震えるまま和也が振り返った。和也の視線が落ちるその先に、吾郎は、棺から抜いた白い猫のぬいぐるみを出す。涙がいっぱいたまった目が、おなじように潤んだ吾郎の目を見上げた。

「ちょっとばかし重いぞ。重いけどさ、持てるか？」

和也は固く目をつぶり、あふれた涙を袖口でふいた。それからパッと見開いた目を力強く輝かせ、うんっと大きくうなずいた。

今はまだ小さいけれど、その手がしっかりと、猫のぬいぐるみを受け止める。

「重くないか？」

「大……切に……する」

しゃくり上げながら、和也がそれを抱えた。猫の瞳に、和也からこぼれた涙が落ちた。

白い猫のぬいぐるみ、その瞳が生命を与えられたように、きょとんと、今はまだ小さな世界を眺めている――。


斎場の外、こんもりとした芝生の丘に、吾郎はいる。

さえぎるものは何ひとつなく、眼前に青い空が広がった。

母が煙となる様を、その空に追う。風に流される白い煙は天に昇るというよりも、風に溶けて風と共に、ずっと旅を続けるように感じられた。

彼方の雲は、止まった時間に描かれた背景ではない。時の流れのほとりに立ち止まって目を凝らせば、ゆっくりと流れる様子が目に映る。遠い青の向こうで、明日は母が雲を運ぶ。

誰かが、呼んでいる。

声のする方に頭を倒した。青草が、吾郎の耳をくすぐった。

和也だ。理恵子もいる。

和也が吾郎の横に寝転がった。きゅっと、その小さな手を握る。同じ空を、同じように胸いっぱいに吸い込む。

反対の手の甲を、しなやかな指がすべった。その指が、吾郎の薬指の指輪を弄《もてあそ》ぶ。そっとその手を握った。ずっと守る――それは言葉でなく、指にこめた力で伝える。

同じ空を、三人で、同じように胸いっぱいに吸い込む。

この作品は、アプリマガジン「小説マガジンエイジ」（編集・株式会社講談社、配信・株式会社エブリスタ）で二〇一四年七月から十二月まで連載したもの（連載時のタイトルは『クラウドナイン～九番目の雲』）に、加筆改稿したものです。

［著者］
山岡ヒロアキ（やまおか　ひろあき）

1961年、東京都新宿区生まれ。東京都立大学附属高等学校（現都立桜修館中等教育学校）卒業後、イタリアン・レストラン等で調理師の修業を積み、巨匠といわれるバーテンダーの下で技術を磨いたのち、26歳で麻布十番にバーを開業。2007年、自分の在り方に疑問を感じ、ここが潮時とそのバーの20周年を跨ぐ寸前で引退。周りを裏切り続けてきた自分に対する禊として、バーで垣間見てきた幾多の人生模様を物語として世に残せないかと作家を目指す。この『九番めの雲』がデビュー作となる。

（音楽著作権協会許諾番号）
「野風増」
「Cloud 9」
JASRAC　出　1508840-501

九《きゅう》番《ばん》目《め》の雲《くも》

二〇一五年一〇月二九日　第一刷発行

著者―山岡《やまおか》ヒロアキ

発行者―鈴木　哲　　発行所―株式会社　講談社
東京都文京区音羽二丁目一二番二一号　郵便番号一一二―八〇〇一
電話　編集　〇三―五三九五―四五一九
　　　販売　〇三―五三九五―三六〇六
　　　業務　〇三―五三九五―三六一五
印刷所―大日本印刷株式会社
製本所―株式会社国宝社

定価はカバーに表示してあります。落丁本、乱丁本は購入書店名を明記のうえ、小社業務あてにお送りください。送料小社負担にてお取り換えいたします。なお、この本についてのお問い合わせは、右記編集（第二事業局）あてにお願いいたします。
本書のコピー、スキャン、デジタル化等の無断複製は著作権法上での例外を除き禁じられています。本書を代行業者等の第三者に依頼してスキャンやデジタル化することは、たとえ個人や家庭内の利用でも著作権法違反です。

©Hiroaki Yamaoka 2015 Printed in Japan
ISBN978-4-06-219772-4